GOLDMANN

W0407416

Buch

Das bischöfliche Palais in Thessaloniki, anno 96: Timotheus, ehemaliger Reisegefährte und Mitarbeiter des heiligen Paulus, sieht sich vor eine große Aufgabe gestellt. Im Auftrag mehrerer Fernsehgesellschaften aus dem 20. Jahrhundert soll er eine persönliche Version des Neuen Testaments verfassen. Offenbar sind nämlich die ursprünglichen Zeugnisse vom Leben Jesu einem mysteriösen Hacker aus der Zukunft zum Opfer gefallen, der munter an den Texten manipuliert oder ganze Teile löscht. Während damit eine Katastrophe wahrhaft biblischen Ausmaßes ihren Lauf nimmt, verschrauben sich Antike und Gegenwart immer weiter ineinander, bis schließlich die Kreuzigung Christi dank NBC live ins 20. Jahrhundert übertragen wird. Und was das Evangelium nach Timotheus angeht, so überrascht es am Ende nicht nur durch die Aufnahme von ein paar zusätzlichen Gottheiten ...

Autor

Gore Vidal, geboren 1925 in West Point, New York, ist neben John Updike einer der populärsten amerikanischen Gegenwartsautoren. Sein schriftstellerisches Werk reicht von Theaterstücken bis Reden für John F. Kennedy, doch bekannt wurde Vidal vor allem durch seine Romane, in denen er häufig historische Stoffe verarbeitet. Zu Vidals größten Erfolgen gehören *Julian* (1964), *Washington, D.C.* (1967), *Myra Breckenridge* (1968), *Burr* (1973), *Duluth wie Dallas* (1982), *Lincoln* (1984) und *Hollywood* (1989).

Gore Vidal im Goldmann Verlag:

Empire. Roman (42091)
Hollywood. Roman (42093)
Ich, Cyrus, Enkel des Zarathustra. Roman (42087)
Julian. Roman (42005)
Washington, D.C. Roman (42162)

GORE VIDAL

Golgatha live
oder
Das fünfte Testament

Ins Deutsche übertragen
von Pociao

GOLDMANN VERLAG

Die Originalausgabe erschien 1992 unter dem Titel
»Live from Golgatha«
bei Random House, New York

Umwelthinweis:
Alle bedruckten Materialien dieses Taschenbuches
sind chlorfrei und umweltschonend.
Das Papier enthält Recycling-Anteile.

Der Goldmann Verlag
ist ein Unternehmen der Verlagsgruppe Bertelsmann

Genehmigte Taschenbuchausgabe 2/96
Copyright © der Originalausgabe 1992 by Gore Vidal
Copyright © der deutschsprachigen Ausgabe 1993
by Hoffmann und Campe Verlag, Hamburg
Umschlaggestaltung: Design Team München
Umschlagfoto: TIB / Spring, München
Satz: IBV Satz- und Datentechnik GmbH, Berlin
Druck: Elsnerdruck, Berlin
Verlagsnummer: 42750
AB · Herstellung: Sebastian Strohmaier
Made in Germany
ISBN 3-442-42750-9

1 3 5 7 9 10 8 6 4 2

1

Am Anfang war der Alptraum, und das Messer war bei Paulus, und die Beschneidung war Sache der Juden, aber sicher nicht meine.

Ich bin Timotheus, Sohn der Jüdin Eunike und des Griechen Georgius. Ich bin fünfzehn. Ich liege splitterfasernackt auf einem Holztisch in der Küche meines Elternhauses in Lystra. Ich habe goldene Korkenzieherlocken, kornblumenblaue Vergißmeinnicht-Augen und den größten Schwanz in unserem Teil von Kleinasien.

Der Alptraum beginnt immer genau wie im wirklichen Leben. Ich bin nur von Juden umgeben, abgesehen von meinem Vater Georgius und dem Heiligen. Das ist mein Name für Saulus von Tarsus in der römischen Welt, aus der er stammt, besser bekannt als Paulus. Natürlich war der Heilige zuallererst selbst Jude, endete aber in jenen Tagen als zweit- oder drittranghöchster Christ, und mit jenen Tagen meine ich an die fünfzig Jahre nach der Geburt unseres Erlösers. Das heißt – für diejenigen, die mitzählen – siebzehn Jahre nach dessen Kreuzigung und Versprechen, in ein paar Tagen, spätestens in einer Woche wieder dazusein.

So lagen also nur ein paar Jahre zwischen meiner Geburt und dem ersten Abgang unseres Herrn vom Gipfel des alten Golgatha am Rande Jerusalems. Mein Vater konvertierte früh zum Christentum und dann auch ich, es klang irgendwie nach Jux und außerdem, wie soll man sich in einer Kleinstadt wie Lystra sonst schon die Sonntage vertreiben?

Wie hätte ich auch damals, als ich Christ wurde und den Heiligen und seine Freunde kennenlernte, ahnen können, daß mein

Körper – und speziell mein Pimmel – zum Schlachtfeld zweier verfeindeter Fraktionen innerhalb der jungen christlichen Kirche werden sollte?

Der Heilige hatte die zündende Idee gehabt, daß Jesus als Messias für jedermann gekommen war: Heiden ebenso wie Juden. Die meisten Juden akzeptieren das bis heute nicht, und natürlich schließen wir sie morgens, mittags und abends in unsere Gebete ein. Doch die Juden in Jerusalem, der ölige Jakobus etwa, der kleine Bruder unseres Herrn, und Petrus, wegen seines Dickschädels »der Fels« genannt, freundeten sich schließlich mit der Theorie des Heiligen an, daß die Heiden zwar unrein seien, Jesus aber wahrscheinlich eine Nummer zu groß für nur einen Stamm. Deswegen erlaubten sie Paulus, die Botschaft – oder »Frohe Botschaft«, wie wir sagen – auch den Heiden zu verkünden. Dank der packenden Predigten des Heiligen und seiner genialen Methoden im Spendenaufreißen standen die Heiden Schlange, um sich bekehren zu lassen, darunter auch mein Vater, der Grieche Georgius.

Also pilgerte der Heilige durch Kleinasien, errichtete Kirchen und zog eine Riesenshow ab, unterstützt von den Cousins Barnabas und Markus. Die Jerusalemer Juden waren ganz angetan von dem Geld, das der Heilige ihnen ins Hauptquartier schickte, konnten aber im Innersten ihres Herzens keine Nicht-Juden ertragen, und deshalb weigerten sie sich, mit uns am selben Tisch zu essen. Unsere großen unbeschnittenen Schwänze gingen ihnen nicht aus dem Kopf. Schließlich spitzte sich die Sache zu, als der Heilige sich in einen hübschen konvertierten Bengel namens Titus vernarrte und ein langes Wochenende nutzte, um mit ihm nach Jerusalem zu fahren. Da er zuviel babylonisches Bier getrunken hatte, pinkelte Titus gegen die Mauern der Festung Antonia, wo die römischen Truppen stationiert waren. Und wie es das Unglück wollte, stach seine schlangenhafte Vorhaut prompt ein paar entsetzten Juden ins Auge, die sich in der Nähe herumdrückten und nichts Besseres zu tun hatten, als dem Rabbinat zu melden, daß sie keinen Steinwurf vom Tempel entfernt einen Heiden gesichtet hätten. Daraufhin setzte sich das Hauptbüro mit Jakobus zusammen, einem Angestellten des Tempels, und der eröffnete dem Heiligen, daß sich in Zukunft alle Gojim, die zu Jesus übertraten, beschneiden lassen müßten. Was das Faß endgültig zum Überlaufen brachte.

Als der Heilige auf der Stelle damit drohte, von seinem Amt als Apostel und Spendenbeschaffer zurückzutreten, ließen die Jerusalemer Juden – oder »Jesisten«, wie sie sich selbst gerne nannten – das Thema fallen, denn mittlerweile konnten sie ohne die Einkünfte aus Kleinasien nicht mehr leben. Allerdings setzten sie dem Heiligen auch weiter zu, damit er den Beweis dafür erbrachte, daß er das Herz auf dem rechten, das heißt koscheren Fleck hatte.

Schließlich ging der Heilige zu Markus und schlug ihm vor, sich einer öffentlichen Beschneidungszeremonie zu unterwerfen, um Jerusalem zu überzeugen, daß er, der Heilige, keineswegs ein Abtrünniger oder von Selbsthaß zerfressener Jude war. Markus machte sich aus dem Staub und hinterließ damit nicht nur unter den Mitarbeitern des Heiligen, sondern auch in dessen Geldbeutel eine Lücke. Als echt griechischer Sohn eines Griechen wollte ich die Welt sehen und stellte mir vor, daß es nur recht und billig war, wenn ich den Heiligen dafür an mir rumfingern ließ. Jedenfalls glaubte ich das, als ich in seinen Dienst trat. Schließlich würde noch genug für die Mädchen von Lystra übrigbleiben. Ich war nicht schlecht als Sekretär und Handlanger, fast so gut wie Markus. Die Arbeit war abwechslungsreich, und außerdem konnte ich eine Menge lernen.

Dann kam der Schock. Der Heilige wurde von den Stützen der Jerusalemer Kirche denunziert: Er aß mit den Gojim. Er taufte die Gojim. Er trieb es mit einem halbwüchsigen Griechen, der über zwei Zentimeter samtrosige Vorhaut verfügte – mir. Letzteres wurde nur getuschelt, aber es hätte gereicht, um den Heiligen von jedem beschlußfähigen jüdischen Gremium der Welt zu Tode steinigen zu lassen, hätte Jakobus das entsprechende Stichwort gegeben.

Das ist die Erklärung für den Alptraum, aus dem ich einfach nicht rauskomme, wenn er erst einmal angefangen hat. Bis ich aufwache. Und letztes Mal passierte kurz vor dem Aufwachen etwas Ungewöhnliches.

Der Traum ist immer der gleiche. Ich liege auf dem Rücken. Der Raum ist kühl. Ich habe eine Gänsehaut. Überall um mich herum sind Juden mit komischen Hüten auf dem Kopf. Der Heilige steht neben dem Tisch, und mein Pimmel liegt schlaff in seiner Hand. Ich brauche es wohl nicht ausdrücklich zu erwähnen, aber angesichts der Kälte und der bevorstehenden Verstümmelung ist mein sagenhafter Bolzen beträchtlich geschrumpft.

»So sollen alle, die sich hier versammelt haben, Zeugnis ablegen davon, daß Timotheus, unser junger Bruder im Herrn, es aus freien Stücken auf sich genommen hat, sich durch den Akt der Beschneidung mit den Auserwählten der Auserwählten zu vereinen.«

An diesem Punkt schließe ich im Traum die Augen, was komisch ist, weil die Augen eines Träumenden normalerweise schon geschlossen sind, aber Träume haben nun mal ihre eigenen, komischen Gesetze. Jedenfalls kann ich die riesigen schwarzen Augen des Heiligen in dem runden kahlen Schädel mit dem Kranz schwarzgefärbter Löckchen nicht mehr sehen, aber ich höre seine tiefe Stimme, die sagt: »Walte deines Amtes, Mohel.«

Eine rauhe Hand greift nach meinem Fortpflanzungsorgan. Ich spüre einen heftigen Ruck. Dann ein Brennen, das Messer... Ich schreie und wache auf.

Letzte Nacht allerdings bin ich an diesem Punkt nicht aufgewacht wie sonst immer, wenn ich den Traum habe. Während mein Schwanz wie Feuer brannte und überall Stimmen im Dunkeln murmelten, hatte ich plötzlich das Gefühl, daß irgendwas *völlig* schieflief. Zum einen befand ich mich keineswegs in meinem Bett im bischöflichen Bungalow hier in Thessaloniki, wo ich Bischof von ganz Mazedonien und gelegentlich auch Titularbischof von Ephesus bin. Ich lag nach wie vor auf dem Küchentisch in meinem Elternhaus in Lystra. Langsam schlage ich die Augen auf. Salzige Tränen brennen mir in den Augen.

Der Raum ist leer. Ich schaue an meinem nackten Körper hinab – meinem mageren *Knabenkörper*, was bedeutet, daß ich immer noch träume. Mein schmerzender Pimmel ist in Leinen gewickelt wie eine ägyptische Mumie. Ich schwitze wie ein Schwein. Dann setze ich mich auf. Schwenke die Beine über die Tischkante. Mir ist schwindlig. Wo sind die anderen?

Plötzlich ist der Heilige neben mir. »Timmy«, sagt er und zwinkert mir zu. »Na, wie fühlst du dich?«

»Beschissen«, sage ich. »Warum ist der Traum nicht zu Ende gegangen wie sonst immer?«

»Traum?« Der Heilige tut so, als wüßte er nicht, daß wir uns in einem Traum befinden. So, als ob das Jetzt – mein *Jetzt* in Thessaloniki – wirklich und wahrhaftig das *Damals* in Lystra wäre, unsere gemeinsamen Erinnerungen von Schlaf und Zeit und so weiter unberührt wären und ich gerade wie immer auf dem Küchentisch aufwachte.

Vorsichtig baumele ich mit den Beinen. Vom Zentrum meines Ichs geht ein dumpfer Schmerz aus. Auf der Fensterbank hat meine Mutter Eunike die halb gehäuteten Reste eines Kaninchens stehenlassen, für einen Traum kein schlechter Einfall. Fliegen wimmeln auf dem Kaninchen. Eunike ist eine schreckliche Hausfrau. Mir wird übel.

Ich sitze auf der Tischkante und bin genauso wütend, wie ich es damals gewesen sein muß über das, was man mir angetan hatte, nur damit der Heilige auch weiterhin auf gutem Fuß mit den Salzsäulen der Jerusalemer Kirche stehen konnte. Historisch wie theologisch hätte er auf der Stelle einen deutlichen Schlußstrich unter das jüdische Kapitel ziehen und die Erhaltung meines perfekten Pimmels dazu als perfekten Vorwand benutzen müssen. Und von da an *ausschließlich* den Gojim predigen sollen. Aber ich fürchte, daß der Heilige nach all den Jahren als Geheimagent für den Mossad noch verquerer im Kopf war, als der Obermacker im Himmel ihn geschaffen hatte.

»Je nun, mein Pfirsichärschchen, sicher ist das ein Traum.« Immer wenn sich die Stimme des Heiligen anhört, als käme sie aus einem Schmalzfaß, bin ich instinktiv auf der Hut. Schon mit fünfzehn wußte ich, wann ich es mit einem Gauner zu tun hatte. »Ein *wiederkehrender* Traum, um genau zu sein...«

»Nein.« Ich werde langsam sauer. »Ein wiederkehrender *Alptraum...*«

Da die pelzigen schwarzen Brauen des Heiligen eine Linie bilden, sieht es aus, als würden sich zwei schwarze Raupen begatten, wenn er die Stirn runzelt. Das muß ich mir in das Buch mit Gleichnissen schreiben. Ich führe es, seit ich der Verlockung erlag, mir als Autor im volkstümlichen Griechisch des ersten Jahrhunderts nach Christus ein Denkmal zu setzen.

Der Heilige runzelt die Stirn. Zwei bumsende Raupen. »Also, paß auf, Timmy, Schätzchen, all das ist vor langer Zeit passiert, auch wenn es scheint, als sei es erst wenige Augenblicke her, daß du dich für Gott unters Messer begeben hast...« Als er merkt, daß er sich verplappert hat, wechselt der Heilige schnell die Rolle. Jetzt posiert er, wie es einem Heiligen geziemt, vor dem Fenster. »Ich bin tot und eingegangen in die himmlische Herrlichkeit.« Sein überweltlich düsterer Blick ist auf das tote Karnickel gerichtet.

»Und wenn das hier ein Alptraum ist – natürlich bist du längst unter der Erde –, dann müßte er damit enden, daß ich mit Atalanta, meiner besseren Hälfte, in meinem Bett aufwache...«

»Halleluja!« ruft der Heilige. »Das hier ist kein Alptraum, Timmy! Wir haben es geschafft. *Es ist eine Vision*. Es hat nämlich einen Dispens gegeben. Endlich hat man mir gestattet, mich in deinen wiederkehrenden Traum einzuklinken, Süßer, um zu sehen, wie's dir geht – in Pink natürlich, in deinem rosigen, geilen Teenagerpink.« Er greift nach meiner rechten Brustwarze. Ich versetze seiner Hand einen Schlag. Als junger Bock hatte ich keinerlei Probleme mit meiner sexuellen Orientierung. Wie auch immer, die Hand des Heiligen erweist sich als reine Luft, obwohl sie im Alptraum vollkommen real ist. Irgendwas läuft hier *ganz mächtig* schief.

»Ich glaube, ich wache jetzt auf.« Ich kann bereits Atalantas schweres Atmen neben mir im Bett hören, wo der Alptraum – oder die Vision – stattfindet.

»Aber vorher noch eine Mitteilung unseres Sponsors.« Die Stimme des Heiligen klingt mehr als vertrauenserweckend. »Von Gott höchstpersönlich, in drei Teilen. Das sind die Zeiten, in denen man in Versuchung gerät, Timmy. Ja, ich bin bereits im Himmel und sitze zur Linken Gottes, etwa zwanzig Seelen von seinem Ellbogen entfernt. Gleichzeitig bin ich aber auch hier in deinem wiederkehrenden Alptraum – mittlerweile zur Vision befördert – mit einer Botschaft... einer Botschaft.« Er wiederholt sich. Es scheint, als wäre er aufgedreht, und einen Augenblick lang überlege ich, ob es wirklich der Heilige ist und nicht so was wie eine diabolische Erscheinung.

»Na los, raus damit.« Der Anblick des toten Karnickels und all der Fliegen gibt mir den Rest.

»Die Frohe Botschaft des Neuen Testaments, die von Markus und den anderen so sorgfältig zusammengestellt wurde, um ein für allemal die Größte Geschichte beisammenzuhaben, die je erzählt wurde und jetzt gelöscht wird, dank eines Virus, der die Speicher sämtlicher Computer der Welt plus Himmel und Hölle befallen hat, ist einer systematischen Säuberungsaktion zum

Opfer gefallen. Wir wissen, daß es die Arbeit eines einzelnen Cyberpunks oder Hackers ist, wie man in der Zukunft sagen wird, aber wie und warum Satan diesen Mann oder diese Frau dazu bringen konnte, die Evangelien – und auch meine eigene Frohe Botschaft – zu löschen, bleibt ein Geheimnis dieses Traums.«

Schierer *Un*-Sinn, wenn man mich fragte. »Ich höre dich, Heiliger, aber ich verstehe kein Wort. Ich meine, *was* wurde gelöscht? Fangen wir vorne an, in Ordnung?«

»Die Lebensgeschichte unseres Herrn Jesus Christus, festgehalten in drei synoptischen Evangelien und obendrein von Johannes, diesem widerlichen Schleimer.« Der Heilige hatte Johannes, der mit der Jerusalemer Clique liiert war und gute Beziehungen zu Jakobus unterhielt, noch nie ausstehen können.

»Wie kann man denn diese Bücher ›löschen‹?« Gleichzeitig frage ich mich, was erstens ein Computer, zweitens ein Speicher und drittens ein Virus ist.

»Ganz einfach.« Die körperlose Hand des Heiligen erscheint, um nach meinem pochenden, in Leinen gewickelten Schwengel zu greifen. »Stell dir vor, ich hätte mich schon vor einer Stunde eingeklinkt, und stell dir weiter vor, ich hätte diesen Mohel daran gehindert, dich zu beschneiden, im Sinne des Alptraums in deinem fünfzehnten Lebensjahr, das mit dem fünfzigsten Jahr nach Christi Geburt in Las Vegas zusammenfällt...«

»*Wo?*«

»In Bethlehem, im Staate Israel. Sorry, war ein Versprecher.«

Der Heilige fängt an zu faseln, immer ein Zeichen dafür, daß er was im Schilde führt. Glossolalie – oder Zungenreden – war damals schwer in Mode, besonders wenn man nichts zu sagen hatte. »Während dieser Vision hätte ich die Beschneidung locker unterbrechen und damit mein Verhältnis zu den Juden und der Größten Geschichte, die gerade gelöscht wird, entscheidend verändern können. Nur, hätten sie dir nicht die Vorhaut abgeschnippelt, hätten sie *mich* rausgeschnitten, im Jahre 50 des Herrn. Folge: Es hätte keine nennenswerte christliche Geschichte gegeben, keine Kreuzritter, kein Lourdes, keinen Billy Graham und keinen Wojtyla. Aber wir wollen nicht abschweifen. Das hätte sein *können*, wir allerdings haben es mit dem zu tun, was in diesem Moment in der Zukunft passiert. Die Evangelien werden verstümmelt, jedenfalls die, die sich nicht bereits in Luft aufgelöst haben wie das von Markus... Übrigens ein wunderbarer Sekretär, damals wie heute, mir genauso treu ergeben wie ich dir und deinem Kaschmirarsch...«

»Halt die Luft an, Heiliger!« Ich bin der fünfzehnjährige Dorflümmel und gleichzeitig der alternde Bischof mitten in einem visionären Alptraum. »Warum verstümmelt dieser ›Hakker‹ die Texte, und wenn er es tut, wie können sich all die Bücher einfach in Luft auflösen?«

»Das *Warum* ist genauso unklar wie das *Wer*. Mittlerweile herrscht ein beträchtliches Chaos innerhalb der christlichen Botschaft. Gerade eben, bei meinem Versprecher, habe ich unbewußt die neueste vom Hacker in die Welt gesetzte Blasphemie über die Geburt unseres Herrn in Las Vegas wiederholt und über seine Verbindungen zu der Sippschaft, mit der Laxalt, der ehemalige Senator von Nevada, nichts – ich wiederhole, *nichts* – zu tun hat...«

Ich kriege langsam Kopfschmerzen. Meine Lenden pochen. Ich stehe auf. Vor meinen Augen verschwimmt alles, und die Küche scheint sich um mich zu drehen.

»Ich verliere dich!« kreischt der Heilige. »Doch bevor du ins Dunkel eingehst und ich ins Licht, merke dir eins: Jetzt mußt *du* die Größte Geschichte, die je erzählt wurde – und zwar von dir allein – aufschreiben, du, Timotheus, mein, des heiligen Paulus Jünger, Titularbischof von Ephesus und de facto Bischof von Mazedonien, der unter der Herrschaft von Präsident Bush, ich meine von Kaiser Domitian – oder war es Nerva? –, jedenfalls, wenn ganz Israel in Flammen steht, den Märtyrertod erleiden soll. Schreib alles nieder, Timmy, denn du bist der einzige Zeuge, dem der Virus nichts anhaben kann. Du bist immun, mit anderen Worten, wenn Matt, Mark, Lu-lu und John-John höchstens noch als vage Erinnerungen durchs kollektive Unbewußte der Menschheit spuken, wird es nur mehr ein wahres Evangelium geben, und zwar das nach dem Heiligen Timotheus! Du bist unsere letzte Rettung, Darling. Denn alles, was vor 96 nach Christus geschrieben worden ist – du, mein Engel, stirbst übrigens 97 –, ist entweder gelöscht oder entstellt worden, von einem Computer-Virus, der durch die Kanäle der menschlichen Erinnerung rauscht, nein, sie implodieren läßt wie Myriaden Photonen des Satans, der Quarks an die Hölle oder, noch schlimmer, an den fernen schwarzen Stern verliert, jene Gegenkraft, wo alles kopfsteht und der unbekannte Hacker, der sich in den Computern rumtreibt, der Satan ist und Satans Gott und *du* ich bist, mein verbotenes Früchtchen, Timmy, ich... Hüte dich nur vor Marvin Wasserstein von General Electric.«

Während dieser grauenhaften Tirade löste ich mich unmerklich aus der Küche von vor fast einem halben Jahrhundert und rematerialisierte in meinem Bett, wo mich meine Gattin Atalanta schon nach unzähligen Alpträumen in dieser fünfundzwanzigjährigen Ehe zweier reifer in Christus und Lust vereinter menschlicher Wesen erwartet hat.

Ich schlug die Augen auf. Atalanta stand vor mir, ein Geschirrtuch in der Hand, mit dem sie mir übers Gesicht fuhr. »Du hattest einen Alptraum«, verkündete sie. »Den üblichen?«

Mit jagendem Puls nahm ich ihr das Tuch aus der Hand und wischte mir den kalten Schweiß vom Hals. »Den üblichen«, antwortete ich. »Nur diesmal ist mir am Schluß der Heilige erschienen.«

»Wie geht's ihm?« Atalanta hatte das Interesse an meinem Alptraum bereits verloren. Sie stand am Fenster und sah in den

Hinterhof hinab, wo das Mädchen die Wäsche aufhängte. Wieder einer dieser strahlend schönen Tage in Mazedonien.

»Er hat ein bißchen zugenommen.« Wie immer, wenn ich von meiner Verstümmelung träume, war ich mit einem Ständer aufgewacht. Früher hätte ich Atalanta auf der Stelle vernascht, doch mittlerweile hob ich mir, was von meiner einstigen sagenhaften Potenz übriggeblieben war, fürs Vergnügen im Bad zum Neuen Stern auf, das ich in meiner Eigenschaft als Bischof zu schließen gelobt habe, weil es den Gipfel der Lasterhaftigkeit darstellt. Zum Glück besitzt unser Prokonsul Anteile am Syndikat, dem sämtliche Bäder in Thessaloniki gehören, und so bleibt Cäsar und Christus wieder mal nichts anderes übrig, als sich zu arrangieren. Ich bin dort übrigens Stammgast, einmal wegen der schwülen Atmosphäre, hauptsächlich aber natürlich wegen der Konzerte während der Saison. »Er sagt, ich soll alles aufschreiben, weil sämtliche Evangelien vernichtet worden sind – bis auf meins, das allerdings noch gar nicht geschrieben ist.«

»Preiset den Herrn!« Atalanta hört einem nie zu, aber sie ist ja auch, genau wie ich, naturblond. *Verstehen* tut sie allerdings jedes Wort. »Wie sind sie denn vernichtet worden?«

»Durch einen Computervirus.«

»Ach so.« Atalanta sah traurig aus. »Ja. Genau das habe ich immer befürchtet. Wahrscheinlich hat sich irgendein Hacker aus Jux bis zum Speicher vorgekämpft, alle geheimen Kodenummern ausgedruckt und... *presto!*, keine Bänder mehr, kein Jesus, kein Du oder Ich. Wir sind vom gleichen Stoff, aus dem die Faxe sind, und nach Cascade und Fisch 6 umfaßt unsere kleinen Bänder ein ewiger Thermoschlaf.«

»Du redest schon wieder in Zungen.« Doch wie immer, wenn sie das tut, notierte ich mir die merkwürdigen Worte, die sie gerade von sich gegeben hatte – in phonetischer Umschrift.

Seit einiger Zeit scheint Atalanta nicht zu wissen, ob sie die normale Welt zugunsten eines ihrer Wachträume verlassen hat oder nicht. Wenn ich meine unsinnigen Visionen habe – falls sie denn wirklich unsinnig sind –, dann im Schlaf, wie eben mit dem Heiligen. Aber Atalanta fängt hellwach und aus dem Nichts heraus an, sich über »Computerviren« auszulassen, als seien sie das Alltäglichste von der Welt.

Jetzt, da ich an meinem Schreibtisch oben im Hobbyraum sitze und Atalanta losgegangen ist, um im Palast des Prokonsuls ihre Prominentenauktion vorzubereiten, werde ich dem Rat des Heiligen folgen und mit dem Evangelium nach Timotheus mit dem Wort beginnen, wie wir es normalerweise tun. Aber erst muß ich den Alptraum von letzter Nacht und die verrückte Botschaft unserer Haus-Glossolalistin Atalanta von gerade eben festhalten.

Die Abstammungsliste des Erlösers reiche ich später nach. Zwar beginnen die meisten Evangelienschreiber am liebsten mit seiner Familie, ich jedoch habe Stammbäume immer schon sterbenslangweilig gefunden, sogar meinen eigenen. Der Heilige hat sie nur mit reingenommen, weil die Juden so gerne hörten, daß Jesus aus einer ihrer besseren Familien stammte. Dagegen habe ich dem Heiligen mal vorgehalten, wenn der Herr wirklich von Gott abstamme, sei er mit keinem Menschen verwandt, abgesehen allerhöchstens von der weiteren Familie seiner Mutter. Darauf konterte der Heilige, spitzfindig, wie er war, im Gegenteil, dann sei er mit *allen* Menschen verwandt, da wir alle Gottes Ebenbilder und Gottes Kinder seien und so weiter und so fort.

Wie auch immer, ich überspringe die Herkunft – genau wie Markus, und sein Buch ist weit populärer als das von Matthäus, jedenfalls, wenn man dem in Alexandria erscheinenden *Publisher's Weekly* Glauben schenken darf. Tatsache ist, daß die Verkaufszahlen nicht selten von konkurrierenden christlichen Verlagshäusern manipuliert werden. Beispielsweise...

»Die Männer mit dem Fernseher sind da.« Genau das hat das Mädchen eben zu mir gesagt, während ich an diesem Schreibtisch sitze und gerade anfangen will, Paulus' erste Begegnung mit unserem Herrn auf der östlichen Schnellstraße von Jerusalem nach Damaskus zu schildern.

2

Die verwirrendste Woche meines Lebens ist gekommen und gegangen. Allerdings nicht für immer. Mit dem schnellen Vor- und Rücklauf kann *nichts* auf der Welt mehr wirklich vergehen. Man muß nur wissen, welche Knöpfe man drückt.

Die Maschine steht neben meinem Schreibtisch. Zwei fremde Männer haben sie gebracht. Zuerst hielt ich sie für Skythen, denn sie hatten Hosen an statt der praktischen Tunika, diesem Cocktailkleid, das man bei uns unter einem Umhang trägt oder, bei höherem Dienstgrad, unter einer Toga. Und wenn es tatsächlich Skythen waren, besaßen sie die Gabe der Rede, denn sie sprachen ohne den geringsten erkennbaren Akzent. Der Fernseher heißt Sony, wie der deutsche Gott des Donners, wenn ich mich recht erinnere – oder der Metaphysik? Die Lieferanten hatten natürlich keine Ahnung, was der Name bedeutet.

»Wir kommen von Mr. Claypoole«, war die einzige Information, die ich ihnen aus der Nase ziehen konnte. Sie starrten mich an, starrten das Mobiliar an, und sie starrten aus dem Fenster des Hobbyraums auf die Altstadt von Thessaloniki. Es war ein schöner Herbsttag im Jahre 96 nach Christus. Sie hatten die Hosen gestrichen voll.

»Wo ist der Stromanschluß?« Das war die erste und einzige Frage, die sie mir stellten.

»Ich weiß nicht, was ihr meint.« Aber dann fielen mir meine Pflichten als Bischof ein, und ich sagte: »Ich gehe davon aus, daß ihr Brüder im Herrn seid, auch wenn ihr nicht aus meiner Diözese stammt.«

»Ich bin jüdisch«, sagte der eine, komische Antwort, denn bei so was ist es doch wohl kaum möglich, »isch« zu sein. Entweder man ist Jude, oder man ist es nicht. Man ist Hacker, oder man ist es nicht. Sie stellten die schwarz schimmernde Kiste auf eine Kommode an der Wand. Dann fummelten sie an ein paar Metallstäben, die offenbar dazugehörten.

»So müßte es funktionieren«, sagte der eine und drückte auf einen Knopf. Und es funktionierte tatsächlich. Der Bildschirm füllte sich mit Bildern vom Börsenbericht der CNN-News und den üblichen miesen Neuigkeiten über den Stand des Dollars. »Der Apparat läuft jetzt auf Batterie. Das heißt garantiert tausend Stunden ungetrübter Fernsehfreude.« Damit verschwanden sie.

Seitdem hänge ich Tag und Nacht vor der Kiste und springe wie ein Verrückter zwischen den Kanälen hin und her. Eine Woche geht das schon so. Ich kann einfach nicht genug kriegen von dieser wunderbaren elektronischen Welt der Zukunft, die durch das kleine schwarze Fenster zu sehen ist. Das grelle Gelb und das gräßlich pulsierende Rot sind wie der nie endende, immer wieder neue und doch stets gleiche Alptraum. Wenigstens kann ich jetzt mit Fug und Recht behaupten, daß ich zu Lebzeiten die Hölle gesehen habe, und da geht es noch toller zu, als man befürchtet hatte.

Atalanta ist weniger süchtig nach dem Sony als ich, aber sie hat eine Schwäche für die *Sunday Hour of Power and Prayer*, wo ein Mann mit falschem Haar und einem Chor im Hintergrund so was Ähnliches wie das Christentum predigt, und natürlich für die Schmonzetten der Twentieth Century Fox – zwanzig Jahrhunderte sind schon vergangen!

Ich weiß nicht, warum, aber aus unerfindlichen Gründen können nur wir die Programme sehen und hören. Wenn wir unsere Gäste fragen, ob sie irgendwelche Bilder in dem Kasten erkennen können, wirken sie verdutzt. Und dann gratulieren sie uns, weil sie ihn für ein besonders kostbares, auf Hochglanz poliertes Stück Obsidian halten.

Da ich annehme, daß hinter allem der Heilige steckt, gebe ich mir Mühe, einen Sinn in den verrückten Berichten zu entdecken, die uns nahezu zweitausend Jahre voraus sind. Übrigens scheint alles auf der Geburt Jesu Christi aufzubauen, eine ziemlich heikle Sache, denn wie jeder weiß, hatte unser Herr die Angewohnheit, ein paar Jahre seines Lebens zu unterschlagen, damit er jünger und mehr auf Zack wirkte.

»Erlöse keinen über vierzig«, war sein Motto, jedenfalls behauptet der Heilige, daß es das war. Andererseits nimmt auch der Heilige es mit der Wahrheit nicht allzu genau. Vielleicht hat der Herr ja gesagt: »Über dreiunddreißig«, das offizielle Jahr der Ersten Rückkehr zu seinem Vater im Himmel – und natürlich auch zu dem berühmten, theologisch umstrittenen Dreieinigen Gott oder Vater-und-Sohn-und-Heiliger-Geist, also Satans 666 geteilt durch 222. Doch wer zählt da schon nach? Höchstens ich, aber ich muß mit der heiligen Geschichte ja auch ganz von vorn anfangen.

Frage: Schwindelt der Heilige da etwa auch? Sind die Evangelien wirklich allesamt verloren bis auf dieses hier, mit dem ich immer noch nicht richtig vorankomme, weil ich dauernd unterbrochen werde? Bisher sind die Fakten eher dürftig. Am besten werde ich sie auflisten. Schön der Reihe nach.

Zuerst taucht also der Heilige plötzlich in meinem wiederkehrenden Alptraum auf. Erzählt mir die schlimme Neuigkeit von dem »Computervirus«. Zwar habe ich keinen Schimmer, was damit gemeint ist, aber ich kann mir in etwa vorstellen, worum es geht. Die Evangelien sind aus Büchern und von »Bändern« gelöscht worden. Aber wird man sie auch aus den Köpfen jener löschen können, die sich noch daran erinnern? Ich richte diese Frage an Gott Sony, doch der bleibt stumm.

Dann kommt der Sony aus der Zukunft. Kein Mensch hat gesehen, wie die Männer, die ihn gebracht haben, angekommen sind. Wichtiger noch: Wer hat ihn geschickt und warum?

Und dann hat der Heilige schon immer behauptet, daß wir von Leuten aus der Zukunft abgehört werden. Aus Prinzip habe ich ihm aber nie ein Wort geglaubt. Natürlich gab es da den Zwischenfall in Philippi, auf den ich noch zu sprechen kommen werde. Abgesehen von dieser mäßig übernatürlichen Angelegenheit dachte ich, der Heilige würde schlicht rumspinnen. Mittlerweile weiß ich, daß uns seit Anbeginn der Größten Geschichte Millionen von Augen beobachten. Und außerdem weiß ich, daß es irgendwann in der Zukunft alle möglichen Methoden geben wird, die Vergangenheit – also uns – zu besuchen.

Eine davon ist das »Einklinken«, damit hat sich der Heilige in meinen jüngsten Alptraum geschmuggelt. Ich weiß nicht, *wie* es funktioniert, aber offenbar ist es ganz einfach, zumindest für jemand, der so rührig ist wie der Heilige – man kann nicht mehr sagen: *war*, denn die Gesamtheit der Zeit ist nur noch eine flache runde Scheibe. Nein, was das heißt, weiß ich auch nicht, aber so hat es der Sprecher der *Foundation for Inner Peace* neulich in einer Talk-Show ausgedrückt.

Ich klammere mich an den Rest von Vernunft, den ich noch habe, und versuche mein Bestes, um mit der Invasion aus der Zukunft – ein anderes Wort gibt es nicht – fertigzuwerden. Heute morgen ist sie in ein neues Stadium eingetreten, gleich nach der *Hollywood Minute* von CNN, einer meiner Lieblingssendungen, trotz unleugbarer *longeurs.* Plötzlich trat ein junger Mann mit rosigem Gesicht und einem sogenannten dreiteiligen Anzug aus Polyester aus dem Apparat.

Wie kann ein ausgewachsener Mann aus einem schwarzen glänzenden Sony treten, der höchstens ein Zehntel seiner Größe besitzt? Genauso wie Jesus die Toten wiedererweckte, schätze ich. Wie auch immer, da, wo eben noch das Programm über den Bildschirm geflimmert war, tauchte plötzlich Chester W. Claypoole auf. Einmal aus dem Fernseher heraus, wurde er immer größer, bis er seine normale Statur erreicht hatte. Der Bildschirm hinter ihm erlosch.

»Guten Morgen«, sagte er herzlich. »Mein Name ist Chester W. Claypoole. Ich bin Vizepräsident der Abteilung Kreatives Programmieren bei NBC.«

»Willkommen... in meinem bescheidenen bischöflichen Bungalow«, antwortete ich, als mir meine ökumenischen Manieren wieder einfielen. Dann streckte ich ihm die Hand mit dem Bischofsring so entgegen, daß er die Wahl hatte, den Ring zu küssen wie ein echter Gläubiger oder mir die Hand zu schütteln wie ein Mann. Er tat keines von beidem.

»Nennen Sie mich Chet«, sagte er. »Ich hoffe, der Apparat, den ich geschickt habe, gefällt Ihnen?« Er nahm auf einem Schemel vor meiner Sitzbank Platz und lächelte so, wie jeder im Fernsehen lächelt. Vermutlich grinsen sie alle soviel, weil sie aus irgendwelchen Gründen perfekte Zähne haben. Anno 96 zeigen selbst diejenigen, die noch ein paar Stummel vorzuweisen haben, sie nicht gerne herum, und deshalb wird hier auch nicht viel gelacht. Nicht, daß es was zu lachen gäbe, bei derartig hohen Steuern und durchgedrehten Zionisten, die mit einer Intifada gegen die Römer drohen. Dabei sind das die Herren der Welt, ob es einem nun paßt oder nicht. Die Juden mußten es vor zwanzig Jahren am eigenen Leibe erfahren, als die Römer den Tempel in Jerusalem abgerissen und die gesamte zionistische Bewegung auseinandergenommen haben, bis auf die terroristische »Irgun-Gang«, die jetzt wieder die Muskeln spielen läßt und Hotelhallen in Brand setzt.

»Das war natürlich sehr nett von Ihnen.« So cool wie der bin ich schon lange. »Obwohl mir nicht ganz klar ist, warum Sie so scharf darauf sind, mir das Fernsehprogramm des späten zwanzigsten Jahrhunderts nahezubringen, ohne mir gleich auch eine Satellitenschüssel hinzustellen, mit der ich Sky Channel empfangen könnte. Heißt es nicht, das sei das *sine qua non* des optimalen Fernsehvergnügens? Nichts für ungut.«

»Die Schüssel würde hier nicht funktionieren. Aber wir versorgen Sie mit unserem klassischen Sendemenü. Sie bekommen NBC, klar, CBS, ABC und CNN...«

Plötzlich runzelte Chet die Stirn. Er deutete auf den Fernsehapparat. »Sie sollten ein spezielles GE-Gerät bekommen, und das ist ein Sony... Komisch. Tja, wo war ich stehengeblieben? Besucher. Richtig. Sie müssen wissen, ich bin nämlich auf der Suche nach einem gewissen... Hacker?« Er warf mir einen forschenden Blick zu, um zu sehen, ob ich noch mitkam.

Da das nicht der Fall war, fragte ich ihn, was ein Hacker wäre oder sei. Worauf Chet mich daran erinnerte, was der Heilige mir im Traum erklärt hatte, und das beweist, daß der Heilige und Chet zusammenarbeiten, um die christliche Botschaft durch meine Wenigkeit wiederherzustellen. Dabei kann ich natürlich nicht ausschließen, daß sie was ganz anderes sind, als sie vorgeben, nämlich Werkzeuge des Teufels.

»Wir wissen immer noch nicht, *wer* der Hacker ist, doch Dr. Cutler, unser genialer Mitarbeiter von General Electric – NBC ist eine Tochtergesellschaft von GE –, hat ein Super Sam Intercept entwickelt, das ihr Band selbst vor den gerissensten Hackern und Cyberpunks schützt.«

»Aber nicht vor Besuchern, wie ich sehe.«

»Sollte irgend jemand aus meiner Zeit bei Ihnen vorbeischauen, wäre ich Ihnen sehr dankbar, wenn Sie über den Z-Kanal kurz durchrufen könnten. Ich zeige Ihnen, wie. Sollte ich nicht da sein, warten Sie, bis Sie das elektronische Signal hören, und hinterlassen mir eine Nachricht auf Band.«

Chet zündete eine Zigarette an. Rauch stieg auf, aber ich konnte ihn nicht riechen. Dann zeigte er mir, wo ich drücken mußte, um den Z-Kanal reinzukriegen und auch die Gegensprechanlage mit NBC und Chets Direktleitung. Ich verstand zwar nur die Hälfte, trotzdem ließ ich ihn reden. Irgendwann macht alles einen Sinn. Nicht umsonst habe ich einige Jährchen Religion auf dem Buckel.

»Ihr Evangelium ist von ungeheurer Bedeutung für die Christenheit. Andererseits ist Kreatives Programmieren von ungeheurer Bedeutung für General Electric und ihre Tochtergesellschaft NBC. Im Augenblick bereiten wir uns auf einen großen technischen Durchbruch im Bereich der Software vor. Es ist nur noch eine Frage der Zeit, und wir sind in der Lage, ein Kamerateam hier zu Ihnen zu schaffen. Wenn es soweit ist, können wir theoretisch alle möglichen historischen Ereignisse live übertragen – von dem Tag an jedenfalls. Und dann kommt Ihr Auftritt.«

Ich gluckste – ein Geräusch, das ich ziemlich gut beherrsche. »Sollte ich mir da nicht lieber zuerst einen Anwalt besorgen?«

Chet schenkte mir ein säuerliches Lächeln. Ich hatte ins Schwarze getroffen. »Es ist noch ein bißchen früh, um übers Geschäftliche zu reden. Aber so geht in etwa der Plan: Wir werden als erster Sender auf den Golgatha zurückkehren und die tatsächliche Kreuzigung, die Auferstehung, kurz, die ganze Chose *live* übertragen! Weil sich aber der Zuschauer mit dem Gezeigten identifizieren können muß, brauchen wir jede Menge Hintergrundmaterial und Interviews, nicht nur mit den diversen anwesenden Notabeln, sondern auch mit dem Mann auf der Straße. Natürlich will ich Ihre Hoffnungen nicht allzu hoch schrauben, aber Sie sind unser Favorit für die Moderation. Das wäre also einer der Gründe, warum wir ein Auge auf Sie geworfen haben – beste Sendezeit, beste Bezahlung, verehrter Timsan.«

»Dann gehe ich davon aus, Chester …«

»Nennen Sie mich Chet.«

»Dann gehe ich davon aus, Mr. Claypoole, daß ich mit weiteren Besuchen von anderen Sendern und auch von CNN rechnen kann, die mir das gleiche Angebot machen wollen. Denn genau das ist es, was wir in der Kirche als freien Wettbewerb bezeichnen.«

Chester pfiff durch die Zähne. »Und da heißt es immer, ihr Heiligen wärt Triefel!«

»Was ist das?«

»Ein frommer Mann.« Chester war aalglatt. Aber natürlich traute ich ihm nicht über den Weg. »Kann schon sein, daß Sie andere Angebote kriegen, aber ich persönlich wage das zu bezweifeln. Was das technische Know-how angeht, so schlägt GE die anderen um Längen. Cutler ist das größte Genie, seit Mr. Moto das Fernsehen erfunden hat.«

Damit war die Katze aus dem Sack, und das Angebot lag auf dem Tisch. Sollte ich den Auftrag, *Golgatha live* zu moderieren, annehmen? Da würde eine Menge von den Nebenrechten abhängen, soviel war mir klar, vor allem von der Videovermarktung. Ich mußte einen skrupellosen Anwalt mit der Sache betrauen. Mittlerweile hielt ich Chet hin. »Lassen Sie mich drüber schlafen. Aber vorher will ich Sie noch etwas fragen. Der Heilige hat immer von Ihrer Anwesenheit gewußt oder zumindest von der anderer Chesters. Warum haben Sie – oder die anderen – nicht *ihm* einen Fernseher hingestellt?«

»Diese Kunst steckte zu seinen Lebzeiten noch in den Kinderschuhen...«

»Sorry, Chet. Aber das reicht mir als Erklärung nicht aus. Für Sie sind wir doch beide gleich hinüber. Wenn Sie in der Lage sind, mir einen Besuch abzustatten, bedeutet das doch, daß Sie auch bei ihm reinschauen könnten – ein paar Jährchen früher, versteht sich. Warum drücken Sie nicht einfach ein bißchen länger auf die Rücklauftaste? Könnten Sie sich nicht – wie war noch gleich das Verb – zu ihm zurücksonysieren?«

»Warum quälen Sie mich so?« Chet drückte seine Zigarette auf dem letzten von Eunikes rotweißen korinthischen Salattellern aus. Aber es blieb nichts darauf liegen – wie Chet war auch die Zigarette eine Illusion. »Wir haben Anweisung, Ihnen nichts Näheres zu verraten, und Sie stehen da und lassen sich über die fortgeschrittenste Technologie der Welt aus...«

»*Du* bist zu *mir* gekommen, mein Sohn.« Einen Augenblick lang fiel mir mein geistliches Amt wieder ein. »Nun mach schon, leg die Beichte ab. Die Erlösung liegt in meiner Hand.«

Chet stöhnte. »Okay. Es stimmt. Es gibt noch andere Bänder aus Ihrem Leben. Jede Menge sogar, und ich bin nur deswegen in dies hier reingegangen, weil es hackersicher ist. Bis zu Paulus selbst bin ich allerdings nie vorgestoßen, weil der Hacker seine Bänder schon vernichtet hatte, bevor Dr. Cutler mit seiner Technologie soweit war.«

»Dann müssen Sie auch Bänder von unserem Herrn gehabt haben.«

»Das waren die ersten, die dran glauben mußten. Aber erst, nachdem ein ausländischer Sender bis zu ihm vorgedrungen war – mittels Fernbedienung natürlich – und der Interviewer ihn *fast* so weit hatte, daß er den ganzen zionistischen Scheiß aufgab und nach Palm Springs emigrierte, wo es einen reformierten Tempel mit seinem Namen gibt und dazu einen brandneuen Komplex mit Eigentumswohnungen, sozusagen als Dreingabe.«

»*Jesus war ernsthaft versucht?*«

»Und wie! Doch, Moroni sei Dank, gibt es bisher noch keine Möglichkeit, euch Burschen mittels schnellem Vorlauf ins TV-Land zu schleusen, während es hier, in eurer Zeit kein Palm Springs gibt, was man sich übrigens kaum vorstellen kann. Aber trotzdem, wenn wir ihn hätten überzeugen können, auf dem Höhepunkt seiner Messiaskarriere in den Ruhestand zu treten, hätte er ja auch nach Zypern gehen und da eine ruhige Kugel schieben können, und dann hätte es weder Golgatha noch den Heiligen noch das Christentum gegeben. Tja, wir waren echt nah dran, das können Sie mir glauben.«

Plötzlich dämmerte mir etwas. Ich hatte mir schon immer den

Kopf zerbrochen über die Geschichte von Jesus im Botanischen Garten von Gethsemane, wo er in Versuchung geführt worden war, die ganze Sache abzublasen, so hat er es später jedenfalls dargestellt. Nun, mittlerweile wissen wir genauer, wer oder was ihn in Versuchung geführt hat. Es war nicht der Satan, sondern der/die TV-Moderator/in eines gewissenlosen ausländischen Senders, was Murdoch wohl ausschließen dürfte. Mit einemmal gehen mir eine ganze Menge Lichter auf. Ich brauche Chester, Chet...

Ich griff nach der Schriftrolle auf meinem Schreibtisch. »Nach meinem Traum habe ich angefangen, mir ein paar Notizen zu meinem Leben mit dem Heiligen und so weiter zu machen.«

»Deshalb bin ich hier.«

»Ich dachte, Sie wären gekommen, um mir ein Angebot zu unterbreiten, damit ich als Moderator in Ihrem exklusiven *Golgatha-live*-Programm auftrete.«

»Das auch. Aber das ist bloß der Köder. Eigentlich sind wir hinter dem Evangelium des Timotheus her. Sehen Sie mal.«

Chet hielt mir ein Foto unter die Nase. Es zeigte ein Loch in der Erde und daneben einen tonnenschweren Trümmerhaufen aus zerbrochenen Marmorplatten und Dreck.

»Was ist das?«

»Das ist Ihre Kathedrale hier in Thessaloniki heute. Mein Heute, heißt das. Seit mehreren Jahren sind Archäologen dabei, sie auszugraben, und jetzt haben sie mit ihren Sonargeräten einen Raum unter dem Hochaltar entdeckt.«

Ich nickte. »Da heben wir das Putzzeug auf. Besen, Eimer, Mops – und natürlich ein paar Grabmäler.«

»Noch besteht kein Grund zur Eile, weil ihnen das Geld für die Buddelei ausgegangen ist. Sie haben also jede Menge Zeit, Ihr Buch zu schreiben und am rechten Ort zu deponieren. Wir richten uns da ganz nach Ihnen.« Er summte vor sich hin.

»Ich soll das...«

»... Manuskript der Lebensgeschichte des heiligen Paulus und natürlich Jesu Christi irgendwo verstecken. Das wäre die Entdeckung des Jahrtausends! Ich sehe schon eine Startauflage in Millionenhöhe vor mir, und allein die Vorabdruckrechte...«

»Und was bringt mir das?« fragte ich und fügte rasch hinzu: »Oder der Kirche?«

»Sie werden das Christentum retten. Was könnte schöner sein als in dieser Gewißheit zu leben? Das sage ich als Mormone, der das Rauchen nicht lassen kann, Moroni, vergib mir. Ihre Version wird die einzige sein, die je in die Zukunft gelangt. Sie wird verkünden, daß Jesus der einzige Sohn der Sonne... äh, des Einen Gottes ist.«

Chet trat neben den Fernseher und holte den Z-Kanal rein. »So erwische ich gerade noch den letzten Zug nach Westport.« Er zwinkerte mir zu. Auf dem Bildschirm war kein Zug zu erkennen, bloß ein Raum mit Papierwänden, in dem ein Mädchen im Kimono die Teezeremonie zelebrierte.

»Warum nehmen Sie das Manuskript nicht einfach bei Ihrem nächsten Besuch mit?« fragte ich.

»Wir können nichts von *hier* mitnehmen, weil wir in Wirklichkeit gar nicht hier sind. Sagen wir es so: Sie sind Gleichstrom und wir Wechselstrom. Wir können Ihnen mittels Rücklauf was herschleusen, aber im schnellen Vorlauf funktioniert es nicht. Fühlen Sie mal.« Chet hielt mir seinen Arm hin. Ich griff nach seinem Handgelenk – Luft, genau wie der Heilige in meinem Traum.

»Sehen Sie? Ich bin ein sogenanntes Hologramm. Eine Art dreidimensionales Abbild meiner selbst. Dr. Cutler hat leider noch nicht raus, wie er einen Menschen hertransportieren kann, ohne daß dessen Moleküle ganz erheblichen Schaden nehmen. Fernsehapparate sind weniger kompliziert. Wiedersehen.« Chet verschwand im Bildschirm. Gerade als das Mädchen ihm eine Tasse Tee anbot, kam ein Werbespot dazwischen.

Ich habe das komische Gefühl, daß Jesus bei seinem ersten Besuch ganz recht hatte, damals im Botanischen Garten von Gethsemane, als er sagte, all diese elektronischen Visionen – egal ob Kabel oder Antenne – seien gleichermaßen Teufelszeug.

Doch jetzt muß ich mit meinem Evangelium nach Timotheus, erzählt von... Warum schreibe ich eigentlich »erzählt von«, wo ich die Geschichte doch selbst erzähle oder, besser gesagt, aufschreibe, getreu meiner Erinnerung? Ich muß aufpassen, daß ich auf diesem Band nicht die Kontrolle verliere. Kiebitze gibt's überall.

3

An dem Tag, als ich Lystra verließ, schenkte Eunike mir neue Sandalen, und Dad brachte kein Wort raus. Die griechischen Mädchen machten lange Gesichter, aber sie hatten auch allen Grund. Die Jungs ebenfalls. Ich hatte nie was ausgelassen damals in unserem gottverlassenen alten Lystra. War kein Problem mit meinen blitzenden, kornblumenblauen Augen und den goldenen Korkenzieherlocken. Heute habe ich eine Glatze.

»Du bist ja ein ganz polymorph Perverser«, raunte mir der Heilige nachts in die Locken. Im Bett sprachen wir immer griechisch. Aber nachdem sie mich in der Küche durch die Mangel gedreht hatten, war ich mindestens einen Monat poly-garnichts. Es tut höllisch weh, soll einer sagen, was er will. Ich war vorher um einiges glücklicher gewesen, aber seien wir ehrlich, wenn die Vorhaut der Teil war, den ich aufgeben mußte, um aus dieser Stadt rauszukommen und als Sekretär des Heiligen die Straße mit den gelben Ziegeln kennenzulernen, war es die Sache wert. Vorhaut hin, Vorhaut her, meine Haut hatte ich immerhin gerettet.

An einem sonnigen klaren Tag gingen der Heilige, Silas und

ich runter an den Strand von Lystra. Silas, der Kuli des Heiligen, war zum Teil griechischer Abstammung, hatte einen Leistenbruch und trug deshalb ein Bruchband. Im übrigen war er wie der Heilige römischer Bürger. Genüßlich konnten die beiden sich stundenlang darüber auslassen, was es hieß, ein Römer zu sein. Natürlich gab es Zeiten, wo auch ich nichts gegen diesen Status einzuwenden gehabt hätte, denn wenn man als redlicher Bürger von Rom eingebuchtet wurde, durfte man nur von einem kaiserlichen Gericht verurteilt werden. Silas und der Heilige besaßen Wahnsinnspässe, die sie an jeder Grenze zückten und in den Synagogen sowieso.

Wegen der alten Doktrin »Juden zuerst« stattete der Heilige unterwegs grundsätzlich jeder Synagoge in jeder Stadt, die eine hatte, einen Höflichkeitsbesuch ab. Zuerst kicherte man freundlich und beschnupperte sich gegenseitig, und dann gab es meistens ein fürchterliches Mittagessen. Schließlich wurde er aufgefordert, ein paar Worte zu sagen, und noch ehe ich »heiliger Moses« rausbringen konnte, fielen sie schon mit ihren Stöcken über ihn her. Sie hielten nun mal nichts von der schlechten Neuigkeit, daß der verblichene Jesus ben Nazareth, der bei uns Griechen »König« oder »Christus« hieß, in Wirklichkeit der Messias gewesen war. Schließlich lungerten sie seit Jahren in den Synagogen rum und warteten auf ihn.

»Die Sache ist«, pflegte der Heilige zu sagen, wenn ich ihn nach derlei Sitzungen mit seinen früheren Glaubensbrüdern verarztete, »man weiß nie, wann oder wo man jemanden bekehren kann.« Zu Beginn seiner Karriere hatte der Heilige mit Jakobus abgemacht, daß sie sich ihre Mission mehr oder weniger teilen würden. Der Heilige sollte sich um die Vorhaut-Sektion kümmern, während Jakobus mit Unterstützung des Dickschädels Petrus, auch Rocky genannt, den Juden die Frohe Botschaft verkünden wollte. Dann war Petrus nach Rom gegangen, wo er über Nacht zum Star der Gesellschaft aufstieg. Am Ende galt er sogar als Günstling von Kaiser Nero, der Petrus, und ich zitiere den Kaiser wörtlich, »die komischste Nummer« nannte, »die je auf dem Palatin verpflichtet wurde«.

Leider mußte der Heilige seine Nase immer wieder in die Angelegenheiten anderer stecken, statt schlicht seine Arbeit zu tun und die Heiden zum Christentum zu bekehren. Er brachte es einfach nicht fertig, an einer Synagoge vorbeizugehen, ohne hineinzulatschen und die Frohe Botschaft zu verkünden: Der Messias sei tatsächlich vor ein paar Jahren auf dem Rücken eines Esels in Jerusalem aufgekreuzt, wo die Juden ihn prompt wegen seines jüdischen Selbsthasses beschimpft hätten, während die Römer ihn für einen zionistischen Terroristen hielten. Schließlich, und das rieb der Heilige seinen ehemaligen Glaubensbrüdern besonders gern unter die Nase, sei er mit Unterstützung einiger Rabbis von der alten Garde ans Kreuz genagelt worden. Am dritten Tag dann sei er post mortem zu neuem Leben erwacht und aus seinem Grab gewatschelt, wo er sich Teilen seines persönlichen Public-Relations-Stabs – Sekretären, Laufburschen und so weiter – gezeigt und sie damit überzeugt habe, daß er tatsächlich der Messias war und daß der Tag des Jüngsten Gerichts und das Himmelreich Gottes und so weiter stattfinden würden, sobald der Herr von einem himmlischen Kurztrip zu seinem Vater, dem Einen Gott im Himmel, zurück sei. Später sagten wir uns, daß Jesus dabei wahrscheinlich die Spanne einer, nämlich unserer, Generation gemeint hatte. Jedenfalls sitzen wir nach wie vor auf heißen Kohlen.

Natürlich predige ich all das jeden Sonntag in meiner Kathedrale, die dringend ein neues Dach braucht, aber unser Prokonsul hier in Mazedonien sagt immer: »Warum das Geld zum Fenster rauswerfen, wenn der Messias doch jeden Augenblick wiederkommt und unsere ganze wunderbare Welt aufgerollt wird wie ein Teppich?« Der Prokonsul ist eine Nummer für sich.

In einem Schlepper setzten wir vom nördlichen Kleinasien

nach Mazedonien über, denn dem Heiligen war im Traum ein kesser, blonder Bauernbengel erschienen – genau sein Typ, wie ich –, der ihm von der anderen Seite zugewinkt und gerufen hatte: »Los, komm rüber nach Mazedonien, und wir zeigen dir, was 'ne Sause ist.«

Damals hätte ich mir nicht träumen lassen, daß ich eines Tages als Bischof in diesem Nest enden würde. »Finsterste Provinz« wäre noch eine schmeichelhafte Umschreibung für die Gegend hier. Sicher, die Jungs sind sexy, aber das sind die Römer auch, und wenn ich wählen könnte, würde ich mich für eine gewöhnliche, schlichte Hafenkapelle im neuen Ostia-an-der-See entscheiden. Aber ich war nun mal, wie der Heilige immer sagte, zu Größerem verdammt.

Zusammen mit reichlich Schafen, Hirten und leichten Mädchen landeten wir in Philippi, einem gräßlichen Hafen voller blonder Kerle, die noch nie was von einem heißen Bad gehört hatten.

Als der Heilige gleich einen Passanten nach der örtlichen Synagoge fragte, ging Silas, Gott hab ihn selig, dazwischen und sagte: »Wenn du dich auch nur in die Nähe einer Synagoge begibst, werde ich höchstpersönlich dabei mithelfen, dir den verdammten Hals umzudrehen.«

Der Heilige winselte etwas von »Oh, ihr Kleingläubigen«, doch da wir die letzte Tracht Prügel noch nicht ganz verdaut hatten und auch wegen Silas' Leistenbruch willigte er schließlich ein, daß wir – jedenfalls die »Oh, ihr« – uns eine Pause gönnten.

Wir mieteten ein Zimmer in einer Taverne gleich hinter dem üblichen piefigen Forum, das man heutzutage überall so vorfindet, denn mittlerweile sieht ein Ort aus wie der andere und der wiederum genau wie ein mächtig runtergekommenes Rom. Aber genau darum geht es ja auch im Römischen Reich – um Standardisierung. Zwar beklagen lokale Minderheiten wie Kroaten und Kurden den Verlust ihrer Identität, aber für alle anderen ist es sicher ganz bequem zu wissen, daß man auf ein Forum, ein Amphitheater, ein Gerichtsgebäude und Pizza mit Fischsauce zählen kann, egal, wo man hinkommt. Und die Gebäude sind natürlich aus kostbarem Marmor, nur kann sich bei der heutigen Inflation keiner mehr Marmor erlauben, so daß selbst der Palast unseres Gouverneurs aus Lehm besteht, der mit Marmorstaub versetzt ist. Der Schein muß gewahrt bleiben, im Reich nicht minder als in der Kirche.

Wir waren pausenlos auf Achse, denn ohne Live-Publikum konnte der Heilige nicht leben. Dafür war es ihm egal, was er aß, trank und am Leib hatte. Wenn er anfing, allzusehr zu stinken, besorgten Silas und ich ihm eine neue Tunika und verbrannten die alte. Er merkte es nicht mal. Er hatte nur sein Publikum im Kopf.

Als Junge aus Griechenland war ich makellos sauber. Sobald wir in einer Stadt ankamen, egal welcher, stürzte ich mich ins nächste Badehaus, nicht nur, um Spaß zu haben, sondern auch zum Schrubben und Einölen. Natürlich konnte der Heilige neben Frömmigkeit auch Sauberkeit nicht ausstehen – bei Laien jedenfalls. Für ihn zählte nur der Eine Gott, der seinen einzigen Sohn auf die Welt geschickt hatte, um sich kreuzigen und wiedererwecken zu lassen, und während wir übrigen rumhingen und auf das Ende der Welt warteten (leicht überfällig, wenn man vom ursprünglichen Zeitplan des Heiligen ausging), brachten die ehemaligen Jünger des Herrn den anderen bei, im Zustand der Reinheit zu leben – das hieß vor allem kein Sex, bis er wiederkehrt und alle vor Gericht erscheinen müssen, wo die Guten in den Himmel kommen und der Rest in die Hölle und so weiter. Wahrlich, ich sage euch, es ist eine wunderbare Religion, vor allem, was das Spendenaufkommen angeht, und das kommt mir wirklich von Herzen.

Der Heilige klapperte seine Gemeinden ab, als gäbe es kein Morgen, predigte, kassierte und stellte nebenbei die größte

Adressenkartei zusammen, die es in der Römischen Welt je gegeben hatte. Der Heilige hatte seine Konvertiten überall – und auch seine Gönner. Als wir nach Rom kamen, besaß er seine eigene Bank, vom Heiligen Geist, kicherte er, denn wie bei diesem mußte man zuerst glauben, bevor man sah, wo das Geld steckte. Der Heilige erfand nicht nur das Nummernkonto, sondern auch die Ratenzahlung. Zwar heißt es, die doppelte Buchführung geht auf Moses' Konto, doch der Heilige entwickelte so viele neue Schliche, daß das römische Finanzamt noch dabei war, sie auszutüfteln, als es längst schon dem Untergang geweiht war – so jedenfalls der Film im Spätprogramm mit Alec Guinness in der Hauptrolle.

4

Am ersten Abend in Philippi besuchten wir das alte Schlachtfeld. Es gab den üblichen Firlefanz für Touristen und außerdem eine Versammlung der *Gesellschaft für Brutus' guten Namen* in einer großen Halle unweit des Riesenrads. Selbstredend fiel dem Heiligen nichts Besseres ein, als auf der Stelle eine Show einzuschieben, und das mit der alleinigen Rechtfertigung, er habe Brutus, den unehelichen Sohn Julius Cäsars, sein Leben lang bewundert. Immerhin war Brutus mit von der Partie gewesen, als sein Vater im römischen Theater von Pompeji abgestochen wurde, wo ich mein erstes Varieté aus Asien sah – und ich meine nicht etwa Kleinasien. Es war riesig! *Mit gelben Mädels.* Ein Traum. Jedenfalls hat Marcus Antonius hier vor hundert Jahren Brutus in einer großen Schlacht abgemurkst, und heute sind sie beide Touristenattraktionen.

Eine zugige Halle. Voller Rauch von billigen Harzfackeln. Eine Holzbühne. Mit Brutus-Statue. Vielleicht hundert Männer im Publikum. Die meisten Holzköppe. Ein paar Frauen. Die üblichen mazedonischen Bauerntrampel. Beißender Gestank. Knoblauch.

»Kann ich ein paar Worte sagen, Herr Vorsitzender?« Der Heilige lächelt. Zuckersüß. »Mein Name ist Saulus, ich komme aus Tarsus. Aber auch Paulus, Bürger von Rom.« Das bringt die Provinzler, unter denen Römer nur dünn gesät sind, immer mächtig auf Touren. »Auch ich bin ein aufrichtiger Bewunderer von Brutus, der auf diesem Schlachtfeld fiel, als Märtyrer im nie endenden Kampf der Menschheit für die Erhaltung der Sklaverei.«

Darauf gibt der Vorsitzende, ein einäugiger Trottel, dem Heiligen grünes Licht, und der geht gleich in die vollen. Ich packe schon mal die Klingelbeutel aus.

Der Heilige war nicht groß, ganz gleich, was die Legende besagt. Er maß allerhöchstens einsfünfzig wie Jesus, der aber aufgrund einer Hormongeschichte ungeheuer fett war – das sogenannte Gleichnis von den Broten und Fischen entsprang der Phantasie eines Mannes, der den Hals nicht vollkriegen konnte. Paulus dagegen war hager und sein Körper, bis auf den großen, kahlen Schädel, über und über von kurzen schwarzen Härchen bedeckt wie eine Spinne. Was für ihn sprach, war seine wunderbare Stimme, wie die des Sprechers in der *Sunday Hour of Power and Prayer*, für den meine Frau so schwärmt. Und natürlich log er wie gedruckt. Ich habe nie jemanden erlebt, der so schnell und plausibel lügen konnte wie der Heilige, wenn er gut drauf war, und in dieser Nacht, als er vor den Brutus-Fans in Philippi predigte, war er echt gut drauf.

Nach einer Salve wunderbar improvisierter Anekdoten über Brutus, Geschichten, die man weder vorher noch nachher je wieder hörte, weil der Heilige sie so aus dem Stand erfand, schlug er einen gewagten Bogen zu seinem Straße-nach-Damaskus-Akt. Also, ich muß wirklich sagen, sooft ich diese Leier auch gehört habe – zehntausendmal? –, ich bin sie nie müde geworden. Von der Art, wie er sie vortrug, ging, wie wir Griechen sagen würden, etwas Göttliches aus – etwas Charismatisches für euch. Auch die Geschichte von der Straße mit den gelben Ziegeln war nie zweimal dieselbe. Anfangs fürchtete ich, seine kreativen Brüche könnten unsere Pressefritzen verwirren, besonders Markus, der seinen Prozessor – im Gegensatz zu den Erinnerungen des Heiligen an Jesus, der ihn bekanntlich nur einmal als Geist auf der Schnellstraße nach Damaskus gesehen hatte – mit der *wahren* Jesus-Story füttern mußte, aber Markus meinte, die verschiedenen Versionen seien eine echte Hilfe beim Zusammenstellen der Wahren Geschichte von der Frohen Botschaft, die Jesus der ganzen Welt über das Ende der Welt gebracht hat und die später unter anderem von Paulus' Korrespondenz (»Nenn mich Sol«) mit seinem sehr ergebenen Timotheus ergänzt werden soll. Doch Markus, oder der heilige Markus, zu dem man ihn befördern wird, es sei denn, die TV-Leute nehmen mich auf den Arm, sagte, die Geschichten des Heiligen bräuchten keinen Sinn zu ergeben, weil er, also Markus, die ganze Geschichte ohnehin neu schreiben werde.

Ich frage mich, ob Chet Kontakt zu Markus hat, der angeblich noch lebt, obwohl es kaum eine Rolle spielt, da Chet uns sowieso alle auf Band hat und bis dahin zurückspulen kann, wo Markus sein Evangelium verfaßt, ein Evangelium, das in Chets Zeit, also in weiter Zukunft, vom Hacker gelöscht wird – gelöscht worden ist? Ich komme einfach mit der Zeit nicht mehr klar, jetzt, da sie auf eine runde schwarze Scheibe reduziert worden ist. Wo bin ich? *Bin ich?* Wo war ich? Wo werde ich sein, wenn die Herrlichkeit Gottes über uns hereinbricht?

Interessant, daß jeder, der mit diesem Zirkus zu tun hat, sein eigenes Süppchen zu kochen versucht – vermutlich ist das auch der Grund, warum ich da mit eingestiegen bin. Ich glaube beispielsweise, daß ein schiefes Bild von der Psyche unseres Herrn entsteht, die ohnehin ziemlich verdreht und wirr, wenn nicht ausgesprochen abartig war, wenn man seine Gewichtsprobleme verschweigt. Natürlich gibt es noch andere Aspekte seiner Mission auf diesem bald erloschenen, großartigen Planeten Erde, die Markus und die anderen komplett unterschlagen haben, ganz zu schweigen von der großen Peinlichkeit, die immer deutlicher zutage tritt: Daß es Jesus nämlich trotz seines Ehrenworts bisher versäumt hat wiederzukommen und daß er sich auch in den zweitausend dunklen Jahren, die mich von Chet trennen, nicht hat blicken lassen. Ich weiß wirklich nicht, wie man die Frohe Botschaft lebendig halten soll, wenn man nicht wenigstens ungefähr weiß, wann man mit dem Advent rechnen kann. Möglich, daß das Jüngste Gericht längst gekommen und wieder vergangen ist, aber das hätte Chet mir doch bestimmt gesagt. Ich meine, irgendwer hätte es doch wohl mitgekriegt, oder?

Die Philippi-Version des Heiligen von seiner Bekehrung zum Christentum (das er noch gar nicht erfunden hatte) wurde besonders spannend, als er beschrieb, wie er auf der nach Osten führenden Schnellstraße von Jerusalem nach Damaskus dem Geist unseres Schöpfers begegnete. »Ich hatte ihn verfolgt, meine Freunde. Jawohl! Brutus... nein, Jesus, meine ich. Doch waren sie nicht gleich in dem Sinne, daß beide Opfer ihrer Liebe zu Sklaven und Sklaventum wurden?« Der Heilige brachte es fertig, selbst einen Versprecher wie eine Zymbel klingen zu lassen.

»Ich stand im Dienste des Mossad, jenes gefürchteten Geheimdienstes der römischen Palästina-Lobby. Ich hatte den Auftrag, alle zu bespitzeln – und zu denunzieren –, die ihren Frieden mit Gott machen wollten. Der hatte seinen einzigen Sohn geschickt – die einzige Tochter erwarteten wir erst zum Jüngsten Gericht –, um der Welt den Weg ins Himmelreich zu weisen. Da war ich also. An einem heißen Tag. Palmen. In einiger Entfernung flimmerte eine Fata Morgana. Ein Kamel. Eine Pyramide. Der Blick von einer Schnellstraße auf die übliche Szenerie des

Nahen Ostens. Als I-Tüpfelchen ein brennender Dornbusch. Und plötzlich: STAND. ER. DA.«

In der qualmigen Halle war es so still, daß man eine Stecknadel fallen gehört hätte oder das Zurückgleiten selbst der ausgeleiertesten Vorhaut. »Genauso breit wie hoch, watschelte Jesus auf mich zu.« Vor einem Live-Publikum ließ der Heilige schon mal derlei Einzelheiten aus dem Sack. In seinen Schriften dagegen ging er auf Nummer Sicher. »Dieses Gesicht. Diese strahlenden Augen – irgendwo verborgen zwischen all den goldenen Fettwülsten. Dieses unbeschreibliche Lächeln. Wie die Scheibe einer Honigmelone. Oh, welche Wonne! Er hob die Hand, ein winziger Seestern aus Schweineschmalz. Er sprach, und seine Stimme war so hoch, so schrill, daß nur ein paar einsame Hundeohren die ganze Botschaft je verstanden, daher das Bedürfnis nach Interpretation und Bewußtwerdung, kurz, nach Megafiktion.« Der Heilige konnte selbst einer Literaturtheorie Leben einflößen, wenn er wollte, und genau das wollte er in jener Nacht in Philippi.

»›Saul, Saul‹, kreischte der Sohn des Einen Gottes, ›was verfolgst du mich?‹« Der Heilige verfiel stets in die Sprache unserer Altvorderen, wenn er den Erlöser zitierte. Erlöser wovon eigentlich? Darüber habe ich bisher noch nie nachgedacht, und ich bin Bischof. Von der Sünde, nehme ich an. Aber wenn die Wahrheit rauskommt, will es doch sowieso nie einer gewesen sein. Mit Sicherheit würde Jesus uns nicht vom Jüngsten Gericht oder von der Hölle erlösen, denn er ist schließlich Teil der ganzen Gerichtsmafia: Vermutlich will er damit seine Freunde und Geldbeschaffer versorgen. An diesen losen Zipfel unserer ansonsten mittlerweile gut durchdachten Lehre muß ich bei Gelegenheit noch ein paar Gedanken verlieren. Wer erlöst hier wen von was?

Auf alle Fälle schluckte das Volk die Sache. Außerdem fanden die Leute es gut, daß unser Heiland, jedenfalls wenn man dem Heiligen glauben durfte, nie was von sich gab, das nicht auch

Tante Minerva hätte sagen können. Und es gefiel ihnen, wenn der Heilige das Ganze etwas aufmotzte, indem er ein paar Wunder einflocht.

Das Volk steht nun mal auf Wunder, die haben im Moment Hochkonjunktur. Natürlich sind wir Heiligen dafür bekannt, hin und wieder selbst eins zu vollbringen. Zum Beispiel jemanden von den Toten zu erwecken, der eigentlich quicklebendig ist, nur ein bißchen grün geschminkt und so weiter. Für Chets Besuch neulich und all die anderen komischen Vögel, die uns seit Jahren überwachen, gibt es allerdings keine Erklärung.

Das erste Mal, daß ich einen von ihnen sah – *bewußt* sah, meine ich –, war in dieser Nacht in Philippi. Heute weiß ich, daß der Heilige tiefer drinsteckte, als er je zugab. »Verkleidete Engel«, grunzte er nur, wenn man ihn fragte. Wer sind sie? Oder, um genauer zu sein, wer seid ihr?

Ich will ganz offen sein. Ich habe den Verdacht, daß jeder einzelne von ihnen oder euch, und auch du, Chet, daß ihr hinter Konzessionen her wart und es nach wie vor seid, um unser Produkt kommerziell auszuschlachten. Mit anderen Worten, alle wollen einen Fuß in der Tür der unstreitig aufstrebenden, wachstumsorientierten Kirche haben, die wir erfunden haben und die sich stützt auf das unverbrüchlich wahre Wort des Einen Gottes in seiner Dreifaltigkeit, welche als Ganzes oder jeweils einzeln verehrt werden kann und garantiert (oder Geld zurück!) jedes Heim und jede Seele verschönert. So, jetzt wißt ihr Leser oder Audiovideo-Touristen wenigstens, daß ich euch auf die Schliche gekommen bin, was in jener ersten Nacht in Philippi allerdings noch nicht der Fall war.

Nur einmal äußerte sich der Heilige zu diesem Thema, und das war ein paar Jahre nach Philippi, damals in Rom, wo er mit seinen Anwälten beschäftigt war und ich bei einer reichen Witwe namens Flavia auf dem Aventinischen Hügel wohnte.

Wir saßen beim Frühstück in einer Loggia. Mit Blick auf den

schlammbraunen Tiber. Mit Blick auf einen Friedhof auf der anderen Seite des Tiber. Der Tiber selbst voller Boote, die stromauf geschleppt wurden. Von Sklaven. Ochsen. Die Sonne wie ein rundes, heißes ... Ding. Am Himmel. Am *strahlenden* Himmel.

Strahlend und damit genau das Gegenteil vom Heiligen, der ziemlich trübsinnig dahockte. Schließlich fing er an, wie miserabel er sich fühle, wie unglücklich sein Leben und, schlimmer noch, was für ein Schwindler er sei, denn er habe sich nie die Mühe gemacht, Jesus zu sehen, bevor er umkam. »Ich war in Tarsus. Praktisch um die Ecke. Die Leute fragten: ›Kommst du mit rüber zu Jesus?‹, und ich sagte: ›Was? Ihr macht wohl Witze. Keine Zeit. Hab zuviel zu tun.‹ Nun ja, ich war damals gerade dabei, eine Serie von schlüsselfertigen Zelten auf den Markt zu bringen, aber was mich eigentlich rund um die Uhr auf Trab hielt, war meine Arbeit für den Mossad. Ich war einer von seinen zahllosen Killern. Nennt mich Sol. Mein Kodename. Erinnert ihr euch noch an Stefan, den Juden mit dem Selbsthaß? Der gesagt hat, mit dem Gesetz Mose gehe es zu Ende, denn unser Junge J. C. sei der Messias? ›Sol, Baby‹, sagte der Mossad, ›knöpf dir diesen Quatschkopf vor.‹ Hab ich gemacht. Damals ging das noch mit Steinen. Und so haben wir ihn erledigt, genau wie später Graf Bernadotte – im Schnellvorlauf. Peng! Dann kriegte ich den Auftrag, ein Auge auf den subversivsten Juden mit dem größten Selbsthaß von allen zu haben, den fetten Jesus. Und hab ich mich darum gekümmert? Natürlich nicht. Zu langweilig, dachte ich. Noch so ein Versager. Und was für ein Specksack. Aber dann paßt er mich auf der Schnellstraße ab, obwohl er doch schon längst tot war. Oh, ich könnte mich in den Arsch beißen! Jeder Holzkopf in ganz Israel hatte ihn gehört und gesehen, als er noch lebte. Ich persönlich vermute sogar, daß bislang, in diesem Zeitabschnitt, also bis heute, mehr als eine Million ihn erlebt haben, und das ist nur ein Bruchteil von denen, die immer noch von außerhalb unserer Zeit herbeiströmen und nach Karten für die

Kreuzigungsszene auf dem Golgatha anstehen, das große Finale in jeder Version, der Preis spielt keine Rolle. Und *ich* hab's verpaßt. Bis jetzt wenigstens.«

Um mich drehte sich alles. »Es gibt keine Million Menschen in ganz Israel, nicht mal, wenn man die Araber mitzählt, was sowieso keiner tut.«

Der Heilige sah mich an und klimperte mit den Augen, ein alter Trick, wenn er anfing zu flunkern oder das Thema wechseln wollte. Aber ich ließ nicht locker. Schließlich rückte er raus mit der Sprache. »Nun ja, ich meine... Du weißt schon, die Kiebitze. Unser Überwacher aus der Zukunft, wie diese Frau, die wir in Philippi getroffen haben. Erinnerst du dich?«

Das tat ich. Tue ich.

Der Heilige war mitten in seiner Straße-nach-Damaskus-Nummer, und das mazedonische Publikum schmolz dahin wie eine zwölfsaitige Laute in der Hand einer liebestollen Einwohnerin von Lesbos.

»Die Hand, die Hand!« rief er und schloß die Augen in Erinnerung an die Ehrfurcht, die ihn damals überwältigt hatte. »In der Mitte der Handfläche klaffte ein Loch, wo er mit einem Nagel ans Kreuz geschlagen worden war. Das war der Beweis. Der schlagende Beweis, daß es seine... daß sie ihm seine war.« Der Heilige paßte seine Grammatik stets dem Publikum an, nie das Publikum seiner Grammatik. Wir, die wir heilig sind, kennen uns nun mal von Geburt an mit sämtlichen Tricks des Gewerbes aus. Aber der Heilige kannte einen, den nur er beherrschte. Steigt man erst mal ein in die Genealogie und verfolgt, wie Jesus Christus von König David abstammt und so weiter, so stellt man fest, daß sie nicht nur sterbenslangweilig ist, sondern auch reichlich verwirrend für ein Publikum, das nicht mal einen Juden von einem Chinesen unterscheiden könnte. Wie also brachte der Heilige diesen Stumpfsinn hinter sich? Indem er ganz allein und *ohne jede fachliche Anleitung* den Steptanz erfand.

Der Heilige hatte sich die Sohlen seiner Sandalen mit Kupferplättchen beschlagen lassen. Immer wenn er zu der Abstammungsgeschichte kam, fing er an zu tanzen. Er tanzte von rechts nach links und von links nach rechts, und vor jedem »zeugte« kam ein Klick und danach auch, und dann, großes Finale, ein Klick zwischen »zeug« und »te«, und wenn er mit der Leier durch ist und, Abendigo!, bei IHM ankommt, ähnelt er diesem affenartigen, krummbeinigen Fred Astaire aus dem Fernsehen, den meine Frau so anbetet. Ich persönlich würde den Heiligen nicht auf dieselbe Stufe wie Astaire stellen, aber er war sicher so gut wie Dan Dailey, und das ist ein dickes Lob.

Wie auch immer, als der Heilige die mazedonischen Bauerntrampel so weit hatte, daß sie in die Hände klatschten und mit den Zehen schnippten, verkündete er seine Botschaft, Halleluja! »Das Angesicht der Erde wandelt sich. Das Ende ist nah! Wer falsche Götzen anbetet, soll im ewigen Feuer der Hölle schmoren. Wir aber werden gerettet, liebe Freunde. Versprochen ist versprochen. *Jedenfalls,* wenn ihr tut, was der Herr sagt. Denn mit ihm, seinem Kommen – haha, hihi, hoho – ist Moses' Gesetz ausradiert worden. Einfach *ausradiert.* Kapiert ihr? Das ist die *Frohe* Botschaft, Leute.«

Gewöhnlich ließ der Heilige bei den Gojim Moses aus dem Spiel, weil sie keine Ahnung hatten, worüber er sprach, aber in dieser heißen, stickigen Nacht in Philippi war er wirklich inspiriert – wie eine betrunkene Spinne, die ein bizarres Netz spann, in dem jeder der anwesenden Bauerntrampel hängenblieb.

Als der Heilige endlich zum Schluß kam – »und nun werden einige meiner jungen Brüder im Herrn mit Klingelbeuteln und Literatur herumgehen, absolut geschenkt für einen lumpigen Obolus« –, da wußte ich, daß wir schon wieder eine neue Kirche gegründet hatten, denn nach diesem Muster lief das damals: Erst kam eine höllische Predigt vom Heiligen, dann die Kollekte. Dann Namen und Adressen für unsere moderne heilige Adressenkartei, ein Werbegeschenk der Firma Rolodex. Der Heilige machte Termine für Taufen und so weiter. Zum Schluß, bevor wir aus der Stadt verschwanden, berief er noch ein paar Diakone und Diakoninnen, und siehe, die erste Paulinische Kirche von Philippi nahm ihre Geschäfte auf.

Während Silas und ich uns unseren Weg durch die aufgeheizte Menge bahnten und mit dem milden Lächeln, das der Heilige uns beigebracht hatte, Spenden sammelten, fiel mir eine komische kleine Frau in einem schwarzen Kostüm auf, das ich zuerst nicht erkannte. Seit Chet mit dem Fernseher in meinem Bungalow aufgetaucht ist, habe ich jede Menge über die verschiedenen Gewänder im TV-Teil der Welt gelernt. In jenen Tagen jedoch trugen alle Männer ihre Tuniken und höchstens einen Umhang oder eine Toga darüber, das war's. Und die Mädels diese Wickeldinger. Na ja, jedenfalls war die Dame in dem schwarzen Fummel mein erster »verkleideter Engel«.

Der Heilige, Silas und ich saßen in einem Raum hinter der Bühne, im rückwärtigen Teil der Halle. Wir waren allein, und das einzige Licht stammte von ein paar rauchenden Fackeln. Silas und ich waren dabei, das Geld zu zählen, während der Heilige die Rolodex mit Namen fütterte.

Plötzlich stand die komische kleine Frau vor uns und hängte sich dem Heiligen an den Arm. »Ich habe Sie in Lystra gesehen.« Sie hatte keinerlei Akzent, jedenfalls fiel mir keiner auf. Aber aus Griechenland stammte sie mit Sicherheit nicht. »Ich habe gesehen, wie Sie den Mann mit dem Klumpfuß geheilt haben.«

»Ich weiß.« Der Heilige war ganz ruhig. »Ich habe Sie bemerkt. Setzen Sie sich, gute Frau. Timmy, mach mal Platz.«

»Ich stehe lieber.« Sie starrte den Heiligen an. Ihre Augen erinnerten mich an flammende Eidotter. »Wo immer Sie im wahren Glauben heilen, bin ich anwesend. Versuche es zumindest. Es ist nicht immer einfach durchzukommen.«

»Wo ein Wille ist, ist auch ein Weg – wie unser Herr zu sagen pflegte.« Daß der Heilige sich nicht dafür interessierte, wer sie war, und noch weniger, woher sie kam, hätte mir zeigen müssen, daß er Bescheid wußte über das, was ich insgeheim als Phantomphilister bezeichnete. Nach Philippi tauchten sie in Scharen auf, besonders bei wichtigen Anlässen.

»Würden Sie mir nicht zustimmen, Paulus, daß alle Krankheit nur Ausdruck einer Schwäche des Geistes ist?«

»Alles ist im unendlichen Geist des wahren, dreifaltigen Gottes enthalten.« Der Heilige hatte keinerlei Schwierigkeiten, diese Art von absolut wasserdichter Theologie abzulassen und gleichzeitig den komplizierten Mechanismus einer echten Rolodex auseinanderzunehmen und wieder zusammenzusetzen, und genau das tat er. Er war ein lausiger Zeltfabrikant, aber wenn es um Bürotechnik ging, mit der sich zahlende Kunden erfassen ließen, wuchsen ihm geradezu zwei rechte Hände zusätzlich.

»Ich studiere Sie, sooft ich kann«, sagte sie. »Was nicht so häufig ist, wie ich gern möchte, weil ich mich dazu krank machen muß, und das widerstrebt meiner Natur. Im Grunde ist es eine Perversion des Geistes, aber ich habe keine Wahl. Deshalb stopfe ich mich freiwillig mit überbackenen Käseschnittchen voll, obwohl ich sie nicht ausstehen kann. Irgendwann schlafe ich dann ein und träume, schreckliche Träume von alten Zeiten, gräßlichen Menschen und widerlichen Gerüchen.« Sie starrte voller Abscheu auf die Tunika des Heiligen. Höchste Zeit, sie zu verbrennen, merkte ich mir pflichtschuldig.

»Und dann bin ich plötzlich im Heiligen Land und sehe Ihnen beim Heilen im rechten Glauben zu, und das ist das Rumpeln in den Gedärmen wert, den verdorbenen Magen und den entsetzlichen Kater am nächsten Tag, denn außer den überbackenen Käseschnittchen, muß ich gestehen, genehmige ich mir zuweilen auch noch einen Drink, entweder pur oder wie diesmal als Gin Daisy – ein himmlischer Cocktail, wäre man nicht wie ich Antialkoholikerin.«

»Sie werden also sternhagelvoll geradewegs zu mir in die guten alten Zeiten katapultiert, liebe Frau? Ich fühle mich geschmeichelt. Was ist ein Gin Daisy?«

»Drei Teile Gin, ein Teil Cointreau und eine Maraschinokirsche. Oh, es ist fürchterlich.«

Offensichtlich hatte die betrunkene Dame den Herrn nur das eine Mal gesehen, als er Lazarus von den Toten auferweckte. »Das konnte ich mir einfach nicht entgehen lassen, denn es bewies auf wunderbare Art, daß ich recht hatte. Lazarus war gar nicht tot – *es gibt nämlich keinen Tod.* Wenn der Tod böse ist und Gott gut, und wenn Gott alles ist und alles Gott, dann kann es einfach keinen Tod geben.« Na ja, ich hatte schon dümmere Argumente gehört, sogar in unserer eigenen Kirche.

»Lazarus war mausetot, liebe Frau.« Der Heilige fingerte scheinheilig an der Rolodex herum.

»Nein. Vielleicht sah es für Sie so aus, aber das war nur eine Erscheinung. Es gibt die Erscheinung des Todes, wie es die Erscheinung des Bösen gibt, aber beides existiert nur *innerhalb* des Beobachters, wenn er falsche Gedanken hat, also negative Gedanken, die es in der äußeren Welt nicht gibt, da Gott...«

»Drei Teile Gin und ein Teil Wermut?«

»Cointreau. Ich spüre einen Anflug von Kopfschmerzen und werde bald die Kanalfähre nach Hause nehmen. Deshalb muß ich mich beeilen. In Lystra hatte ich keine Zeit, Sie zu fragen, ob Sie nicht auch der Meinung sind, daß *alles* nur im Kopf existiert? Ein böses Leben, böse Gedanken, Tod, Krankheit...«

»Geist ist Gott. Gott ist Geist, sicher, meine Verehrteste, sicher. Aber mausetot ist das sprichwörtliche Gegenteil von kreuzfidel, und daher...«

Die Dame klatschte in die Hände, und ihre Augen schwammen in Tränen. »Sie stimmen mir zu! Ich wußte es. Ich habe so viele Erkenntnisse auf diesem höheren Wissen aufgebaut, daß ich begierig war, Ihre wissenschaftliche Meinung zu hören. Sie verstehen sicher, ich betätige mich dank Gottes Hilfe als Heilpraktikerin, nicht der Seele, sondern des Geistes. Ich bilde mir ein, einen ebenso wissenschaftlichen Ansatz zu verfolgen wie Er an jenem Tag mit dieser Makrele namens Lazarus. Wie er strahlte! Schlank, aber kräftig. Er legte Lazarus die Hand auf die Stirn...«

»Schlank? Unser Herr? Er war einigermaßen fett, fürchte ich. Wahrscheinlich haben Sie ihn mit einem seiner Jünger verwechselt.«

»Aber er war schlank...« Sie röchelte. »Sie meinen, Jesus war der andere? Der... Fette?«

»Ja«, sagte der Heilige.

Sie war erschüttert. »Das bricht mir das Herz! Zu denken, daß er der größte aller Ärzte und Heilpraktiker war und sich selbst nicht helfen konnte! Rund wie ein Butterfaß. Kaum Farbe im Gesicht. Kurzatmig. Sicher, er war gezwungen, als Mensch zu leben. Aber mußte er sich ausgerechnet von Fischpasteten und Schmalzbroten ernähren? Siedfleisch? Weißen Bohnen mit Speck? Wackelpudding?«

»Gerichte, die in Palästina nicht üblich sind, fürchte ich...«

»Gebackene Kartoffeln mit Sauerrahm, egal, was...«

»Er hatte eine Schwäche für Halva. Ein Kilo zerstampfte Bohnen mit Olivenöl gehörte zu seinen Lieblingsspeisen – gewöhnlich verdrückte er das als kleinen Imbiß vor der Predigt. Gab man ihm Kohlenhydrate, verzichtete er auf alle Proteine. Natürlich litt er an Blähungen. Sogar als er schon tot war und wir uns auf der Schnellstraße...«

»Ich kenne die Geschichte.« Sie fiel dem Heiligen einfach ins Wort. »Es gibt keinen Tod. Ist alles nur Einbildung.« Sie rülpste laut und lief rot an. »Du liebe Güte. Verzeihen Sie. Das sind die überbackenen Käseschnittchen.«

»Ich war noch nicht fertig«, fuhr der Heilige ungerührt fort. »Ich wollte Ihnen erzählen, was er mir höchstpersönlich auf jener Schnellstraße gesagt hat. Er war zwar ein Geist, sah aber genauso aus wie im wirklichen Leben, höchstens ein bißchen durchscheinender. ›Wie kann ich bei diesem Gewicht ein überzeugender Heiliger Geist sein?‹ fragte er. Ich ergriff die Gelegenheit beim Schopf und antwortete: ›Hör mal, man redet davon, dich in drei Teile zu spalten – Vater, Sohn und Geist. Wenn du also aus drei Teilen bestündest...‹«

Die Dame stieß einen schrillen Schrei aus. »Es ist widerlich. Ich will nichts davon hören. Mir wird übel... Drei Teile...«

»... Gin und ein Teil Cointreau. Das haben Sie mir jetzt schon zweimal erzählt. Jedenfalls habe *ich* Jesus ganz ruhig gesagt, daß die neue Lehre zwar bisher nur auf dem Reißbrett existiere, daß er sich aber um seines Seelenfriedens willen nach Gaza auf die Schönheitsfarm begeben könne, die mein alter Kumpel Ben Hur dort aufgemacht hat. Erinnern Sie sich an ihn? Wie er diese Römerschwuchtel beim Wagenrennen ausgetrickst hat? Nun, mittlerweile macht er in Schönheit und – stellen Sie sich vor – Biokost. Ben schwört auf ein Gramm Heuschrecken mit Ziegenscheiße pro Tag...«

Es war geradezu schauerlich, wie die Dame kreischte. »Meine Karte«, keuchte sie schließlich, indem sie ihre Handtasche aufmachte und etwas herauszog, das im Fernsehland Visitenkarte heißt. Der Heilige konnte sie gerade noch an sich nehmen, bevor sie mit den traurigen Worten »Oh, mein Kopf!« verschwand.

»Ich finde, ihr Kater macht sich ein bißchen zu mausig. Cointreau mit Gin ist tödlich.«

»Wie heißt die Frau?« fragte Silas mäßig interessiert.

»Mary Baker Eddy«, las der Heilige von der Karte ab. »Pastorin der Kirche Christi, Wissenschaftlerin in Boston – wo immer das ist.«

»Spanien«, sagte Silas, der viel herumgekommen war. »Ist das derselbe Christus wie unserer?«

»Das möchte ich bezweifeln. Aber ich befürchte, wir werden

noch jede Menge Ärger mit Copyright-Verletzungen bekommen.«

Dann gab Paulus ihren Namen in die Adreßkartei ein. Wie er zu sagen pflegte: Man weiß schließlich nie, wo das Geld steckt. »Es ist nicht einfach, ein Warenzeichen zu schützen. Unser Bruder im Herrn, Jakobus, ist sogar so weit gegangen, in Rom einen smarten jüdischen Anwalt anzuheuern, der sich auf Copyright-Fälle spezialisiert hat, aber der hat bisher nur jedes Vierteljahr ein Riesenhonorar eingestrichen. Jakobus ist ein Idiot, denn das Problem liegt nicht darin, wie man das Copyright auf das Wort Christus bekommt, was unmöglich ist, sondern auf das Kreuz als unser Logo, und das ist sehr wohl möglich. Natürlich könnte man für *Paulinisches Christentum* leichter eins kriegen, aber«, und damit wieherte der Heilige los, »das wäre ja Ketzerei, oder?«

In diesem Augenblick stürzten sich Silas und ich auf ihn, rissen ihm die Tunika vom Leib und verbrannten sie neben dem Riesenrad. Anschließend warfen wir den jaulenden Heiligen in einen nahegelegenen Fluß. So war es, als wir in Anwesenheit von Mary Baker Eddy aus Boston, Spanien, die erste Paulinische Kirche in Philippi gründeten.

5

Der Heilige ließ Silas und mich in Thessaloniki zurück, damit wir auch dort eine neue Kirche gründeten, was wir in Rekordzeit schafften. Er selbst reiste weiter nach Athen, wo er sich vermutlich wieder mal zum Narren machte. Die silberzüngigen griechischen Sophisten waren eben eine Nummer zu groß für ihn und hielten ihn ohnehin bloß für einen Provinzunterhalter. Womit sie gar nicht so schieflagen. Aber er hatte eine Menge mehr drauf als nur Steppen. Er war locker der größte Jongleur *de nos jours*, wie man in Gallien sagt.

Wie auch immer, weder die Flunkereien noch diverse Wunder konnten ihm helfen, als die Athener ihn ohne viel Federlesens zu ihrem Areopag unter freiem Himmel schafften und ausquetschten. Wer dieser Jesus sei? Warum er, wenn er wirklich Sohn des Einen Gottes sei, zugelassen habe, daß sie ihn so grausam ans Kreuz nagelten? Warum er sich drei Tage nach seinem Tod noch die Mühe gemacht habe, wiederaufzuerstehen und überall auszuposaunen, daß er nochmals sterben und in den Himmel zurückkehren werde, um mit den Proben fürs Jüngste Gericht zu beginnen, das wohl irgendwann in naher Zukunft aufgeführt werden solle? Genaueres wisse er auch nicht? Die übliche dumme Fragerei von Leuten, denen es an Glauben mangelt.

Der Heilige hätte einem Eskimo einen Kühlschrank andrehen können (was immer das heißt – ich hab's neulich morgens in einer Quizsendung aufgeschnappt), aber die Athener waren keine Eskimos, und der Heilige hatte sie wegen all ihren Wenns und Abers noch nie leiden können. Außerdem sagten sie ihm ins Gesicht, er sei ein Provinzler.

Von Athen aus pilgerte der Heilige weiter nach Korinth, wo wir wieder mit ihm zusammentrafen. Korinth war das reinste Vergnügen, war es schon immer und wird es auch immer bleiben. Hier geben die Venustempel den Ton an, mit anderen Worten, es geht von morgens bis abends um Sex, nichts als Sex, in dieser höchst kosmopolitischen Stadt, wo der Heilige mit seiner Nummer erstaunlichen Erfolg verbuchen konnte. Aber die Korinther sind ja auch verrückt aufs Tanzen. Bei unserer ersten Reise blieben wir achtzehn Monate, gründeten ein paar Kirchen, gewährten Konzessionen für das Logo und so weiter.

Alles in allem war diese Zeit in Korinth der Höhepunkt meines Lebens als angehender Heiliger. Paulus befand sich in Topform. Er schrieb Rundbriefe an unsere Kirchen, Episteln, die gespickt waren mit Rezepten, Scherzen, guten Ratschlägen für Viehzucht und Inneneinrichtung – und natürlich mit Horoskopen.

Da der Heilige Legastheniker war, vermochte er gerade noch Namen in der heiligen Rolodex zu speichern, dafür konnte er aber schneller diktieren als irgendwer sonst, den ich kenne. Natürlich war seine Konzentration begrenzt, deshalb hat er seine Briefe auch nur selten beendet. Ich verrate kein Geheimnis, wenn ich sage, daß ich mindestens die Hälfte der Briefe verfaßt habe, die von ihm unterschrieben wurden. Besonders gut war ich im Fürchten-und-Zittern. Die schlechten Nachrichten und die Herzieherei über alle Welt wuchsen allerdings auf seinem Mist, wenn er durch unsere Hotelsuite in der Altstadt von Korinth steppte...

Ich muß hier kurz unterbrechen, denn die Zukunft schlägt wieder mal über uns zusammen. Gestern ging ich nach einem runden Dutzend Taufen ins Bad zum Neuen Stern gegenüber vom Palast des Prokonsuls, um mich ein bißchen einzudampfen, und plötzlich stand ein Kiebitz vor mir.

Er war ziemlich nervös, trug eine Brille und ein Hörgerät. Ich kenne die Dinger mittlerweile aus dem Fernsehen.

»Ich kann's nicht fassen«, sagte er immer wieder. Wir saßen im Tepidarium, da ist es um die Zeit nie besonders voll. Er war nackt bis auf eine Mappe in der Hand. »Was haben Sie denn da?« fragte ich.

»Neue Versionen von Paulus' Briefen an Timotheus. Sie... Sie... müssen Timotheus sein.« Seine Stimme zitterte vor lauter Ehrfurcht so sehr, daß ich an ein blökendes Schaf denken mußte, und sein Hörgerät brummte.

Ich nahm die Briefe. Sie waren gedruckt wie die Zeitungen, die man im Fernsehen sieht. Ich erkannte einiges aus unserer Korrespondenz wieder, die ewige Quengelei und die Ermahnungen des Heiligen. Dann stieß ich auf einen sehr sonderbaren Brief, in dem er sich über seine Aktivitäten beim Mossad ausläßt und von frühchristlichen Verschwörungen spricht, bei denen er mitgemischt hat, unter anderem der Brandstiftung in einer bekannten Kneipe im Herzen der Jerusalemer Altstadt. »Darüber hat er mir nie geschrieben«, sagte ich. »Und außerdem war das lange vor seiner Erleuchtung.«

»Sind Sie sicher, heiliger Timotheus?« Der Typ verschaffte mir eine Gänsehaut, sogar im Tepidarium.

»Ich muß wohl am besten wissen, was er mir geschrieben hat, selbst wenn er manchmal vergessen hat, die Briefe abzuschicken und sie statt dessen kopieren und in den Kirchen verteilen ließ.«

»Aber unsere Computeranalyse, die äußerst zuverlässig ist und eine Abweichung von höchstens vier Prozent aufweist, beweist eindeutig, daß Paulus der Verfasser ist.«

Im nächsten Augenblick war der Mann ebenso plötzlich verschwunden, wie er aufgetaucht war. Aber er kommt wieder. Ich bin sicher. Warum?

6

Wie jeder Kosmopolit weiß, ist in Korinth gesellschaftlich jede Menge los, besonders in den reizenden, schöneren Wohnungen und Gärten gleich unter der hohen, düsteren Masse der Zitadelle. Eine der reizendsten dieser schöneren Wohnungen gehörte dem Großhändler und Zeltfabrikanten Aquila und seiner reizenden besseren Hälfte Priscilla. Trotz eines beachtlichen Personalaufgebots war Priscilla am glücklichsten, wenn sie in der Küche stehen und irgendwas brutzeln konnte. Dank dieses wahrlich christlich-jüdischen Paares fühlten der Heilige und ich uns in ihrem Heim wie zu Hause, im Unterschied zu den meisten anderen Orten, wo die Juden den Heiligen verprügelten, sobald er ihnen unter die Augen kam, während die Römer unsere gesamte Post kontrollierten und uns wegen angeblicher unrömischer Aktivitäten bespitzelten.

Priscilla ... nun ja, ich war in sie verliebt. Eigentlich stammte sie aus Pontus, war groß und schlank mit wunderbar gefärbtem, rotem Haar. Für mich war sie der Inbegriff geistiger Kultiviertheit, und schon mit achtzehn achtete ich sehr genau darauf, wo ich mein lädiertes Rohr verlegte. Ich hatte die Nase absolut voll vom Heiligen, was ihn natürlich nur noch unersättlicher machte. Und trotzdem, kaum daß er mich wieder mal erwischte, wenn ich wie alle heißblütigen Jungs, heilig hin, heilig her, mit Mädels rummachte, hielt er mir meine Lasterhaftigkeit und meine Sünden vor. Er hatte nun mal diese phantastische Doppelmoral, aber das geht wohl den meisten Heiligen so. Offiziell verabscheute er Sex, egal, ob innerhalb oder außerhalb der Ehe, weil Sex einen in den Augen Gottes unrein machte. Übrigens erwarten wir Gott schließlich jede Minute zurück, und wer dann zufällig gerade eine Nummer schiebt, ist so gut wie geliefert. Dabei war der Heilige selbst kein Engel, obwohl er mich nach Korinth, wo ich ihm sicher an die zehnmal einen Korb gab, mehr oder weniger in Ruhe ließ. Gott sei Dank.

Jedenfalls waren Priscilla und ich sehr diskret, und Aquila, ein netter Kerl und obendrein ein ausgezeichneter Christ und Zeltfabrikant, kam nie auf die Idee, daß Priscilla und ich bumsten, als stehe der Weltuntergang unmittelbar bevor und wir hätten nur noch einen letzten Versuch, zum großen O zu gelangen, während er unterwegs war, um Zelte und Konvertiten zu produzieren. Sie nannte mich Timaximus. Der Name Timotheus reizt die Leute immer dazu, einen nicht ganz für voll zu nehmen. Ich habe meinen Sohn Alexander getauft. Ein guter Name, unveränderlich und männlich.

Priscilla wühlte sich aus den Kissen und schnappte nach Luft. »Ich wünschte, du würdest dich wirklich einmal gehenlassen, statt dich immer so zurückzuhalten. Hast du etwa Angst, dich zu deiner wahren Natur zu bekennen?« Damit ließ sie sich nackt an ihrem Schminktisch nieder.

Ich fand das gar nicht gut. Ich hatte es ihr in einer Stunde dreimal besorgt. Ich war schweißgebadet und völlig erledigt. Doch als sie jetzt im blankpolierten *faux-égyptien*-Bronzespiegel ihr sex-saturiertes Gesicht herrichtete, versuchte sie schon wieder, mich auf Touren zu bringen, und das, indem sie mich fertigmachte. Manche Frauen sind so. Ihr einziges Problem besteht offenbar im Unwissen darum, daß es noch jede Menge andere Frauen gibt wie sie und die meisten Männer ihre Nummer haben, im Kopf sozusagen.

Ich kühlte meinen überarbeiteten, narbenverzierten Pimmel in einem *faux-égyptien*-Bassin und trocknete ihn mit einem parfümierten Tuch. Ich muß sagen, daß ich von Priscilla eine Menge gelernt habe, den Umgang mit Salben und Wässerchen ebenso wie den mit höheren Regungen.

»Dreimal ist für mich die Grenze, *chérie*«, sagte ich. Wir sprachen häufig *faux gallique* miteinander. »In einer *heure*, heißt das«, setzte ich noch hinzu.

»Du denkst immer nur an das eine.« Sie gab sich geringschätzig – ausgerechnet sie, die sich gerade über eine Stunde lang in meinem jugendlichen Fleisch verbissen hatte, als hätte sie seit Tagen nichts gegessen. »Ich habe es eher *spirituel* gemeint. Wenn sich zwei Seelen treffen und verschmelzen.« Sie bleckte im Spiegel die Zähne, kein besonders hübscher Anblick. Ein Schneidezahn hatte einen Riß und war offensichtlich abgestorben, das Zahnfleisch darüber schwarz verfärbt. Was ihr so peinlich war, daß sie in der Öffentlichkeit niemals richtig die Lippen öffnete, wenn sie lächelte. Man hatte immer den Eindruck, sie hätte ein Geheimnis wie eine Sphinx, und das machte eine Menge Typen an, unter anderem mich.

»Warum läßt du dir das Ding nicht ziehen und einen *faux dent* einsetzen?« Im Grunde war ich immer noch ein Hinterwäldler.

»*Tiens!*« rief sie, *faux gallique* für Arschloch, glaube ich. Dann schloß sie den Mund und färbte ihre Lippen rot, zeichnete die

Augenbrauen nach und wurde so hübsch, wie man nur sein kann, wenn man die vierzig bereits an sich hat vorübergaloppieren sehen. Obgleich Priscilla seit Verlassen ihres Geburtsortes Pontus einen weiten Weg zurückgelegt hatte, sprach sie griechisch noch immer mit einem anbetungswürdigen pontusinischen Akzent: Sie rollte das R, zischte die Cedillen und knackte jeden Akut, als wäre es eine Haselnuß oder eine junge Eichel.

Ich trocknete meine Eichel und alles übrige, das zumindest für den Heiligen die wahre Dreieinigkeit darstellte. »Da haben wir dem guten Aquila aber wieder mal mächtig Hörner aufgesetzt«, sagte ich, während ich mir die Tunika überstreifte und Priscilla ephebisch lüstern angrinste. Ich werde heute noch schamrot, wenn ich mir klarmache, wie ungehobelt ich damals war, aber dann fällt mir ein, wie ungehobelt auch sie gewesen sein muß, um mit Jungs wie mir ins Bett zu steigen.

»Bitte«, sagte sie sanft, und ihre Augen glänzten, als sie sich Ambra hinters Ohr tupfte. »Mach bloß mein Werk jetzt nicht zunichte. Ich habe ihm Selbstvertrauen geschenkt. Er war so schwach, und ich habe ihn stark gemacht. Immerhin war ich diejenige, die ihm seinen vorzeitigen Samenerguß ausgetrieben hat.«

»He!« Ich war beeindruckt. »Also das ist ja nun wirklich interessant. Wie hast du denn das hingekriegt? Los, erzähl's mir, Priscilla.«

Und das tat Priscilla. Wenn sie einen Fehler hatte, dann den, daß sie nichts für sich behalten konnte. Tatsache ist, sie konnte nicht aufhören, über die Fehler der anderen und ihre eigenen Tugenden zu reden, sie zu analysieren und ungebeten gute Ratschläge zu erteilen. Wenn es nach Priscilla ging, war die Psyche – ihr Ausdruck – ihrer Mitmenschen durchweg kräftig angeschlagen, nur sie selbst war in Ordnung, dank einer ballaststoffreichen Ernährung, Meditation und Jungs aus der Provinz, obwohl sie letzteres nie erwähnt hätte, da sie behauptete, nur auf sehr reife Männer zu stehen. »Timinimus, hältst du es wirklich für ratsam, in deinem Alter die Beziehung zu Paulus *dans le lit* aufrechtzuerhalten?«

Wenn Priscilla nicht gerade dabei war, über ihr erfolgreiches Streben nach Selbstverwirklichung zu diskutieren, sprach sie am liebsten über ihr Gegenüber, allerdings ausschließlich im Hinblick auf sich selbst, was noch schlimmer ist, wie ich heute weiß. Aber damals fand ich es wunderbar. Schließlich hatte bisher noch niemand irgendwelche Tiefen in mir ausgelotet, und also liebte ich die stundenlangen Diskussionen über mich, auch wenn es in Wirklichkeit nur um Priscilla ging.

Wir waren noch keine Woche in Korinth, da hatte Priscilla schon raus, was mit dem Heiligen und mir los war. Woraufhin sie wild entschlossen war, dazwischenzufunken und meine Männlichkeit zu entfesseln – für sich vermutlich, was natürlich längst geschehen war. Das Problem war Priscillas künstlerische Form. Sie sah sich abwechselnd als Dichterin, Tänzerin oder Edelnutte wie Aspasia, die einen großen Mann zu noch größerer Größe anspornt. Ich weiß nicht genau, was sie mit mir vorhatte, abgesehen davon, meinen Körper in Beschlag zu nehmen, der ihr bereits vom ersten Tag an gehörte. Im Rückblick glaube ich, daß es die Vorstellung war, einen Keil zwischen den Heiligen und mich zu schlagen, denn »es könnte das totale Ende des Christentums sein, würde ein Vögelchen vom Dach pfeifen, was für unreife Spiele er mit dir treibt, nur weil seine Mutter ihn als Kind falsch ernährt und zu früh aufs Töpfchen gesetzt hat«.

Während Priscilla ihre Leier abzog, trat ich hinaus in die Loggia, die bereits in die Schatten des großen Felsens getaucht war, der über der Altstadt von Korinth schwebt. Sie folgte mir, redend, gestikulierend, erklärend. Ich goß mir ein Bier ein, das nicht *faux égyptien* war, und als sie einmal kurz Luft holte, sagte ich: »Wer würde dir schon glauben? Jeder weiß, wie sehr der Heilige alles verabscheut, was mit Sex zu tun hat.«

»Oh, *chéri!* Jetzt bist du böse!« Ihre Augen strahlten vor Freude. Rasch fuhr sie mit den Fingern durch meine hoffnungslos verfilzten Korkenzieherlocken. Vor Schmerz schossen mir Tränen in die kornblumenblauen Augen. »Warum benutzt du denn auch nie eine Kurpackung nach dem Shampoo?« flüsterte sie mit ihrem unwiderstehlichen Akzent.

Manchen Frauen kann man nie sauber genug sein, während sie selbst das vernachlässigen, was, wenn ungewaschen, den heißblütigsten Stier schnaubend auf Distanz gehen läßt. »Der Heilige liebt das Aroma von ranzigem Olivenöl«, schwindelte ich. »Also misch dich da nicht ein, *chérie.*«

In diesem Augenblick betrat einer von Priscillas weiteren Liebhabern ihr Schlafzimmer, als wäre es ein Amphitheater kurz vor Vorstellungsbeginn. Er war hager und kahlköpfig und stand auf Religion. Außerdem war er alt, an die vierzig. »Ich dachte gerade über das Unendliche nach, Priscilla. Hallo, Tim.«

»Der kürzeste Abstand zwischen zwei Punkten«, schlug ich vor.

»*Tais-toi, chéri.*« Priscilla glühte vor Erregung. Ein Schlafzimmer, zwei Liebhaber.

»Ich habe meine Frau verlassen.« Er goß sich ein Glas Wein ein. Er verfaßte Satyrspiele, die niemand aufführte, weil »höchstens Satyre Spaß daran hätten«, wie der Intendant des korinthischen Staatstheaters einmal süffisant bemerkt hatte.

»Oh, wie *traurig!*« Priscilla war hingerissen. Die schlechten Neuigkeiten anderer waren Manna für sie – nein, Ambrosia. »Vielleicht kannst du sie jetzt endlich so sehen, wie sie ist.«

»Um ehrlich zu sein – *sie* hat *mich* verlassen, wegen dieser Person in der Tanzschule.«

Priscilla strahlte, und das schwarz verfärbte Zahnfleisch glitzerte. »Du weißt ja, wie *difficile* das Griechische für mich ist, besonders wenn es ums Geschlecht geht. Aber hat mein pontusinisches Ohr da etwa von einer weiblichen Person reden hören?«

»Vielleicht sollte ich jetzt lieber gehen«, sagte ich. »Ich bin schließlich noch ein Kind.«

»Bleib«, sagte der Kahlköpfige. »Es wird Zeit, erwachsen zu werden, Tim. Ich habe keine Geheimnisse...«

»Stell dir vor, was für ein Satyrspiel du aus dieser schweren Prüfung machen könntest.« Priscilla warf sich einen liebevollen Blick in ihrem Handspiegel zu.

»Genau das habe ich bereits getan.« Er zog eine dicke Schriftrolle unter seiner Tunika hervor.

»Ich muß jetzt wirklich gehen«, sagte ich.

»Nein.« Priscilla blieb fest. »Auch du mußt starke Gefühle kennenlernen, besonders wenn sie von einem *echten* Mann kommen, dem ich geholfen habe, zu sich selbst zu finden – und zu seinem Königreich. Ja, ich halte Glaukon...«, und Priscilla schritt langsam um den vor ihr sitzenden Satyrspielverfasser herum, »... für mein lebendes Kunstwerk. Denn mir allein hat er zu verdanken, daß er die Mauer aus Eis durchbrechen konnte, die er um sich aufgebaut hatte. Erst danach vermochte er zu dem glühenden Kern der Gefühle vorzustoßen, den er sich jetzt, als Mann und als Künstler, nutzbar macht. Das ist nun einmal meine Rolle in dieser Welt: anderen dabei zu helfen, sich selbst zu finden, aus ihrem Wesen heraus zu handeln...«

»Bist du angezogen?« Aquila stand vor der Tür, zusammen mit dem Heiligen.

Priscilla war die schlagfertigste Frau, die mir je begegnet ist. Sie konnte im Handumdrehen von einer Rolle in die andere schlüpfen. Jetzt stieß sie einen Freudenschrei aus und schmiegte sich mit strahlenden Augen anmutig in die Arme ihres Mannes. Ihre Brüste verströmten noch das schwere Aroma eines kleinasiatischen Jungen, denn sie hatte sie nur in Myrrhe getaucht und dann mit einem Hauch Ambra betupft. »Oh, mein Liebling Aquila. Mein menschliches Kunstwerk! Paulus, willkommen! Wir haben... zusammen gebetet, wir drei.«

»Tut mir leid zu stören«, sagte Aquila. »Wir kommen rechtzeitig zum Amen wieder.« Ich hatte immer geglaubt, daß Aquila ziemlich behämmert wäre, aber jetzt merkte ich, daß er nur so tat, damit Priscilla ihn mit ihren tausend Geheimnissen in Ruhe ließ. Wie die Dinge lagen, war er mit seinem Zeltgroßhandel und der Vermarktung des Christentums ein wohlhabender und überaus glücklicher Mann. Außerdem war er, rein genital gesehen, zu groß für Priscilla, wie sie stolz erklärte: Trotz der Ambracreme wurde es gelegentlich zu eng. Im Rückblick scheint es wirklich komisch, daß wir ihr das abnahmen.

»Das Amen verkünde ich«, sagte der Heilige und rief: »Amen!« Dann zog er dem Satyrspielschreiber die Schriftrolle aus dem Gürtel. »Neue Pornos, Glaukon? Oh, mein Sohn, bekenne dich zu Jesus. Wende den Satyrn den Rücken...«

»Das wäre sehr unklug«, sagte Glaukon und grinste selbst wie einer. »Es sei denn, du stehst auf das, was sie dir reintun könnten.« Er war wirklich komisch. Was er in Priscilla sah, war mir schleierhaft, bis ich entdeckte, daß sie ihn im Austausch für seine Satyriasis finanziell über Wasser hielt.

Der Heilige warf ihm die Rolle zu, griff in einem Anflug von Übermut einen kleinen Spiegel, ein Parfümfläschchen und zwei Sandalen und fing an, damit zujonglieren. Auf und ab tanzten sie, von einer Hand in die andere und kamen einander gefährlich nahe, ohne sich aber zu berühren oder hinzufallen. Während dieser im wahrsten Sinne des Wortes hypnotisierenden Vorstellung sprach der Heilige mit seiner Jesusstimme zu uns. Sie war hoch, schrill und monoton, genau wie die unseres Herrn – jedenfalls erzählen das die Leute, die ihn gehört haben. »Gute Neuigkeiten! Und noch *mehr* gute Neuigkeiten! Es tut sich was für uns in Ephesus. Jawohl, im eleganten, kultivierten Ephesus der alten Welt. Theater – für die Verdammten. Nachtclubs – für die Verdammten. Der Tempel der Diana mit zweitausend Titten, jede einzelne verdammt, samt der dazugehörigen Priesterinnen und ihrer wunderlichen Riten – tausend Weiber, zählt nach –, die spektakulärste Show der römischen Welt, und alle verdammt zu ewigen Höllenqualen, denn sie haben Jesus nicht gefunden und sündigen auf Teufel komm raus...«

»Heiden!« Aquila schielte plötzlich, während Parfümfläschchen und Spiegel in entgegengesetzter Richtung durch die Luft tanzten und die beiden Sandalen abwechselnd auf dem rechten Absatz des Heiligen landeten. Ich war Zeuge, wie er mit zwölf Gegenständen auf einmal jonglierte – einen für jeden Jünger – und nur einen fallen ließ: Judas.

»Aber keine Sorge, Aquila, keine Sorge, Priscilla, ihr könnt es lässig mit der Tempel-Show aufnehmen. Wenn ihr eure Mission vollendet habt, wird auch der letzte Epheser getauft sein und diese Schlampe von Göttin auf dem nächsten Ochsenkarren zum Olymp hocken. Nach ihrer vorzeitigen Pensionierung. Die Girls aber werden Nonnen im Kloster... unserer heiligen Priscilla!« Der Heilige sprühte vor Begeisterung.

Priscillas gestrichelte Brauen bildeten in diesem Moment einen steilen Bogen. Natürlich hatte sie keine Ahnung, daß sie heiliggesprochen werden würde wie wir alle, die ganz unten angefangen hatten. Priscilla war im Grunde nur ein geiles Luder mit dem unvergleichlichen Talent, das Objekt ihrer Begierde einzuwickeln, indem sie jede Menge Quatsch – wie aus der Mitte des Seins zu handeln und so weiter – von sich gab. »Ich frage mich nur, ob ich auf Ephesus vorbereitet bin«, flüsterte sie schließlich.

»Du bist auf alles vorbereitet, Schatz«, sagte Aquila und machte es sich auf seiner Couch in der Loggia bequem, von der aus er so gern den Sonnenuntergang über dem Golf von Korinth betrachtete, der sich stets im Westen abspielt, wie ich von meinen vielen Seereisen her weiß.

»Ist Ephesus denn auf dich vorbereitet, *chérie?*« Der Satyrspielautor blinzelte ihr zu.

»Eine alte Gesellschaft, und so *raffinée.*« Priscilla war nachdenklich, und wie immer, wenn sie nachdenklich war, fing sie an, ziellos durch den Raum zu schweben. »Kultiviert, übersättigt und doch nicht erstklassig, nicht ganz auf dem neuesten Stand. Wo sind die Salons, die Galane, die Intellektuellen von Ephesus? Die paar Erleuchteten, denen man zutrauen könnte, eine Zivilisation aus dem *chapeau* zu zaubern?«

Der Heilige beendete seinen Jongleur-Akt. »Das sind wir. Das seid ihr. Ihr beide. Wir werden alle bekehren. Der Start in Ephesus war schon nicht übel, aber unter neuem Management – meinem nämlich – wird unsere Kirche Jesu ihre Arme und Herzen ...«

»... und Brieftaschen ...«, kam es von mir.

»... öffnen.« Plötzlich erstarrte der Heilige. Mit lautem Scheppern fiel ihm alles aus der Hand. Dann verdrehten sich seine Augen, bis nur noch das Weiße zu sehen war. Er sabberte und würgte, als ob er sich an seiner eigenen Zunge verschluckt hätte. Epilepsie.

»Dauert circa eine halbe Stunde«, sagte ich und griff ihm unter die Arme. Er war völlig steif. »*Grand mal,* wie ihr seht. Tut mir leid, daß wir euch die Party verdorben haben.«

Priscilla schenkte weder dem Heiligen noch mir die geringste Beachtung. Sie sprach jetzt schüchtern und bezaubernd nur noch von sich und was es hieß, ein warmer und herzlicher Mensch zu sein in, seien wir ehrlich, in einer Welt von eiskalten Betrügern. Damit brauchte sich allerdings nur Glaukon zu befassen, denn er war gekommen, um ein paar Oboli abzustauben. Selbstredend hatte er zu diesem Zeitpunkt genau wie wir keinen Schimmer, daß seine Ehefrau und Tänzerin in Priscillas Gästezimmer versteckt war. Priscilla war nämlich eine Anhängerin von Sappho und zitierte nicht umsonst die geheimnisvolle Zeile dieser verstorbenen, ausgebrannten Dichterin: »Es braucht ein gut's Teil Leben, zu wandeln Haus in Heim.«

Aquila achtete nicht auf seine Frau, und mehr Respekt kann man von einem gehörnten Ehemann auch nicht erwarten. Statt dessen starrte er selig in die untergehende Sonne. Da wir Evangelienschreiber nicht gerade ermutigt werden zu schildern, wie etwas aussieht, weil das Tabu gegen das Herstellen von Bildern auch deren Beschreibung einschließt, werde ich dieses Evangelium kurzerhand mit Beschreibungen aus den Notizbüchern einiger *zukünftiger* Schriftsteller schmücken. Dank Chet und seinem »Zug aus Westport«, wie er das Einklinken über den Z-Kanal nennt, war es mir vergönnt, im Hier und Jetzt etliche einsehen zu können.

Was genau also sah Aquila, als er in Richtung Golf von Korinth blickte? Folgendes: Er sah, daß »sich über dem Schiefergrau der westlichen Wolken ein feuriger Dunst ausbreitete, ein unendlich feiner Regen, eine Masse goldenen Staubs, die über das stille Meer fegte wie der Wagen einer Flammengöttin, bevor die Sonne, einer großen kupfernen Kugel gleich, unvermittelt durch die düstere Wolkenwand brach, wie eine Titanin, die die Mauern ihres Gefängnisses sprengt«.

Natürlich war es uns Christen nicht gestattet, Vergleiche oder auch nur Metaphern zu benutzen – dafür waren Parabeln aber um so mehr *en vogue* –, doch selbst wenn wir stilmäßig grünes Licht gehabt hätten, bei mir hätte wahrscheinlich nur gestanden, daß die untergehende Sonne aussah wie ein Ei, das in einer schmutzigen Bleipfanne leise vor sich hinbrutzelte. Genauso nämlich sah die Sonne an jenem Abend für mich aus, falls ich auf dic Idee gekommen wäre, daß die Sonne nicht so aussah, wie sie immer aussah, wenn sie gerade untergegangen war, ein Phänomen, dem man in unseren Tagen keine große Aufmerksamkeit schenkte. Doch genug der Selbsterkenntnisse.

Und wem mußte ich im Atrium über den Weg laufen, als ich das Haus mit dem Heiligen über der Schulter verließ? Ausgerechnet Mary Baker Eddy. Ihre galligen Augen starrten den Heiligen an wie – versuchen wir's mal anders – zwei goldgelb gebratene Spiegeleier. »Sagen Sie ihm, daß er sich nur *einbildet*, krank zu sein. Sagen Sie ihm, er soll *glauben* Auf die Heilkraft Christi vertrauen.«

»Er ist Epileptiker.«

»Er hat negative Gedanken. Ich habe Sie gewarnt, Timotheus. Wir sehen uns noch.«

»In Philippi, meine Liebe?«

»Nein, auf Golgatha. Meine Buchung ist bereits bestätigt.« Und mit einem unheilverkündenden Heulen war Mrs. Eddy plötzlich weg, wie eine Titanin (und das ist jetzt wirklich einfach), die die Grenzen der Zeit... *sic*.

7

Wenn ich lese, was ich bisher über Paulus' Mission zu Papier gebracht habe, fällt mir auf, daß ich wichtige Teile der Botschaft ausgelassen habe, zugunsten von vielleicht zu vielen anschaulichen Details aus unserem Leben als Vor-Heilige. So war beispielsweise der *Nachfaßbrief* für die Botschaft des Heiligen von eminenter Bedeutung. Es reichte eben nicht, am Ende seiner unvergeßlichen Auftritte nur die Kohle einzusacken. Wenn er wirklich gut drauf war, steppte und jonglierte er übrigens gleichzeitig, so daß die Brieftaschen der Anwesenden aufsprangen wie hungrige Austern, auf die eine Ladung Plankton niedergeht. Ist das eine Metapher oder ein Gleichnis? Ich darf nicht vergessen, es in den *Praktischen Sprücheklopfer für Geschäftsmänner* von Sony einzugeben, den Chet mir dagelassen hat. Eine wirklich nützliche Hilfe, wenn man sich in unserer zurückgebliebenen, eschatologischen Ära einen lockeren Verkaufsstil zulegen will.

Der Heilige hat immer gesagt, daß die Adreßkartei gleich hinter unserem Logo, dem Kreuz, käme. Zweifellos beweist das

Tempo, mit dem sich unsere Version des Christentums ausbreitete, daß der Heilige ein echtes Verkaufsgenie war, aber auch ein durch und durch heiliger Mann, was sich von selbst versteht. Natürlich hatte er seine Fehler – sogar Laster, etwa das Verlangen nach meinem jugendlichen Fleisch –, doch wer will im heiklen Gleichgewicht dieser letzten Tage bezweifeln, daß die Tugenden...

Es tut sich was im Fernsehland. Etwas, das mir überhaupt nicht gefällt. Von Mary Baker Eddy bis Chet sind – wie viele? – dreißig Jahre oder so vergangen, praktisch ein ganzes Leben, jedenfalls *mein* Leben als bescheidener christlicher Evangelist und Heiliger. Ich glaube nicht, daß mir in dieser Zeitspanne oder, besser gesagt, in diesem Zeitrahmen mehr als ein halbes Dutzend Kiebitze aufgefallen sind, die es irgendwie, wahrscheinlich im Traum, geschafft hatten, sich ein eigenes Bild von unseren Aktivitäten zu machen. Da sie nie länger als höchstens eine Stunde blieben, achtete ich nicht groß auf sie.

Aber jetzt stürzt sich mit einemmal eine ganze Horde von Kiebitzen auf mich, und das zu einer Zeit, wo sich hier in Mazedonien oder sonstwo absolut nichts von historischer Bedeutung tut, jedenfalls nicht, daß ich wüßte. Kaiser Domitian führt ein strenges Regiment. Die großen Tage der Operation Christentum sind so ziemlich vorbei, jedenfalls bis Jesus wiederkommt, und das scheint allen, die in dieser Zeit leben, immer unwahrscheinlicher. Was ist also los?

Kaum hatte ich meinen Griffel aufs Pergament gesetzt – ein Laptop wäre nichts für mich, obwohl Chet gesagt hat, er könnte mir einen besorgen, inklusive Batterie –, da wurde ich mir einer *Gegenwart* bewußt, einer Präsenz dicht hinter mir, der ich an der Schreibtischplatte im Arbeitszimmer meines bischöflichen Bungalows saß. Atalanta war in der Altstadt und organisierte einen Wohltätigkeitsbasar für die hungernden Kreter.

Ich wandte mich um, und da stand der Mann mit der Brille und dem Hörgerät, dem ich im Tepidarium des Neuen Stern begegnet war. Er hatte eine längliche schwarze Lederkiste mit Griff dabei. »Ich hoffe, ich störe Sie nicht bei Ihrer Arbeit.« War es Einbildung, oder hatte er mir über die Schulter geblickt? Ich rollte die Schriftrolle ein.

»Nun, mein Sohn«, ich war ganz Bischof, ärgerlicher Bischof, »du störst mich in der Tat. Warum könnt ihr Leute aus dem Fernsehland euch nicht endlich an Termine gewöhnen? Ich habe einen hauptamtlichen Sekretär und außerdem eine Teilzeitkraft für meine diversen gesellschaftlichen Verpflichtungen. Beide befinden sich in der Diözesanverwaltung auf der anderen Straßenseite.« Ich deutete durch das Fenster auf den viereckigen Büroklotz, von dem aus die Diözese Mazedonien verwaltet wird. Übrigens bin ich mächtig stolz auf meinen Stab, besonders auf die Abteilungen Buchhaltung und Investment. Der Prokonsul hat erst diese Woche sein gesamtes Finanzberaterteam rübergeschickt, damit sie sich über unsere Prozedur mit dem Zehnten schlaumachen. Aber sie können anstellen, was sie wollen, die Namen in unserer heiligen Rolodex sind so was wie das Allerheiligste – das heißt tabu für profane Augen, vor allem die von Steuereintreibern.

»Tut mir wirklich leid, Bischof.« Der Mann war nervös, seine Hände zitterten. »Aber die Übertragung von da, wo ich bin, an den Punkt, wo Sie sind, ist noch keine sehr präzise Wissenschaft, und Feinabstimmungen sind beim augenblicklichen Standard einfach unmöglich.«

»Warum warten Sie dann nicht, bis der Standard weiterentwickelt worden ist, und kommen *dann* noch mal wieder?« sagte ich. Dank Chet war ich auf sein Argument vorbereitet. »Schließlich werde ich in diesem Moment in alle Ewigkeit an diesem Tisch sitzen und daher auch in alle Ewigkeit für Sie erreichbar sein, ob es Ihnen nun paßt oder nicht – und mir paßt es ganz und gar nicht. Hier festzusitzen, meine ich, wie ein hartgekochtes Ei in Aspik.« Das war hübsch, fand ich.

»Aber ich kann nicht warten. Keiner von uns kann das. Verstehen Sie doch, bis die Technik so weit entwickelt ist, daß ich imstande wäre, einen Termin für ein langes Arbeitswochenende, sagen wir von Freitag bis Montag, mit Ihnen zu vereinbaren, könnte ich in *meiner* Zeit zu alt sein oder vielleicht sogar schon tot. Im Moment sind einfach alle Tricks erlaubt, fürchte ich. Bitte gestatten Sie, daß ich mich vorstelle. Ich bin Dr. Francis B. S. Cutler, Ashok-Professor für vergleichende Religionswissenschaften an der Fairleigh Dickinson University.«

»Und Computerexperte bei General Electric.«

»Hat Chet Ihnen das erzählt?« Dr. Cutler schien nicht gerade erfreut.

»Sie tanzen auf zwei Hochzeiten, wie es im Fernsehjargon heißen würde.«

»Genau. Ich bin gekommen, um etwas mit Ihnen zu besprechen...«

Ich ging sofort in Deckung.

»Wenn Sie der Computerexperte bei GE sind, warum benutzen Sie dann ein Touristenmedium wie Mary Baker Eddy?«

»Auch ich habe meine spirituelle Seite. Also dann...« Er setzte sich auf einen Schemel und klappte die lederne Kiste auf. »Wie ich Ihnen schon im Tepidarium erklärt habe, bin ich dabei, Paulus' Schriften zusammenzustellen und herauszugeben – mit Konkordanz, versteht sich. Und Sie, Bischof, sind für meine Recherchen von entscheidender Bedeutung.« Er nahm ein dickes Manuskript in einem dunkelblauen Hefter aus der Kiste.

Ich warf einen sicher sehr sehnsüchtigen Blick auf den Fernseher in der Ecke. In diesem Moment sollte der erste Teil des Films der Woche bei ABC anfangen: die faszinierende Geschichte eines jungen Mannes, der von ein paar ausgetickten »Sachbearbeitern für Kundenwerbung« – hat der Ansager, glaube ich, gesagt, aber ich könnte mich auch verhört haben – nacheinander vergewaltigt wird. Oft kriege ich nicht richtig mit, was in der Maschine, die auf Verlangen vierundzwanzig Stunden am Tag pausenlos Worte und Bilder ausspuckt, gesagt und gezeigt wird. Atalanta hat irgendwann einmal sehr treffend bemerkt: »Es wird noch damit enden, daß das Ding Tag *und* Nacht läuft!« Daraufhin haben wir beschlossen, nur noch bestimmte, wichtige Programme zu festgelegten Zeiten zu sehen. Mit Sicherheit wäre es nichts für mich, ausgerechnet mich, im wirklichen Leben als Fernsehleiche zu enden. Im *wirklichen* Leben. Ja. Darum geht's schließlich bei all diesen Einmischungen in letzter Zeit. Was werde ich in meinem echten Evangelium schreiben? Das wollen sie doch alle wissen. Genau wie ich.

Dr. Cutler starrte mich durch eine Goldrandbrille an, die seine Augen vergrößerte, bis sie Seeigeln glichen. »So viele Texte sind spurlos verschwunden...«

»Wenn sie verschwunden sind, woher wissen Sie dann, daß es sie je gegeben hat?«

»Sekundärliteratur.« Dr. Cutler war schnell. Zu schnell? Außerdem war er aalglatt. »Im Moment, also am Ende des zweiten Jahrtausends, sind auch Sie nirgendwo belegt. Wir haben gerade noch Paulus' angebliche Briefe an Sie, aber keine Zeile von Ihnen an ihn. Ich nehme doch an, daß Sie ihm von Zeit zu Zeit geschrieben haben?« Ich weiß nicht, warum, aber plötzlich war ich sehr nervös, obwohl ich mich nur einen Steinwurf entfernt von meiner eigenen Kathedrale in meinem eigenen Bungalow befand und noch immer befinde.

»Ja«, antwortete ich und setzte dann vorsichtig noch »klar« hinzu. Aber Dr. Cutler starrte mich nur an, und ich geriet ins Stottern, was mir nicht mehr passiert ist, seit ich als kleiner Bengel in Kleinasien bei einer Lüge erwischt worden war. »Vermutlich hat er meine Briefe weggeworfen. Allerdings war es ohnehin nur hin und wieder eine Ansichtskarte vom Artemistempel in

Ephesus, wo tausend Priesterinnen lebten – zählen Sie nach –, mit dem üblichen Spruch: Wünschte, du wärst ebenfalls hier.«

Obgleich Dr. Cutler in dem blauen Hefter blätterte, als suche er etwas, ruhten seine riesigen Augen nicht auf dem Text, sondern auf mir. »Vielleicht gab es ja einen Grund, warum Paulus Ihre Post nicht aufbewahrt hat.«

Ich riß mich zusammen. »Tatsache ist, daß er alles aufgehoben hat, was ihm zwischen die Finger kam. Er hatte eine gewaltige Sammelwut. Doch sein ganzer Besitz wurde in Rom vernichtet. Befehl von oben.«

»Was würden Sie sagen, wenn ich Ihnen erzählte, daß wir Ihre Briefe wiedergefunden haben? Ich habe sie alle hier drin.«

»Dann würde ich sagen, daß Sie es irgendwie geschafft haben müssen, in Rom anzukommen, *bevor* das Gericht die Vernichtung der Dokumente des Heiligen anordnete, und Sie sie dann entwendet haben – oder sollten wir lieber sagen: ausgeliehen?«

»Ja«, sagte Dr. Cutler. »Ich, Francis B. S. Cutler, habe die Dokumente gestohlen. Bevor der Hacker das Band zerstört hat, natürlich.«

»Tja, dann können Sie sich ja schon mal auf den Nobelpreis gefaßt machen«, sagte ich. Ein lahmer Witz.

»Den Preis der Preise habe ich bereits.« Er war vollkommen gelassen. »In Physik. Für die Entdeckung des CutlerEffekts, der es ermöglicht, Bilder durch das Zeit/Raum-Kontinuum zu übertragen, und bald, sehr bald auch Menschen genauso wie ...«, er warf einen Blick auf den Sony, »... Fernsehapparate. Sie sollten doch ein GE-Gerät bekommen. Merkwürdig.«

»Dieser tut's ganz prima. Irgendwelche Neuigkeiten über meine Mitarbeit an der Golgatha-Sendung?«

Dr. Cutler schüttelte den Kopf. »Dafür ist NBC zuständig, die Unterhaltungsabteilung von GE. Aber wir haben den technologischen Durchbruch beinahe geschafft, und wenn die Gewerkschaften mitziehen, sind wir imstande, ein Kamerateam zu transportieren, wohin wir wollen. Doch wie bereits gesagt, ich wirke nicht in einer, sondern in zwei Disziplinen, obligatorische Bedingung an einer Elite-Universität wie Fairleigh Dickinson, die an Format – und darf ich sagen Glanz? – nur von der University of Florida in Coconut Grove übertroffen wird. Ich pendele zwischen vergleichender ComputerSoftware für GE und gediegener Theologie. Heute tanze ich auf der Theologenhochzeit.«

Dr. Cutler starrte in seinen offenen Hefter. »Ist Ihnen eigentlich klar, daß Priscilla Tagebuch geschrieben hat – ein *erotisches* Tagebuch? Es wurde von einem gewissen Edmund Wilson, B. A., Princeton, unter einem Stapel Schriftrollen vom Toten Meer gefunden und erst vor kurzem vom Mossad übersetzt – und veröffentlicht. Vermutlich wollte der Mossad damit Sie, Paulus, das Christentum und den obskuren Mr. Wilson mit seinem popeligen akademischen Grad diskreditieren.«

Ich muß sagen, diese Enthüllung warf mich um. Wie hatte Priscilla bloß Zeit gehabt, Tagebuch zu schreiben, wo sie doch voll damit beschäftigt war, von einem Liebhaber zum anderen zu hasten und gleichzeitig ihre Stellung als Königin der Demimonde von Ephesus zu festigen? Allerdings – was konnte schon drin stehen? Abgesehen von ihrem eigenen Geplapper? Sie hörte einem doch nie zu. Und in welcher Sprache?

»Auf pontusinisch«, sagte Dr. Cutler, als könne er meine Gedanken lesen. »Sie schrieb diese delikaten Ergüsse beim Friseur oder während der endlosen Winterkonzerte in der Aeolinischen Halle, deren Schirmherrin sie war. Das Schreiben ging ihr flott von der Hand, wie alles, was sie tat, aber sie legte Wert auf Details. Ihr perverses Verhältnis zu Paulus hat ihr großen Kummer bereitet...«

»Nun, nun.« Ich wurde allmählich sauer. »Priscilla kann man wohl kaum als zuverlässige Quelle bezeichnen. Im Gegenteil, wenn irgendwer hier ein falsches Zeugnis ablegt, können Sie sicher sein, daß es auf ihr Konto geht.«

Dr. Cutler lächelte zum erstenmal, es war ein grausamer Anblick. »Ich habe mir alle Verweise auf Sie und Paulus exzerpiert...«

»*Wo* ist das Tagebuch?«

»Rein materiell gesehen, befindet es sich im Schließfach einer Bank in New Jersey. Wie Ihnen vielleicht nicht bekannt sein dürfte, sind die Banken von New Jersey die sichersten im ganzen Land. Natürlich denkt man zuerst an Passaic, Paterson oder Paramus, aber es gibt auch andere Tresore, die keineswegs weniger gut geschützt sind. Ich spreche nicht vom windigen Trenton oder dem meerumschlungenen Ventnor, sondern vom Whitman-erprobten Camden und dem aufgetakelten Hoboken, von Morristown, das den Vergleich mit Perth Amboy nicht zu scheuen braucht, vom heiteren Oranges, der Stätte meiner Geburt. Dabei ist es kein Geheimnis, daß die Hauptstadt von Trenton bald in Mosler umbenannt wird, zu Ehren des Mosler-Safes. Kommen Sie bloß nicht auf die Idee, Jersey zu unterschätzen, wenn es um Sicherheit geht, mein Lieber.«

Ich sagte, das würde ich nicht tun. Dr. Cutler wischte sich den Schaum von den Lippen und wandte sich wieder dem blaugehefteten Manuskript zu. »Meine Übersetzung aus dem Pontusinischen ist vielleicht ein wenig holprig, aber eines will ich Ihnen sagen: Diese Lektüre ist starker Tobak, sogar für das Publikum von heute, das durch all die Geschichten vom Sterben der Armen und Schwachen auf der Welt längst abgestumpft ist.«

Dr. Cutler reichte mir das Manuskript. »Ich habe Kopien«, sagte er. Wieder dieses Lächeln. »Sie jedenfalls machen eine sehr gute Figur, mein lieber Timaximus, mit Ihren kornblumenblauen Augen und Ihren goldenen Korkenzieherlocken. Denen übrigens eine Kurpackung hin und wieder nicht schaden könnte, wie die Autorin versichert.«

Ich wurde bei alledem ziemlich rot, tat aber so, als studierte ich das Buch. Schließlich fing ich tatsächlich an, hier und da ein paar

Zeilen zu lesen. Wenn dieses Tagebuch nicht Priscillas Werk war, mußte derjenige, der es geschrieben hatte, alle naselang Mäuschen bei uns gespielt haben. Es war äußerst peinlich, was mich anging, aber geradezu eine Katastrophe in bezug auf den Heiligen und das kindische Zeug, das er mir in die Korkenzieherlocken säuselte. Und das Mäuschen Priscilla hatte die ganze Zeit hinter der Tür gehockt und mitgepinnt. »Haben Sie das veröffentlicht?«

Dr. Cutler schüttelte den Kopf. »Nein. Noch nicht. Und vielleicht – wer weiß? – wird es nie dazu kommen.«

»Was schlagen Sie vor?«

»Eine ganze Menge hängt von Ihrem Evangelium ab, lieber Bischof.« Er deutete auf die Schriftrolle.

Ich rollte sie noch fester zusammen. »Ich schreibe bloß auf, was sich ereignet hat«, sagte ich. »Wo wir hingegangen sind, wen wir getroffen haben, Sachen in der Art. Und natürlich die Botschaft.«

Wenn Cutler lächelte, mußte ich an die Schnauze eines dieser Autos denken, die im Fernsehen pausenlos zu Schrott gefahren werden. »Warum, lieber Bischof, liefern Sie dann derart detaillierte, ja erotische Informationen über Ihre Beschneidung mit?«

Ich blieb ganz ruhig. »Weil ich zeigen wollte, wie weit Paulus gegangen ist, um die Jerusalemer Christen zu befrieden, die in erster Linie orthodoxe Juden waren.«

»Verstehe.« Dr. Cutlers Mund öffnete sich zu einem mittelschweren Unfall auf dem Freeway. »Und welche Rechtfertigung haben Sie für die zahllosen Beschreibungen des Geschlechtsverkehrs mit Priscilla?«

Das brachte das Faß zum Überlaufen. »So was gibt es nicht.« Meine Stimme klang fest. »Oh, ja, die Erotomanen könnten sich zusammenreimen, daß zwei und zwei vier sind...« Plötzlich dämmerte mir etwas, und es fühlte sich an, als hätte man einen Teller auf meiner Glatze zerdeppert. »Woher wissen Sie eigentlich, was ich bisher geschrieben habe? Kein Mensch kennt auch nur eine Zeile davon, nicht mal meine bessere Hälfte.«

Dr. Cutler sah ungeheuer wissend aus. Offensichtlich existiert mein Werk irgendwo in der Zukunft, unberührt vom Computervirus, und Dr. Cutler hat es gelesen.

»Darf ich?« Wie ein absolut professioneller Theologe und vergleichender Physiker rollte Dr. Cutler meine Schriftrolle auf und las laut eine wilde Szene vor, in der Priscilla mir einen blies. Kein Wort davon stammte von meiner Hand, obwohl derartige Szenen im wirklichen Leben (anders als im Leben des Evangeliums) natürlich gang und gäbe waren.

»Halt! Das stammt nicht von mir!« Ich grapschte die Rolle und hielt sie mir dicht vors Gesicht. Mein Sehvermögen ist auch nicht mehr das beste. Dann las ich mit eigenen Augen eine intime Szene zwischen Priscilla und mir, die mit geradezu photographischer Präzision wiedergegeben war.

Verwirrt und ärgerlich rollte ich die Schriftrolle wieder zusammen. »Irgendwie haben Sie mein Evangelium in Ihr eigenes verwandelt oder sind vielleicht noch dabei, es zu tun, Dr. Cutler. Ich wäre Ihnen sehr dankbar, wenn Sie mir mein Werk zurückgeben würden. Sonst sehe ich mich gezwungen, das hier...«, und damit berührte ich meine Rolle, »...zu verbrennen und noch mal von vorn anzufangen.«

Plötzlich trat aus der Tür meiner stets verschlossenen Garderobe, wo ich die streng geheimen Finanzunterlagen der Diözese aufbewahre, ein zweiter Dr. Cutler, die Schriftrolle unterm Arm. »Ich muß um Entschuldigung bitten, Bischof«, sagte er. »Aber ich habe Ihr Evangelium gerade erst wiedergefunden. Ich wollte mein Labor bei Gulf + Eastern saubermachen, und da lag es, zusammen mit meinen ausrangierten Notizen zur einheitlichen DNS-Feldtheorie. Bitte tausendmal um Verzeihung.«

»Das ist unerhört!« Dr. Cutler sprang auf und stürzte sich auf sich selbst. Sein neues Ich schien älter als er und ziemlich munter. Mein Dr. Cutler war heftig erregt. »Aus welcher Zeit stammst du? Wo ist mein Hörgerät und meine Brille? Und was hast du mit Gulf + Eastern zu schaffen?«

Der zweite Dr. Cutler lächelte. Seine dritten Zähne waren makellos. »Ich komme ein paar Jahre später. Kurz vor Anbruch des 3. Jahrtausends habe ich mich schließlich von GE getrennt und Fairleigh Dickinson gegen das City College eingetauscht. Aber was reden wir über mich? Der ursprüngliche Plan auf diesem Band hat sich geändert.« Der neue Dr. Cutler war sehr zuvorkommend. »Deine Fälschung ist einfach zu schlampig. Im übrigen hat die C-14-Datierung sie von vornherein disqualifiziert. Deshalb verfolgen wir jetzt eine andere Spur.« Der neue, aber ältere Dr. Cutler blickte dem jüngeren tief in die Augen. »Dein Blutdruck ist gefährlich hoch, wenn du mir diese Bemerkung gestattest ...«

»Ich habe meinen Betablocker genommen«, antwortete Cutler 1 trotzig. Er war völlig konfus, doch mir ging es nicht anders.

»Ja«, sagte Cutler 2, »aber den falschen. Wechsle lieber zu ...«, und damit flüsterte er dem jüngeren etwas ins Ohr. »Halte dich an die Verordnung, dann kannst du den Schlaganfall vermeiden, dem du – auf diesem Band – kurz vor der Jahrtausendwende zum Opfer fallen sollst. Das nämlich wurde bedeuten, daß ich nicht mehr da wäre, um unsere wichtige Arbeit fortzusetzen.«

Dann reichte mir Cutler 2 die Schriftrolle. »Hier ist das Original Ihres Evangeliums, so weit Sie bis heute gekommen sind. Dürfte ich den Vorschlag machen, etwas mehr Lokalkolorit einzubauen? Der verstümmelte Pimmel ist nicht übel, aber einen Hauch zu apart. Beschreibungen von Sonnenuntergängen dagegen finden großen Anklang bei zeitgenössischen Lesern, da so viele von ihnen an Sonys Fernsehstrahlung erblindet und auf Braille angewiesen sind. Wir bieten mittlerweile auch Audioversionen an, aber es geht doch nichts über ein gutes, altmodisches

Buch mit Seiten zum Umblättern – wie das Leben selbst, sage ich immer.«

»Dr. Cutler.« Langsam gewann ich meine Haltung wieder. »Auch ich finde es unerhört, Sir«, sagte ich höflich, doch mit schneidender Stimme, »daß Sie ausgerechnet auftauchen, wenn Sie ohnehin schon da sind, obendrein mit einem haarsträubenden Ammenmärchen und ohne daß ich einen von Ihnen eingeladen hätte...«

»Ich hatte keine andere Wahl.« Cutler 2 unterbrach mich, und das in meiner eigenen Diözese: »Meine Herren, das Jüngste Gericht ist auf 2001 nach Christus festgesetzt worden.«

»Halleluja!« rief ich.

»Wer hat dir das erzählt?« fragte Cutler 1.

»Ich kann mich ganz einfach dran *erinnern.*« Ziemlich rätselhaft. Aber damit brachte er Cutler 1 zum Schweigen.

Cutler 2 fuhr fort: »Der Messias wird inmitten eines spektakulären atomaren Feuerwerks einschweben, und dann heißt es, die Guten in den Himmel und die Bösen in die Hölle.«

Cutler 1 nickte. »Also sprach Hesekiel.«

Ich war von meinen Gefühlen überwältigt. »Wie konnte ich nur daran zweifeln – und das habe ich wahrlich getan –, daß er wie versprochen zurückkehren würde!«

»Ich fürchte nur, daß dieser Messias nicht der Jesus ist, der auf Paulus' Mist gewachsen ist«, sagte Cutler 2. »Es wird der jüdische Messias sein, wie er von Jesaja und Selma Suydam prophezeit wurde, einer jüdischen Prinzessin aus dem Hause David in Bel Air.«

»Blasphemie!« Mehr brachte ich nicht heraus.

Cutler 1 war jetzt ruhiger. »Es bleibt genügend Zeit, das Band zu ändern.«

Cutler 2 antwortete: »Viel zuviel Zeit sogar. Alle Welt überschlägt sich, um zum Golgatha zu kommen. Auch...«, und damit zwinkerte er seinem jüngeren Ich zu, »...der Hacker.«

»Als du noch bei GE warst, wo ich heute bin, war unsere Aufgabe ganz einfach. NBC beim Einschaltquotenvergleich im November an die Spitze zu bringen und dem Network damit ein weltweites Satellitenpublikum zu sichern, das CNN ein für allemal absaufen läßt. Während wir uns hier unterhalten, stellt Chet Claypoole sein Kamerateam zusammen...«

»Und ich bin der Mann vor Ort«, sagte ich schnell, denn ich wollte nicht übergangen werden. »Chet sagt, daß die Rechtsabteilung meinen Moderatorenvertrag bereits aufgesetzt hat.« Das entsprach nicht ganz der Wahrheit, aber ich bin zu neunzig Prozent sicher, daß ich den Job kriege.

»Warum trägst du eigentlich unser Hörgerät nicht?« fragte Cutler 1.

»Weil eine kleine Operation im Innenohr zwei Drittel meines Gehörs wiederhergestellt hat. Laß dir die Chance ja nicht entgehen, wenn sie sich in drei Jahren bietet.«

»Aber wird sie sich bieten?« fragte Cutler 1 verdrießlich. »Woher soll ich wissen, ob wir auf dem gleichen Band sind?«

»Ganz einfach: Ich bin hier, und du bist hier. Dieses Band ist das einzige, das vom Virus verschont worden ist, und das heißt, daß dieser Einfaltspinsel hier unsere letzte Hoffnung ist.« Er starrte mich an. Was ist ein Einfaltspinsel?

Ich räusperte mich. »Gehen wir die Angebote noch mal durch, wie Petronius zu sagen pflegte. Mir ist inzwischen klar, daß Sie beide – zu unterschiedlichen Zeiten natürlich – derselbe Mensch mit derselben Mission sind, und die kommt zufälligerweise *meiner* Mission in die Quere.« Nicht übel, fand ich. Ich konnte auch sofort sehen, daß wenigstens der weißhaarige Cutler 2 begriff, worum es ging. Ein smartes Bürschchen.

Ich deutete auf die zweite Rolle. »Sie hatten vor, meine Version der Geschehnisse gegen Ihre eigene auszutauschen, obwohl ich Augenzeuge war und Sie...«, ich suchte nach einem möglichst herabsetzenden Ausdruck, »... *Ungeborene* sind.«

»Nun, nun...« Cutler 1 fummelte nervös an seinem Hörgerät.

»Da das Zeugnis eines Ungeborenen von keinem Gericht in diesem Land akzeptiert werden würde«, fuhr ich salbungsvoll fort, »hat Ihre Aussage nicht mehr Gewicht als die eines Senfkorns.«

»Eines *was?*« fragte Cutler 1.

»Eines Senfkorns!« brüllte sein älteres Ich. »Du brauchst diese Operation wirklich. In der Ohrenklinik von Manhattan führen sie die erforderlichen Vor...«

»Halten Sie den Mund.« Ich lächelte. »Da der Hacker Ihnen den Weg zu den anderen Hauptpersonen dieser Größten Geschichte, *die bisher noch nicht erzählt wurde,* verbaut hat, schlage ich vor, daß Sie sich mit mir einigen. Also verraten Sie mir, Dr. Cutler, und Sie auch, Dr. Cutler, welche Eingaben Sie... Sie...«, und schloß dann lahm: »...eingeben wollen?« Die vielen Talk-Shows zur Hauptsendezeit hatten mich ganz meschugge gemacht.

»Es gibt einen Unterschied zwischen uns«, sagte Cutler 2, der mir unsympathisch ist, im Unterschied zu Cutler 1, den ich irgendwie mag. Er wirkt so *verletzlich,* wie es in der Glotze heißt, wenn einer ziemlich lange laut geschrien hat und sich nur von einer willkommenen Werbung bremsen läßt.

Cutler 1 musterte sein älteres Ich aufmerksam. »Wo steht Marvin Wasserstein bei alledem?«

Cutler 2 setzte ein Paar Kontaktlinsen unter seine Lider. Trotz seines schneeweißen Haars und des runzligen Gesichts sah er mindestens zehn Jahre jünger aus und um einiges gesünder als mein armer Cutler 1, der sich fasziniert anstarrte.

»Sagen wir so: Marvin ist heute, genau wie ich, ein loyaler Angestellter der Firma Gulf + Eastern. Weder er noch ich zweifeln an den Fähigkeiten des Managements.« Cutler 2 blinzelte mir mit seinen Kontaktlinsen zu. Es erinnerte mich an den Heiligen, der immer mit den Augen klimperte, wenn er zum Lügenbaron wurde. »Die Enthüllungen über Ihr Privatleben mit Paulus werden die ganze Story etwas menschlicher machen und einer Generation, die durch Aids und, nicht zu vergessen, Atomkriege dezimiert wurde, Trost und Hilfe sein. Es ist Ihre erhabene Pflicht, Timotheus, uns zu offenbaren, wie es zu Ihrer Zeit tatsächlich hier ausgesehen hat. Wie Jesus wirklich war...«

»Sie wissen genausogut wie ich, daß weder Paulus noch ich ihn je kennengelernt haben.«

»Aber Sie haben ihn gesehen, ihm zugehört...« Cutler 2 ging im Zimmer auf und ab.

»Niemals. Jedenfalls noch nicht.« Ich war auch nicht gerade auf den Kopf gefallen. Besonders jetzt, da ich ihr einziger Trumpf war.

Cutler 2 zog ein Polaroid aus der Tasche. »Hier ist eine Aufnahme von Ihnen, Tim. Auf Golgatha. Der Beweis, daß Sie Augenzeuge der Kreuzigung waren.«

Ich warf einen Blick auf das Bild. Da stand ich. Ich sah genauso aus wie heute, kahlköpfig und hager, und neben mir stand Mary Eddy Baker, die verzückt auf das Kreuz in der Ferne starrte.

»Ich kann mich nicht erinnern, dagewesen zu sein«, begann ich.

»Weil Sie auf *diesem* Band noch nicht da waren. Aber Sie *werden* hinkommen...« Cutler 2 klatschte in die Hände. »Dieses Bild ist der Beweis.«

»Wenn Marvin da ist, bin ich es auch – oder bist du das Ich, das da sein wird?« Cutler 1 stierte sein zukünftiges Ich an.

»Das mußt du schon selbst rauskriegen, junger Freund. Lassen Sie mich bloß noch eines hinzufügen, Tim-san: Paulus wünscht, daß Sie so schlecht mitspielen, wie Sie nur können.«

Diesmal fiel der Groschen blitzartig. »Also kennen Sie den Heiligen?«

Cutler 2 ließ sich nichts anmerken. »Vor der Virusinfektion, als wir uns noch frei hin und her bewegen konnten, habe ich an mehreren Konferenzschaltungen mit ihm teilgenommen, wir haben uns aber nie unter vier Augen unterhalten. Das wollten wir uns für nächsten Monat in Jerusalem aufheben, aber dann hat der Hacker die Bänder in die Finger gekriegt, und jetzt ist die arme Cynthia blockiert, und ich kann nicht mehr wie früher erster Klasse und mit allem Komfort reisen.«

»Du arbeitest immer noch mit Cynthia?« Cutler 1 wirkte plötzlich ein bißchen munterer.

»Ich bin ihr genauso ergeben, wie du es warst. Sie ist wirklich etwas Besonderes.«

»Wie hält sie sich?«

»Prächtig. Bis auf ein leicht therapierbares Blutzuckerproblem...«

»Meine Herren.« Ich war höflich, aber entschieden. »So interessant Ihre Cynthia auch sein mag...«

»Wie komisch!« gluckste Cutler 1. »Ich hab sie gerade benutzt, um den Bischof zu besuchen, und du machst genau das gleiche, nur später.« Er wandte sich an mich. »Wir nennen es Trance-Reisen, verstehen Sie. Cynthia fällt in Trance, und dann kommt Mr. Yamamoto...«

»...der seit Jahren den Takt angibt«, warf Cutler 2 selbstgefällig ein.

»Bist du auch mit ihm gekommen?« Die Augen von Cutler 1 wirkten riesig hinter den Vergrößerungsgläsern, während die seines älteren Ichs nur schmale Schlitze waren.

»Ja, genau. Sie müssen das verstehen, Tim, alter Junge. Mr. Yamamoto ist ein spirituelles Wesen, mit dem Cynthia im Trance-Zustand zusammenarbeitet. Er ist derjenige, der einen zu seinen vergangenen Leben und Reinkarnationen zurückbegleitet. Der Kontakt zu ihm entstand über das äußerst kooperative New-Age-Zeitreisebüro.«

»Sehr interessant«, sagte ich. »Aber wenn es eine Spezialität des schwer beschäftigten Mr. Yamamoto ist, Ihnen Ihr vergangenes Leben zu zeigen, dann müssen Sie beide – oder Sie allein in Ihren beiden zeitlichen Manifestationen – in einem früheren Leben ich, der heilige Timotheus, gewesen sein. Oder irre ich mich? Wie hätte er sie sonst von da nach hier klinken können?«

Cutler 2 war auch darauf vorbereitet: Er war auf alles vorbereitet, soweit ich es beurteilen konnte. Ich traue dem Burschen nicht über den Weg. »Das ist nur eine Frage der Konzentration. Zuerst muß Cynthia wissen, wo – und warum – Sie jemanden in der Vergangenheit aufsuchen wollen. Cynthia ist eine sehr ernsthafte Dame und Töpferin mit einem untrüglichen Gespür für das Heilige in allen Lebensformen. Selbstverständlich ernährt sie sich nur von makrobiotischem Grünzeug und Tofu. Sie würde nichts anrühren, das je ein Gesicht besessen hat, abgesehen von Blumenkohl. Übrigens«, und damit wandte er sich an Cutler 1, »hat sie den Ofen eingebüßt. Irgendwann hat es bei ihr gebrannt. Die beiden Hockneys sind dabei auch draufgegangen.«

»War sie versichert?«

»Bitte, meine Herren.« Ich hatte die Nase voll von der Tofufressenden Cynthia, die sich keinen Deut um meine Privatsphäre kümmerte.

Ich griff nach dem falschen Evangelium auf dem Tisch, aber Cutler 2 kam mir zuvor. »Unser Text braucht noch den richtigen Feinschliff«, sagte er und warf seinem jüngeren Ich einen merkwürdigen Blick zu. Dann richtete er ihn auf mich, und am Schluß sah er selbst ziemlich merkwürdig aus, als er nämlich anfing, sich in Luft aufzulösen. »Mr. Yamamoto!« rief er. »Bitte! Noch nicht!« Es half nichts. »Cynthia ...!« heulte er noch, und dann war er weg.

Cutler 1 schüttelte den Kopf. »Das ist alles sehr überraschend. Und entmutigend«, sagte er. »Ich hatte gehofft, in dieser Sitzung den Text mit Ihnen durchgehen zu können ...«

Aber dieses eine Mal war ich schneller als er. »Mein Evangelium war entweder gar nicht in der Besenkammer, oder es war da, und Ihr älteres Alter ego will mich dazu bringen, es zu verändern, ihm ›den Feinschliff‹ zu geben, wie er sich ausgedrückt hat.«

»Ich traue ihm nicht«, sagte Cutler 1 entschieden. »Selbst wenn er ich ist, hat mir die Art nicht gefallen, wie er hier reingeplatzt ist, obwohl er wußte, daß ich bereits da war. Ich bin nicht der Hacker. Aber ich könnte es sein, wenn *er* es ist. Und dann ... *Cynthia!*« Damit war auch Cutler 1 verschwunden.

Augenblicklich holte ich mir die Direktleitung auf Z und rief Chet an. Zum Glück war er da. Ich erzählte ihm, was passiert war. Er regte sich ziemlich auf, vor allem darüber, daß Dr. Cutler zu Gulf + Eastern gegangen war. »Das heißt, sie werden versuchen, schneller zum Golgatha zu kommen als wir. Unternehmen Sie nichts, bis Sie von mir hören.« Das letzte, was ich vorm Auflegen noch hörte, war: »Verbinden Sie mich mit Marvin Wasserstein auf Leitung zwei.«

Ich habe meinen Text gerade noch einmal vom Anfang bis hierher gelesen und *glaube*, daß alles genauso ist, wie ich es beschrieben habe. Ja, sicher, da ist die ganz Sache mit Chet und dem Fernsehen, aber das ist wie mit Metaphern und Gleichnissen. Ich glaube nicht, daß aus diesen Anspielungen klar wird, in welchem Ausmaß ich in dem Zeitabschnitt, in dem ich mein Leben und die Zeit mit dem Heiligen beschrieben habe, mit Kiebitzen zu tun hatte. Sollte dieses fremde Element im Evangelium zu stark werden, nehme ich es einfach heraus, wenn ich die endgültige Fassung erstelle. Und die werde ich ganz sicher nicht da deponieren, wo Sie, Dr. Cutler – alle beide –, sie haben wollten: in der Besenkammer unter der Kathedrale. Lieber bringe ich das Manuskript höchstpersönlich nach Alexandria, wo mein alter Freund Apollos es, so wie es ist, zum Bestseller machen wird.

8

Dank Priscilla und Aquila war die Kirche in Ephesus von Anfang an ein Bombenerfolg. Im ersten Jahr ihres Managements konnte das Spendenaufkommen vervierfacht werden, und der Heilige war ganz hin und weg. Ephesus gehörte genau wie Korinth zu seinem Territorium, und weder der Dickschädel Petrus in Rom noch Jakobus' Bande in Jerusalem konnten ihm als Seelentröster und Spendeneintreiber das Wasser reichen.

Ich erinnere mich an das Ephesus von damals wie an das Gestern von heute. An den Hafenbezirk mit den steinernen Piers und tausend Schiffen aus allen Teilen der Welt, an ihre Masten, Segel und Takelagen, die einen stetig schaukelnden Wald im silbrigschwarzen Kanal zwischen Ephesus und der hohen grünen Insel Samos bildeten. An den frischen Wind. Den Geruch von Fisch und Nelken. Den Schwarm von Seeleuten, Händlern und Steuereintreibern. Es war wie... doch die Gleichnisse wollen mir immer noch nicht so recht von der Zunge, während sich die Metaphern wie von selbst ergeben, da alles eine Metapher ist.

Der Heilige sollte in der kleinen Paulinisch-Christlichen Hafenkapelle sprechen, einem beliebten Treffpunkt für Seeleute und verschleierte Frauen. Also meldeten wir uns beide zum Dienst.

Die Kapelle war ein gemietetes Lagerhaus gleich neben dem Fischmarkt. Der Geistliche wartete draußen. »Leider Gottes waren wir gezwungen, Freikarten zu verteilen, um das Haus für die Vormittagsvorstellung vollzukriegen. Einige unserer besten Graffiti-Künstler sind gerade von der Presseabteilung des Diana-Tempels abgeworben worden. Deshalb konnten wir nicht wie sonst üblich die Stadt mit unseren Plakaten vollkleistern. Außerdem gibt es zu dieser Jahreszeit eine Menge Konkurrenz auf dem Freizeitsektor, denken Sie nur an die Hahnenkämpfe und die Exekutionen auf der Mole.« Die üblichen schlappen Ausreden.

Der Heilige eilte ins Lagerhaus, wo ein Laien-Presbyter dabei war, das Häuflein der rund hundert Bekehrten in Stimmung zu bringen.

»Der Jüngste Tag ist nahe!« donnerte Paulus. Und dann ging's los.

Ich setzte mich in die hinterste Reihe und sah mich um. Die Holzwände waren geschmackvoll mit kürbisgelbem Segeltuch, zerrissenen Netzen und zerbrochenen Rudern dekoriert worden. Eindeutig Priscillas Handschrift.

Wie der Heilige vorausgesagt hatte, tummelte sich Priscilla in Ephesus wie ein Fisch im Wasser. In einer einzigen Saison hatte sie sich zur Anführerin der Avantgarde in dieser kunstbesessenen Hauptstadt aufgeschwungen. Außerdem hatte sie ihre Karriere als Ausdruckstänzerin wieder aufgenommen, zum Entsetzen der örtlichen Tanzkritiker, Hinterwäldler bis zum letzten Mann. Und sie nahm wieder Ballettunterricht, hatte sich im Diana-Tempel eingeschrieben und kam bei den Priesterinnen, die dort Tag für Tag ihre Übungen an der Ballettstange abhielten, erstaunlich gut weg.

Da die Vormittagsvorstellung in der Hafenkapelle kaum Publikum angelockt hatte, war der Heilige während des Gottesdienstes ein bißchen zerstreut. Ihm lagen volle Häuser. Und als dann die Fragestunde begann, war er schon ziemlich fickrig.

Eine alte Dame stand auf. Sie wirkte hager und abgerissen. »Sehet, wir haben geduldig ausgeharrt, all diese endlosen Jahre.« Meine Hände wurden feucht. Die einzige Frage, die wir immer fürchteten, gleich würde sie wieder in der Luft hängen. »Meine Freunde, die mich zu Jesus geführt haben, und ich, wir haben ihm geglaubt, als er verkündete, daß er, der wahrhaftige Erlöser, noch zu unseren Lebzeiten wiederkommen würde. Nun sind meine Freunde längst über den strahlenden Fluß gegangen, und ich klammere mich mit letzter Kraft an das spärliche Strandgut hier am Ufer. Würden Sie daher die Güte haben, uns die letzte Korrektur seiner geschätzten Ankunftszeit mitzuteilen?«

»Gute Frau, es war von keinem festen Zeitplan die Rede, als der Herr uns verlassen hat, um im Haus seines Vaters und dessen vielen mit Stoffen aus Samos eingerichteten Wohnungen die nötigen Vorbereitungen zu treffen.« Er starrte auf Priscillas kürbisgelbe Vorhänge. »Nein!« rief der Heilige aus und unterdrückte ein neues Gähnen, während er noch mit dem letzten beschäftigt war. »Wahrlich«, setzte er dann hinzu und machte einen Twostep nach links.

Es war Herbst, ich erinnere mich genau, ein warmer Tag, und in der Kapelle stank es nach gebratenem Fisch. Mich juckte es am ganzen Körper. Schon wieder Filzläuse. Ein *cadeau* von Priscilla?

Die Hagere ließ sich keineswegs mit Stoffen aus Samos und einem lumpigen »Wahrlich« abspeisen. »Meine Freunde sind unter der Erde«, klagte sie. »Sie waren es, die mich in den Schoß der Kirche geführt haben. Sie sind gestorben, bitter und verwirrt, denn sie haben darauf gewartet, ihn wiederzusehen, wie er es ihnen verheißen hatte, *vor* ihrem Ende, auf daß sie ihre Unterkunft im Paradies direkt reservieren könnten. So hätten sie, ausgerüstet mit seinen Reisegutscheinen, zuversichtlich die Foltern und Qualen des Jüngsten Gerichts überstehen können, unversehrt und ohne anderen ein Leid zuzufügen – Behop und Abendigo Go! Go!« Jetzt heulte sie aus vollem Herzen.

»Ehre sei Gott!« schrie der Heilige, und die Gemeinde fiel ein. Doch nachdem die Hallelujas verklungen waren, stand die Frau immer noch da. Es gab und gibt keine Antwort auf ihre Frage.

Der Heilige kam aus der Sache raus wie immer, mit Glossolalie. Er sprach in Zungen, ungefähr wie ein Rap-Sänger im Fernsehen. Das inspirierte die anderen. Es wurde ziemlich chaotisch. Wir stahlen uns davon.

»Es wird nicht einfacher«, sagte der Heilige und sah sich lüstern nach zwei Fischerknaben aus Samos um, die ihr Netz flickten.

»Augen geradeaus!« schnarrte ich. Der Heilige kicherte.

Wir schlüpften durch eins der Flut-Tore, die in jenen ruhigen Wintertagen stets offenstanden, und betraten die Hauptstraße von Ephesus, die mit ihrem Marmor und ihren Arkaden in meinen Augen stets unübertroffen bleiben wird. »Eine Menge von den Alten, übrigens unsere besten Kunden, sind eigentlich nur dabei, weil wir ihnen versprochen haben – zugegeben, großmäulig versprochen haben –, daß er zurückkommt, bevor sie den Löffel abgeben«, sagte der Heilige.

»Und das wird er doch tun, oder? Ich meine, das ist doch das, was wir ihnen predigen, oder nicht?«

»Yeah.« Der Heilige klimperte mit den Augen, als die reich geschmückte Sänfte einer Hohepriesterin Dianas an uns vorbeischwebte. Sie ruhte auf den starken Schultern einiger in Decken gehüllter Armenier. Zuerst wußten wir nicht, welche der fünf Hohepriesterinnen es war, weil sie die Vorhänge herabgelassen hatte, doch im nächsten Moment sägte sich einer ihrer Eunuchen an mich heran und packte mich brutal bei den Eiern. »Du findest mich bei Stephanie, Süßer. Jederzeit!« Ich krümmte mich vor Schmerzen.

»Widerlich!« Der Heilige stürzte sich in seine Anti-Eunuchen-Nummer, eine der besten in der Hitparade der Golden Oldies, während ich noch nach Luft schnappte wie ein Fisch. Mein Sack tat höllisch weh.

Plötzlich tauchte Apollos auf. Er war ein Jude aus Alexandria, der noch vor dem Heiligen zum Christentum übergetreten war. Apollos war ein echter Apostel, der im Gesamtgefüge der christlichen Organisation höher rangierte als der Heilige. Ganz zu Anfang war Kleinasien Apollos' Domäne gewesen, aber im Laufe der Zeit hatte er dem Heiligen das Feld überlassen, ohne Groll.

Da er finanziell unabhängig war, machte es ihm nichts aus, dem Heiligen ab und zu Geld zu leihen – oder, besser gesagt, es abzuschreiben. Seit einiger Zeit lebte Apollos in Ephesus, der reichsten und kulturell interessantesten Stadt Kleinasiens, weshalb der Heilige sie auch zu seinem Hauptquartier gemacht hatte. Aquila pflegte zu sagen: »Wo Buchhalter sind, ist Jesus mitten unter ihnen.«

»Tut mir leid, daß ich zu spät dran bin«, sagte Apollos.

»Zu spät wofür?« Der Heilige klopfte mir auf das Hinterteil, bis das Blut neu zu zirkulieren begann und ich wieder Luft kriegte.

»Für die Frühmesse am Hafen.« Apollos musterte mich neugierig. Mein Gehänge dröhnte wie Kirchenglocken, doch ich täuschte *nonchalance* vor. Das war Priscillas Lieblingsausdruck in dieser Saison. »Geht es dir gut?« fragte Apollos. Ich brachte als Antwort nur ein Keuchen heraus, und das war fast zu *nonchalant*, fürchte ich.

»Der arme Timmy ist gerade von einem Eunuchen der Hohepriesterin belästigt worden...«

Plötzlich schob Apollos uns in eine Arkade, und wir entgingen um Haaresbreite den scharfen Hufen der kaiserlichen Kavallerie. »Welcher?«

»Er hat seinen Namen nicht genannt«, antwortete der Heilige.

»Er meint, welche Hohepriesterin.« Ich kam allmählich wieder zu mir. »Es war Stephanie, und er hat mich eingeladen, ihn zu besuchen.« Dann ergänzte ich: »Ihn, nicht sie. Was natürlich nicht in Frage kommt.« Und ergänzte die Ergänzung mit der Koda: »Sie dagegen wäre eine Sünde wert.«

Wie jedem heißblütigen Bengel aus Kleinasien war auch mir von Kindesbeinen an eingeimpft worden, daß es nichts Geileres gäbe als die Priesterinnen der Diana. Als ich sie dann in Fleisch und Blut vor mir sah, war ich kein bißchen enttäuscht, wie es normalerweise ist, wenn man plötzlich dem Traum seiner schlaflosen Nächte gegenübersteht. Ganz im Gegenteil. Die Mädels sahen umwerfend aus und waren unter angemessenen »religiösen« Bedingungen (oder Bengeln aus Kleinasien!) durchaus zugänglich. Da sie als professionelle Tänzerinnen arbeiteten, waren ihre Körper makellos, besonders der von Stephanie. Sie war die Nummer zwei unter den Hohepriesterinnen und führte nach ihrem Neumond-Solo immer die Revue an, womit sie das Publikum unweigerlich zum Toben brachte. Jawohl, ich war scharf auf Stephanie. Zwar war ich bis zu diesem Tag ohne Chance gewesen, jetzt aber hatte mir das Schicksal in Gestalt eines geilen Eunuchen eine butterweiche Flanke zugespielt.

Die Hauptstraße von Ephesus ist lang und gerade und mit all ihren Arkaden und phantastischen Statuen sicher die schönste Straße der Welt. Das schließt die Altstadt von Rom mit ein, die ihr geschenkt haben könnt, mitsamt ihren Verkehrsstaus und ihrem schrecklichen Gestank. Ephesus ist schön, die Einwohner sind flink, gewitzt und griechischer als die Griechen, wenn ihr wißt, was ich meine. Eine alte Rasse, die sich nie mit Fremden oder Andersfarbigen vermischt hat.

Die Kirche in Ephesus hatte für die Predigten des Heiligen den Vortragssaal des Tyrannos gemietet. So zog der Heilige dort Tag für Tag wenige Schritte von der marmorgeschmückten Flaniermeile seine Nummer ab. In gewisser Hinsicht war das der übelste Teil der Mission, weil er ganz allein auf der Bühne stehen mußte, und das Publikum von Ephesus – nun ja, wie gesagt, es war griechischer als die Griechen und setzte ihm mächtig zu.

In drei Jahren, seit Aquila und Priscilla den Laden übernommen hatten, war der Kartenverkauf im Tempel der Diana um elf Prozent zurückgegangen. Natürlich schob man uns die Schuld in die Schuhe, was völlig in Ordnung gewesen wäre, hätte es gestimmt – wie es *heute* stimmt –, aber damals ging es weit an der Wahrheit vorbei. Tatsache war, daß die Tempelverwaltung mittlerweile so stockkonservativ und rigide war, daß sie einfach keine neuen Produktionen mehr ansetzte, und die alten waren schäbig ausgestattet und obendrein mies einstudiert. Kein Wunder, daß die Einwohner von Ephesus ihre Heimmannschaft nicht mehr so unterstützten wie früher. Die Theaterkasse des Tempels war auf Touristen angewiesen, und deren Anwesenheit wiederum hing von den internationalen Wechselkursen ab. Die spielten jedoch damals ganz schön verrückt, denn die Rezession nach der Konsulschaft von Caligulas Pferd war noch immer nicht ganz überwunden.

Über der Tür des Vortragssaals hing ein Schild: »Paulus aus Tarsus bringt dir die frohe Botschaft über Jesus Christus und das Ende der Welt. Bist DU bereit?« Vor der Theaterkasse hatte sich eine ziemlich große Menge eingefunden.

»Also auf in die Schlacht«, stöhnte der Heilige, aber wie gesagt, die Bühne war sein Leben, und im nächsten Moment schon sprang er wie ein losgelassener Affe in den Saal.

Apollos ging mit mir zurück zu dem Haus, das Aquila und Priscilla im Moment gemietet hatten. Ein Dienstbote führte uns ins zweite Atrium, das mit sprudelnden Brunnen und exotischem Grünzeug geschmückt war. »Ich habe da eine hübsche Parzelle im Auge, aber Aquila meint, es darf sich nicht rumsprechen, daß wir uns da häuslich niederlassen wollen. Denn dann merkt jeder, daß mit Jesu Rückkehr in naher Zukunft nicht zu rechnen ist, und damit wäre unsere Botschaft im Eimer. Also wird uns nichts anderes übrigbleiben, als das Grundstück über einen Strohmann zu erwerben, mit Inhaberaktien, versteht sich.« Dann sagte er zu dem uralten Butler, einem ägyptischen Sklaven: »Zwei Gin Daisy.«

»Zwei was?« fragte ich.

»Gin Daisy. Genau das Richtige für dich.« Apollos war sehr elegant. Er trug einen langen pomadisierten Schnurrbart und diamantbesetzte Ohrringe, Inbegriff der Männlichkeit in jenen lockeren Tagen, als *Irma la douceur de vivre* auf jeder *gallique* lispelnden Zunge lag. Ach ja, die Jugend! »Der neue Drink, nach dem alle Welt verrückt ist. Keiner weiß, wo er herkommt.«

Aber ich. Ein Gin Daisy konnte nur bedeuten, daß Mary Baker Eddy in der Stadt war. Dabei hatte sie mir in Korinth klipp und klar erklärt, daß wir uns das nächste Mal zur Kreuzigung auf Golgatha wiedersehen würden, einem Ereignis, das nur einmal, und zwar kurz vor meiner Geburt stattgefunden hat. Jetzt, da ich Cutlers Polaroid-Foto gesehen habe, steht fest, daß ich demnächst zum Golgatha muß, allerdings kann ich mich nicht erinnern, je dagewesen zu sein, und deshalb ist es wahrscheinlich noch nicht soweit. Jedenfalls auf diesem Band nicht, und das ist das einzige, das ich habe.

Plötzlich überlege ich. Wir schreiben anno 96 nach Christus, und ich bin über sechzig und noch nicht auf dem Golgatha gewesen. Das heißt, es kann eigentlich nur noch eine Frage von Tagen sein, bis ich dorthin zurückkehre. Aber wie?

Die letzten Strahlen der Herbstsonne wärmten meinen Nakken. »Ich hätte nichts dagegen, hierzubleiben und mich hier niederzulassen«, sagte ich, mehr zu mir selbst als zu Apollos, der sich bestimmt nicht den Kopf darüber zerbrach, was ich karrieremäßig im Sinn hatte.

»Eines Tages mußt du Alexandria sehen.« Er schüttelte den Kopf bei dieser herrlichen Vorstellung. Die Diamanten klimperten an den doppelt durchstochenen Ohrläppchen, die extravagant mit Rouge gefärbt waren. Die Wirkung war aufregend männlich.

Priscilla betrat das Atrium mit einem Stapel Rechnungen in der Hand. Sie hatte nur ihr Geschäft im Sinn, bis sie Apollos sah und sich auf der Stelle in eine pontusinische Turteltaube verwandelte. »Apollos! Welche Freude, dich hier zu sehen. Darf ich dir ein Glas falernischen Wein, *faux-égyptien*-Bier oder...«

»Danke, ich habe schon bestellt, Priscilla.« Die Ohrringe klirrten leise. »Ich habe unserem Tim gerade von Alexandria erzählt...«

»*Quelle cité!*« Priscillas Stimme klang wie das Klirren Dutzender Ohrringe auf einmal. »Vor Jahren hatte ich mal ein Angebot der Tanztruppe des Isis-Tempels für eine Saison. Aber *maman*, meine Mutter«, übersetzte sie, »wollte nichts davon hören. Wie auch immer, unser kleines Ephesus hat ja auch seine Vorzüge.« Mir fiel auf, daß es mittlerweile »unser« Ephesus war, mit anderen Worten ihres.

Während die beiden in dem exotischen, samtrot ausgeschlagenen Empfangsareal, das Priscilla selbst entworfen hatte, über Geschäfte plauderten, trat ich hinaus in die Loggia und sah hinab auf die marmorne Stadt so vieler, auch meiner Träume. Die Epheser pflegen zu sagen: Wer dieser Stadt müde werden kann, muß sich nur mal richtig ausschlafen.

Im nächsten Moment umschlang mich ein Paar starker Arme, und dann spürte ich, wie sich etwas Brutales, Hartes gegen meinen Hintern preßte. »Du Mistkerl!« Ich befreite mich. Es war Alexander, der Bronzeschmied, ein christlicher Laie jüdischer Herkunft, der mich für den Traum seiner schlaflosen Nächte hielt. »Faß mich nicht an«, fauchte ich wütend.

Wenn Alex nicht gerade hinter mir her war, feilte er an seinem Ruhm in der Kunstszene von Ephesus. Er war einer der zwei oder drei besten Bronzeschmiede der Stadt und gewann jeden Winter den zweiten Preis der Akademie der Schönen Künste. Nie den ersten. Alex haßte es, der ewige Zweite zu sein, aber so war es nun mal, als Ephesus noch eine ernstzunehmende Kulturhauptstadt war: Sie hatte nur Platz für einen an der Spitze, und das war nicht Alex. So konvertierte er, wie viele Versager, zum Christentum. »Die Akademie der Schönen Künste in Ephesus ist nichts für mich«, sagte er gern. »*Meine* Akademie ist nicht von dieser *künstlichen* Welt.« Dank unserer wundervollen Botschaft haben eine ganze Menge Leute genau das gleiche Gefühl, denn bei uns kann jeder durchschnittliche Piesepampel mit sich zufrieden sein. Der Heilige pflegte zu sagen, unten bei Jesus ist für alle Platz.

»Sag mir lieber, was es Neues im Tempel gibt«, sagte ich.

»Nichts als Ärger.« Alex schüttelte den Kopf. »Oh, ja, ich weiß schon, Paulus sagt immer: ›Zuerst zu den Juden‹, aber vermutlich hat nicht mal Jesus geglaubt, daß diese Idioten je konvertieren würden. Das Ewige Leben ist, offen gestanden, einfach zu gut für sie.«

»Ich meine eigentlich den Diana-Tempel...«

Wie so viele Juden konnte er sich kaum auf etwas einlassen, das nicht jüdisch war. Andererseits war Alex nie ein Zionist gewesen, und das war damals schon ein Plus. »Ach, den meinst du«, sagte er. »Tja, warte mal... Ich hab vor kurzem ein paar Bronzestatuen für die Kapelle in den Privatgemächern der Hohepriesterinnen gemacht...«

»Jetzt kommt endlich die Butter an die Fische!« Ich war erregt – aber wer wäre das nicht gewesen? »Siehst du Stephanie hin und wieder, die zweite Hohepriesterin?«

»Hm-uh.« Alex würde mich bestimmt nicht mit der schönen Priesterin verkuppeln, ohne ein ganz bestimmtes *quid* für ihr umwerfendes *quo* zu ergattern. Das war ein hoher Preis, aber von nichts kommt nun mal nichts. »Du bist also scharf auf Steph?«

»Hm-uh.« Jetzt war es an mir, mich bedeckt zu halten.

»Ich könnte da was arrangieren. Aber das verlangt natürlich eine Gegenleistung.« Seine Adleraugen fixierten meine Arschbacken, die sich bei der Vorstellung einer Invasion von dieser Flanke zu marmorner Härte zusammenzogen. »Sie empfängt jeden Freitag bei Sonnenuntergang in ihrer eleganten Wohnung mit Blick auf den Hafen. Selbstverständlich sind die Eunuchen immer dabei.«

»Außer, wenn nicht.«

»Hm-uh.«

Freitag bei Sonnenuntergang. Das war alles, was ich wissen mußte. Aber Alex sollte ruhig noch ein bißchen zappeln. »Ich hätte nichts gegen zwei Bronzereifen für meine muskulösen Arme.« Lässig ließ ich die Muskeln spielen, und er stöhnte, als er sah, wie sich die glatte weiße Haut über meinem Bizeps spannte. Er hatte angebissen.

Priscilla warf mir einen wissenden Blick zu, als wir zu den beiden ins Atrium zurückkehrten. »Es gibt Ärger in Korinth«, verkündete sie.

»Was für Ärger denn?« Ich hatte nur Stephanie im Kopf. Lust. Mea culpa. Warum klingt das auf lateinisch soviel besser als auf griechisch? Natürlich dient alles, was ich hier zu Papier bringe, nur dazu, mein Gewissen von der Sünde zu läutern. Es hat nichts, ich wiederhole, nicht das Geringste mit der Botschaft zu tun, wie Paulus sie predigt und in bescheidenerer, wenn auch nicht weniger autorisierter Form auch ich, Timmy-Wimmy... *Timotheus.* Ein Dämon muß mir in den Griffel gefahren sein! Nun ja, ich wußte, daß es Tage wie diesen geben würde, als ich die Gelbe Ziegelsteinstraße zum Ruhm betrat. Dämonen überall. Versuchungen. Der Heilige dringt in meine Träume ein. Beide Dr. Cutlers auf freiem Fuß. Chet. Stephanie. Was für ein Engel! Was für Beine...

Am Freitag ging die Sonne unter, ohne daß ich Stephanie zu Gesicht bekam, denn Alex hatte gelogen: Stephanie »empfing« erst samstags, und zwar um Mitternacht, nach der letzten Tempelvorstellung. Dann machte sie's sich, erschöpft, aber in Hochstimmung nach ihrem unvermeidlichen Triumph, mit den Fans gemütlich, die wußten, wie man einen Eunuchen besticht. Und da war schon was aufzufahren. Ich mußte was springen lassen. Damals waren die Eunuchen noch anders, heute gibt's solche nicht mehr, keine Frage.

Wie auch immer, jedenfalls wurde ich schließlich in Stephanies Gemächer im Meerespalast geführt. Er ist durch einen unterirdischen Tunnel mit dem großen Tempeltheater verbunden, wo sie in dieser Nacht nur für mich tanzte. So glaubte ich wenigstens, verwirrt von den schimmernden Metallplättchen an ihrem Gewand, den farbigen Lichtblitzen und den Beinen... den Beinen.

»Wie geht's deinen Beinen?« fragte ich dümmlich, als ich ihr vom Chef-Eunuchen vorgestellt wurde.

Stephanie knabberte an der Keule eines großen Vogels. Bei meiner Frage wäre ihr fast der Bissen im Halse steckengeblieben, und sie verdrehte die Augen nach oben, zum Entzücken ihrer versammelten Fans, dreißig bis vierzig der bestaussehenden jungen Männer von Ephesus. Die Eunuchen hatten strenge Grundsätze. Man mußte nicht nur den Kleidungs-, sondern auch den Genitalientest bestehen, wenn man Gnade finden und zu Stephanie vorgelassen werden wollte. »Tut mir leid«, murmelte ich. Aber da hatte Stephanie mir schon ihren schmalen, biegsamen Rücken zugedreht.

Die Wohnung der zweiten Hohepriesterin bestand aus einem langen Raum mit Bogenfenstern, die auf das vom Vollmond beschienene Meer hinausgingen. Verzaubert stand ich an einem der Fenster und sah zu, wie die Frau meiner Träume mit ihren Fans flirtete, während die Eunuchen ein wachsames Auge nicht auf Stephanie, sondern auf ihre hübschesten Verehrer hatten.

Und dann plötzlich, als ich schon verzweifelt aufgeben wollte, je ihre Aufmerksamkeit zu erlangen, stand sie neben mir. Ihre Augen schimmerten wie flüssiges Silber im Licht des Vollmondes. Der Duft ihres exotischen Körperbalsams stieg mir in die Nase. »Hallo«, sagte ich und zwinkerte ihr einladend zu. Oh, wie ungehobelt waren wir dummen Kerle aus Kleinasien doch! Meine Wangen sind schamrot, während ich dies niederschreibe.

»Welcher Esel hat denn dich im Galopp verloren, Bürschchen?« Anders als die meisten Tänzerinnen hatte Stephanie eine samtweiche Sprechstimme. Und diese Titten... Offenbar fängt die Glotze allmählich an, meine Prosa zu beeinflussen. Ich frage mich, ob Markus das gleiche Problem hat, wenn er eine halbe Welt von uns entfernt die wunderbare Geschichte unseres Herrn diktiert.

»Stephanie!« Plötzlich hatte ich meine Sprache wiedergefunden. »Seit ich dich zum erstenmal als keusche Diana im Tanz aus Tausendundeinem Tag gesehen habe, bist du... für mich... die Größte.« Meine Stimme erstarb. Mir war schwindlig in ihrer Nähe. Meine kleinasiatischen Pranken öffneten und schlossen sich wie von selbst, als wollten sie auf ihrem wunderbaren Körper spielen wie auf einer komplizierten Flöte oder einem Xylophon.

»Die Nummer ist nicht schlecht«, antwortete sie nüchtern. »Welche Vorstellung hast du denn gesehen?«

Ich erzählte es ihr, erzählte ihr, was sie für mich bedeutete und was ich für sie bedeuten könnte, wenn sie mir nur fünfzig Prozent einer Chance ließ. Woraufhin sie mir fünfzig Prozent von fünfzig Prozent in Form eines Schlüssels an einer Kette gewährte, den sie aus ihrem erhitzten Dekolleté zog.

»Okay, mein Freund, du bist dabei. Der Südwest-Turm, gegenüber vom Parkplatz. Eine Stunde vor Anbruch der Dämmerung. Die beste Zeit. Aber ich warne dich! Wehe, du bist nicht gut!«

Ich war gut, mehr als gut. Der Südwest-Turm erzitterte und bebte unter meinen Stößen. Dann lagen wir mit prickelnden Körpern engumschlungen da, während die rosigen Finger der Dämmerung an der Dunkelheit des Zimmers zerrten und wie ein eiserner Kamm selbst die tiefsten Schatten in fahle Streifen zerteilten – oder meine ich einen Gartenrechen? Was ist größer?

Wir flüsterten uns süße Worte ins Ohr. »Nicht übel für einen Anfänger«, sagte sie und lächelte unter ihren zerzausten, hennarot gefärbten Locken hervor.

»Nimmst du irgendwelche Pillen oder einen Zaubertrank?« Wie alle normalen kleinasiatischen Jungs war ich neugierig, welche Art von Hygiene eine Hohepriesterin der Diana anwendete.

»Was bist du doch für ein dummer Kerl«, sagte sie zärtlich. »Sie durchtrennen einem die Eierstöcke kurz nach dem ersten Auftritt als Solistin.« Fasziniert hörte ich zu, während sie stundenlang aus dem Nähkästchen der Hohepriesterinnen plauderte und mir allerlei vertrauliche Informationen über Klitorisbeschneidung, Enthaarungsmittel und natürlich, wie könnte es anders sein, Haftung und Unfallversicherung steckte.

»Und jetzt, wo du alles weißt«, sagte sie endlich boshaft, »kannst du Priscilla unsere kleinen Geheimnisse verraten.«

Ich war verblüfft. »Woher kennst du Priscilla?«

»Jeder kennt Miss Priss.« Stephanie griff nach einem Granatapfel auf dem Nachttisch. Sie ist wie eine Katze, dachte ich, bezaubert von ihrer Katzennatur. »Sie ist das Stadtgespräch von Ephesus mitsamt der Bande von Pseudointellektuellen, die sich in ihrem samtroten Séparée den Mund fusselig reden.« Stephanies weiße Zähne waren vom Granatapfelsaft ebenso rot gefärbt wie Priscillas geschmackvoller Empfangsraum.

»Du warst schon bei ihr zu Hause?«

»Nein.« Stephanie spuckte die Kerne in die Luft. »Glaukons Ex-Frau ist gerade unserer Truppe beigetreten. Sie ist meine zweite Besetzung. Sie kennt Miss Priss und hat mir alles erzählt.«

Unter den Korkenzieherlocken ging mir ein Licht auf. »Du meinst, Frau Glaukon ist der Tanztruppe der Diana von Ephesus beigetreten?«

»Ich weiß nicht, ob ich das *meine*, aber ich habe es jedenfalls gesagt. Sobald aus ihrer Affäre mit Priscilla der Dampf raus war, tauchte sie bei einem Vortanztermin auf, und zwar *ohne Agentur*. Aber sie war heiß und kriegte den Job. Und sie ist immer noch heiß, echt, und außerdem kennt sie sämtliche Listen...«

»Des Tanzgewerbes?«

»Nein. *Eure* Listen. Von euren Einnahmen aus dem Kartenverkauf. Ich hab sie hier, neben dem Bidet. Mitsamt den Durchschlägen sämtlicher Spendenquittungen aus dem letzten Quartal.« Stephanie kämmte ihr Haar, gekonnt, ohne Spiegel. »Ich weiß, ihr verteilt jede Menge Freikarten an Bedürftige, aber ihr macht trotzdem Gewinn. Tja, ich hab Neuigkeiten für dich, Tim, mein Süßer. Keine ›Frohe Botschaft‹, mit der ihr so gern hausieren geht, sondern schlechte Neuigkeiten: Wenn ihr anfangt, uns hier in Ephesus das Wasser ernsthaft abzugraben, werdet ihr bald schon nicht mehr wissen, wie euch geschieht.«

Ich spielte den Unschuldigen und kaute auf einem imaginären Strohhalm. Stephanie reckte und streckte sich genüßlich. »Wir kontrollieren nämlich eure Bücher, und ich muß sagen, alle Achtung! Buchhaltungsmäßig steht ihr nicht schlecht da, aber dreifaltige Gewinne oder nicht, sobald ihr eine bestimmte Größe überschreitet – die *wir* festlegen werden –, ist es aus mit Jesus Christus in Ephesus. Hast du verstanden, Kleiner?«

Als Antwort warf ich mich auf sie, und wenig später waren wir so eins, wie vier Arme und Beine es diesseits des Gleichnisses, das die alte Schwuchtel Plato für das Streben nach Ganzheit im Einen gefunden hat, nur sein können.

»Was für ein hübscher Anblick«, hörte ich plötzlich eine vertraute Stimme sagen. Ich erstarrte im Sattel, Granatapfelsaft auf Lippen und Zeugungsorgan.

Doch Gott sei Dank war es nicht Priscilla, sondern Glaukons Ex-Frau, die sich angewöhnt hatte, Priscillas *faux*-pontusinischen Akzent zu imitieren, in der offenbar vergeblichen Hoffnung, nicht nur Glaukon, sondern auch ihrer satyrischen Lustschwester Priscilla zu gefallen.

Das sei zwar keineswegs eine Probe für die zweite Besetzung, antwortete Stephanie übermütig, aber dennoch... und damit zog sie ihre Ersatzfrau ins Bett. Der Dreier wurde tatsächlich nicht geprobt, ging aber wie geschmiert über die Bühne, und dann erschien der Chef-Eunuch, Masseur und Regisseur auf der Bildfläche und erklärte, das Bad sei eingelassen, und Kerle hätten hier jetzt nichts mehr verloren, da sich draußen bereits die ersten rosigen Strahlen der Sonne zeigten.

Frau Glaukon gab mir noch etwas mit auf den Weg. »Sag Glaukon und Priscilla, daß ich nie glücklicher war als im Corps de ballet des Diana-Tempels, wo ich einen Platz gefunden habe, wie ich ihn in der Paulinischen Kirche Jesu Christi nie erreicht hätte. Bislang haben mich immer nur andere benutzt. Jetzt aber bin ich eine ganze Frau. Ich fließe aus meiner Mitte heraus wie ein großer Fluß von der Quelle bis zur Mündung. Ich schwelle an, bis ich fast platze vor uterinen Kräften, die zum erstenmal Ausdruck finden. Nicht bei einem Mann, dem sie nichts bringen, und nicht bei einer Frau wie Priscilla, die ebenfalls nichts bringt, sondern bei Stephanie, dem fundamentalen weiblichen Prinzip unter allen Sternen am Nachthimmel meines weiträumigen Herzens. Oh, welche Erfüllung!« So maunzte sie, während Stephanie einfach nur schnurrte und sich Granatapfelkerne aus den Zähnen stocherte. »Glaukon hat mich nie befriedigt. Bei ihm ging die Post im Telegrammstil ab statt mit einem reitenden Boten. Oh, ja, er ist ein Genie, aber hat das Leben nicht Vorrang vor der Kunst?«

Aus einer Ecke des Zimmers hörte ich so etwas wie ein fernes Echo: »Ja, ja, ja.« Ich drehte mich um und sah eine schattenhafte Frau. Sie stand in der Ecke – groß, schmal wie Stephanie, mit kurzem, rotem Haar und einem knabenhaften Gesicht. Sie trug ein hellgrünes Trikot. Man sah sofort, daß sie Tänzerin war, nicht nur an ihrem ganzen Auftreten, sondern auch, weil sie in vollendeter fünfter Position dastand. Dastand und uns musterte.

»Da ist sie wieder!« Stephanie sprang aus dem Bett und ging auf die schöne schattenhafte Gestalt zu, deren dreigezacktes Lächeln in allen Punkten mit Stephanies dreieckigem Superstar-

Strahlen übereinstimmte. »Du bist so schön.« Stephanie war hin und her gerissen zwischen Bewunderung und Angst. »Aber bitte, warum spionierst du mir nach?«

»Weil sie eine Schnüfflerin ist!« Glaukons Frau schien panische Angst vor der Erscheinung zu haben. »Wußtest du, daß Pinkerton heutzutage weibliche Agenten anheuert? Weil sie gefährlicher sind als Männer, sagt Glaukon, und der muß es schließlich wissen. Aber das ist mir egal. Auch wenn unsere Liebe im Verborgenen blühen muß...«

»Halt die Klappe, Herzchen«, Stephanie war sanft, aalglatt, als sie sich erneut der geheimnisvollen Schönheit in dem Trikot zuwandte, grün wie die Hoffnung. »Ich glaube, ich hab dich schon mal irgendwo gesehen. Du bist nicht zufällig die Göttin Diana?«

Das umwerfende Wesen nickte und zog die Stupsnase kraus, die Stephanies eigenem Katzennäschen wie aus dem Gesicht geschnitten war.

»Ich schaffe es«, sagte das entzückende Phantom. »Ich schaffe es echt. Das muß ich Kevin erzählen.«

»Unsere Beziehung ist der Inbegriff von Reinheit und Unschuld«, erklärte Glaukons Ex-Frau dem geheimnisvollen Gast. »Ich weiß, daß Paulus und Glaukon Pinkerton ein hübsches Sümmchen hingeblättert haben, damit sie uns in die Falle locken und erpressen können, aber es gibt nicht einen Richter in ganz Kleinasien, der Stephanie und mich eines anderen Verbrechens schuldig sprechen würde als tiefster und aufrichtigster Leidenschaft...«

Stephanie hörte nicht auf ihre hysterische zweite Besetzung. Verzückt widmete sie sich dem prächtigen Wesen in der dunklen Ecke, wo plötzlich tausend kleine Lichter auf einmal zu funkeln schienen. »Du beobachtest mich oft, was?«

Die schöne Erscheinung nickte.

Stephanie machte große graublaue Katzenaugen. »Ich weiß, wer du bist!«

Ich wußte es auch. Ganz plötzlich war es mir klargeworden.

»Du bist ich. Ich bin du!« Stephanies Stimme klang jetzt ziemlich laut.

Das Wesen nickte. »Du bist ich in einem vergangenen Leben«, sagte die Erscheinung sanft. »Ich bin gekommen, weil es eine Menge Ärger geben soll, hier, wo ich einst Hohepriesterin der Diana war...«

»*Zweite* Hohepriesterin.« Stephanie nahm es mit den Stellen vor dem Komma immer sehr genau. »Wo bist du – das heißt ich – jetzt gerade?«

»Im New Age«, sagte das entzückende, knabenhafte Phantom. »Das Zeitalter des Wassermanns, das sich bald in...« Aber da fing sie auch schon an zu verblassen, bis nur noch ein paar hundert Lichtpünktchen schwach flackerten und ihre Stimme kaum mehr als ein musikalischer Hauch war.

»Wer bist du?« schrie Stephanie.

»Shirley MacLaine«, sagte ich, ohne überhaupt etwas sagen zu wollen.

Die dunkle Ecke war jetzt leer bis auf Schatten und tausend erlöschende Pünktchen. »Wer, zum Teufel, ist Shirley MacLaine?« Stephanie rückte mir auf die Pelle wie zuvor ihrem New-Age-Ego.

»Sie ist du in der Zukunft«, sagte ich und fragte mich, was ich da eigentlich faselte, denn zu diesem Zeitpunkt hatte ich schließlich noch nie einen Fernseher gesehen.

»Sie ist Mormonin«, sagte Glaukons Ex-Frau plötzlich unerwartet.

»Nein.« Ich war schon immer sehr pingelig. »Du meinst Mary Baker Eddy, christliche Wissenschaftlerin...«

Stephanie bewarf mich mit den Resten des Granatapfels. »Raus mit euch! Alle beide.«

Frage: Habe ich wirklich die anbetungswürdige Shirley gesehen, obwohl ich damals weder Claypoole noch die Cutlers kannte und keine Ahnung vom Fernsehen hatte? Oder schreibe ich diese Epistel ans New Age heute inspiriert von kongruenten Kräften, die einerseits in mir und andererseits zu hoch für mich sind?

9

Einmal in der Woche lud Priscilla zu einer ungewöhnlichen Lesung aus ihrem »Tagebuch« ein. Ja, so nannte sie es. Offensichtlich notierte sie Abend für Abend irgend etwas wenig Schmeichelhaftes über jeden, den sie im Lauf des Tages getroffen hatte, ganz gleich, um wen es sich dabei handelte. Die Tatsache, daß ihre Ergüsse häufig frei erfunden waren, spielte keine Rolle. Während ich hier sitze und über ihr Tagebuch nachdenke, beschleicht mich plötzlich das mulmige Gefühl, daß es überhaupt nicht existiert hat. Ich hatte noch nie davon gehört, bis Dr. Cutler es mir unter die Nase hielt, und jetzt, da ich von der Vergangenheit schreibe, ist dieses Tagebuch mit einemmal Teil meiner Erinnerung, die – aufgrund von Cutlers Hinweisen? – irgendwie anders zu sein scheint als früher. Oder war das Tagebuch schon immer Teil der Vergangenheit, und ich hatte es nur vergessen? Aus dem Stegreif würde ich sagen, der Hacker ist im Anmarsch.

»Es ist *mein* Tagebuch«, sagte Priscilla lächelnd zu mir. Man konnte das schwarze Zahnfleisch sehen. »Was ich sehe und erlebe, ist nicht dasselbe wie das, was du siehst und erlebst. Deswegen solltest du dein eigenes Tagebuch führen, Timmy. Und ich muß unterdessen *meine* Deutung der Dinge herausfiltern.«

Die Lesungen wurden zu einer beliebten Attraktion der gehobenen Gesellschaft von Ephesus. Priscilla las natürlich nicht selbst. Ein Schauspieler rezitierte aus ihrem Tagebuch, während sie zur Begleitung einer Flöte tanzte. Da sie die Geheimnisse aller Leute ausplauderte, die sie im Laufe der Woche getroffen und eingeseift hatte, waren die Tagebuchtänze ein Muß, zumindest für jeden, der den Fehler gemacht hatte, sich in irgendeiner Art mit ihr einzulassen. Überraschenderweise aber waren viele von Priscillas Opfern entzückt von ihren »Verkehrs-Berichten«, wie sie selbst sie nannte, obwohl alles, wie gesagt, nicht selten von A bis Z erfunden war und über die Jahre hinweg immer wieder korrigiert wurde. Derweil stampfte Priscilla auf ihren Schweinefüßchen fingerschnippend durchs Atrium, und ihre Augen strahlten vor Bewunderung für sich selbst.

Ich erinnere mich an viele ihrer Vorträge, als wäre es gestern gewesen, vor allem aber den letzten, als das Atrium so voll war, daß man nicht einmal mehr einen Stehplatz kriegte. *Tout* Ephesus war da, und sogar der Heilige hatte sich trotz seines vollen Terminkalenders die Zeit genommen zu kommen. Er saß mit der unvermeidlichen korinthischen Akte im Schoß auf einer Marmorbank. Die Zeiten waren schlecht, und die Kirche von Korinth versank immer tiefer im finanziellen Chaos, nachdem sich einige unserer bewährtesten Mitarbeiter und Buchhalter als Spitzbuben entpuppt hatten.

Apollos und Aquila hatten zu beiden Seiten des Heiligen Platz genommen, während das Fußvolk entweder auf dem Boden hockte oder weiter hinten stand. Sorgfältig plazierte Fackeln verliehen Priscilla jenen rosigen Touch, den sie so schätzte. Er machte sie um zehn Jahre jünger und verkürzte sämtliche Zähne; das schwarze Zahnfleisch schimmerte dunkelrot.

»Oh, Tagebuch!« stöhnte sie. »*Quel jour!* Schon als ich diesen kirschroten Schal um den Hals legte, wußte ich, daß ich nie *bezaubernder* und *verletzlicher* aus gesehen habe. Ist das etwa dasselbe? Habe ich also unbewußt eine Andeutung über meine Natur gemacht, die selbst mir unbekannt war, die ich doch ganz Frau bin? Aquila möchte in diesem Tagebuch nicht erwähnt werden.« Alle Augenpaare im Atrium wandten sich Aquila zu, der eingenickt war und sich selbst zulächelte. Priscilla hatte diese Wirkung auf ihn.

Sie ließ ihren Bauch im Uhrzeigersinn kreisen. »So grübelt der Körper«, sagte sie gern und demonstrierte es.

»Armer Aquila. Er hat keine Ahnung, daß das Tagebuch Unsterblichkeit verleiht. Wie soll denn sonst ein Bewohner jenes Gelobten Landes namens Nachwelt erfahren, daß ich, indem ich ihn auf seine Männlichkeit aufmerksam machte, für den Erfolg der Paulinischen Präsenz in Ephesus verantwortlich bin?«

Ich habe die alexandrinische Ausgabe von Priscillas Tagebüchern auf meinem Schreibtisch. Im Moment erlebt sie eine Welle posthumen Erfolgs, dank eines Werbeslogans, den Kaiser Domitian für sie geschrieben hat und der jetzt als Bauchbinde auf jedem Exemplar prangt: »Priscilla ist tiefer ins Innere der Frau vorgestoßen als jeder andere, seit Jupiter das Vogelmädchen Leda vernascht hat.«

Merkwürdigerweise unterscheidet sich die veröffentlichte Form des Eintrags für diesen bedeutsamen Mittwochabend in Ephesus ganz erheblich von dem, was in meiner Erinnerung gespeichert ist. Andererseits hat Priscilla ihre Tagebücher pausenlos umgeschrieben, je nachdem, wie sich ihre Meinung über die betreffenden Personen wandelte, gewöhnlich zum Schlechteren, zum viel Schlechteren.

»Heute morgen erhielt ich Besuch von Stephanie.« Die Stimme des Schauspielers ging von einem bedeutungsschwangeren Alt in schrilles Falsett über. Priscilla mimte eine Begegnung mit Stephanie, den kirschroten Schal doppelt um den Hals geschlungen, um ihre tiefen Falten zu verbergen, während das fliehende Kinn die weihrauchgesättigte Luft durchpflügte wie der Bug eines sinkenden Schiffes. Warum nur fallen mir Vergleiche so leicht und Metaphern so schwer?

»Stephanie war sehr erregt, ihre langen ausdrucksvollen Beine wie…« Wie was? Ich habe zu schnell geschrieben, zu selbstsicher. Wahrscheinlich hat mich die neuerliche Lektüre von Priscillas kuriosem Bericht über diese letzte Soiree irgendwie blockiert. Schließlich haben ihre Beschreibung und meine Erinnerung nicht das geringste miteinander zu tun. Laut Priscilla war Stephanie während der Tanzvorstellung zu ihr ins Haus gekommen, um sie vor einer bevorstehenden Gefahr zu warnen. Ich kann nur sagen, hätte Stephanie die Tagebuchrezitation des Schauspielers miterlebt, wäre Priscillas Schicksal besiegelt gewesen.

»Während Stephanie duschte, bereitete ich mit eigener Hand ein köstliches Mahl aus Huhn und Reis, gewürzt mit einer Messerspitze Safran. Kaum zog der Duft meines *poulet pontusin* durchs Haus, war Stephanie klar, was für eine ausgezeichnete Köchin ich bin. Ihre Diät war auf der Stelle vergessen. ›Laß den Safran ruhig stehen!‹ rief sie und machte sich über ihren Teller her. ›Und die arme Shirley steht auf Tofu‹, lachte sie mit vollem Mund.

Tofu ist ein geheimes Gericht der Hohepriesterinnen, das uns Sterblichen verweigert wird, und Shirley ist Shirley MacLaine, die sich gelegentlich aus der Zukunft hier bei uns blicken läßt, um ein paar Minuten mit Stephanie zu plaudern. Dabei gibt sie ihr allerlei sicher sehr nützliche Ratschläge zu Religionsausübung und Körperpflege. Offenbar basiert bei ihr alles auf einer Vollkorndiät, die absolut über meinen Horizont geht.

Als sie ihr *poulet pontusin* verdrückt hatte, sprang Stephanie auf, jeder Zoll zweite Hohepriesterin. ›Du mußt dich auf eine Zeit vorbereiten, die deine Seele in Versuchung führen wird, Schätzchen.‹ Dann rülpste sie und tanzte *chaîné* um meine geschmackvoll dekorierte Frühstücksecke gleich neben dem dunkelroten Séparée.

›Wann, oh, wann wird es soweit sein, ihr klugen Stiefel?‹«

Während dieser sehr intimen Tagebuchenthüllungen fegte Priscilla durchs Atrium wie ein Wirbelwind. Sie war übernervös, geradezu hektisch, selbst für ihre Verhältnisse. Ich setzte mich neben den Heiligen, dem das Ganze ziemlich gegen den Strich ging. »Sie treibt sich zuviel mit Heiden herum«, brummte er mir ins Ohr.

»Sie ist eine heimliche Jüngerin von Sappho«, antwortete ich.

»Von heimlich kann wohl nicht die Rede sein. Sie sollte sich lieber auf ihre Lektionen besinnen.« Der Heilige kannte sich gut aus mit klassischem Tanz. »Sieh dir die Arme an! Ist *das* vielleicht *adagio?*« Priscilla schoß durchs Atrium wie eine liebestolle Fledermaus.

»Modern Dance«, sagte ich und tat, als wäre es das Letzte, dabei war ich damals hinter allem her, was nach Moderne roch. Da die mehr als antiquierten Ballettaufführungen im Tempel den weit entfernten Zeiten, über die ich hier berichte, hoffnungslos hinterherhinkten, hatten Stephanie und noch ein paar andere Mädel angefangen, in finsteren Neumondnächten die pechschwarzen Ecken des Tempels zu erleuchten. So brachten sie mit der armenischen Modern-DanceTruppe, die noch nie was von Gewerkschaften gehört hatte, moderne Ballettstücke auf die Bühne, in denen Stephanie als gequälte Ehefrau auftrat, was ganz Ephesus in Verwunderung versetzte. Erstaunlich begabt und blasiert zugleich, inszenierte sie immer und immer wieder den Lebenszyklus ganz gewöhnlicher Frauen von Ephesus. Meistens fand man sie zu Hause, wo sie ihre Depressionen pflegten und im Alltagstrott zwischen Pfannen, Töpfen und Enthaarungsmitteln höchstens gelegentlich eine Ziege schmorten. Klar, daß Priscilla versuchte, Stephanie nachzumachen. Klar auch, daß sie scheiterte, denn »alle Kunst ist zum Scheitern verurteilt«, wie sie stets behauptete.

Doch jetzt wirbelte Priscilla durchs Atrium, klimperte mit winzigen Glöckchen, die sie zwischen Daumen und Zeigefinger hielt, stampfte mit den breiten Absätzen ihrer Sandalen auf den Marmorboden und warf feurige Blicke ins Publikum, während der Schauspieler weiterlas: »Für einen Lammeintopf *à la scythienne* drehe man das Lamm durch einen sehr fein eingestellten

Wolf und füge Koriander hinzu. Die Wolle lege man beiseite...«

In diesem Augenblick brach die Hölle los. Von den Tempel-Eunuchen angestachelt, schwärmte eine Gang von ephesischen Schlägern ins Haus. Aquila versuchte sie aufzuhalten, doch vergeblich.

Apollos floh. Alexander drehte mindestens einem den eunuchischen Hals um, während der Heilige schlicht von seiner Marmorbank gehauen wurde.

Trotz dieser Ablenkungen kam Priscilla – Künstlerin bis in die silbernen Fingernägel – nicht ein einziges Mal aus dem Takt. Sie tanzte sogar noch, als sie buchstäblich längst ihr Publikum verloren hatte, denn die Christen ergriffen beim Anblick der heidnischen Invasoren Hals über Kopf die Flucht. Ich griff mir den Heiligen und lief in Richtung Ausgang.

Offensichtlich hatte die Tempelverwaltung beschlossen, daß die Theatereinnahmen von Ephesus zu klein waren, um sich durch drei teilen zu lassen. Also hatten sie uns vorsorglich eins auf die Mütze gegeben. Außerdem erteilten sie der nicht gewerkschaftlich organisierten armenischen Modern-Dance-Truppe Berufsverbot. Stephanie wurde vorgeladen und erhielt einen Verweis. Der Heilige trug ein blaues Auge davon, und Priscilla mußte sich die grauenhaftesten Kritiken von den normalerweise sehr flexiblen Trendsettern und Tanzkritikern gefallen lassen. Das Haus war hin, das samtrote Empfangsareal lag in Trümmern.

»Seht euch bloß an, wie sie meine Armhaltung beim Adagio kritisieren.« Priscilla hielt ein Pamphlet hoch, das uns einer an die Vordertür genagelt hatte.

Aber zum erstenmal schenkte ihr nicht einer die geringste Beachtung. Der Heilige reparierte die Rolodex. Sein blaues Auge färbte sich allmählich gelb, und er hatte eine furchtbare Laune – anders als Apollos, der versuchte, die Wogen zu glätten. »Nur ein kleiner Rückschlag, weiter nichts. Denk dran, was die Heilige Schrift so treffend bemerkt: Vor den Rechtschaffenen werden sie fliehen.«

»Diesmal waren wir diejenigen, die Fersengeld geben mußten«, wandte Alexander ein, der mit Unterstützung eines runden Dutzends Konvertiten dabei war, den Schutt im Wohnzimmer wegzuräumen.

Eigentlich hatten alle etwas zu tun, bis auf die völlig niedergeschmetterte Priscilla. Sie lehnte an einer Säule, die zur Abwechslung da stand, wo sie immer gestanden hatte, und machte ein Gesicht wie eine tragische Maske. »Gerade als ich zum großen, kosmischen Sprung ansetzte, um ins ...« Doch Priscillas Sprung sollte nicht vollendet werden, nicht einmal im nachhinein. Denn in diesem Augenblick tauchte der stellvertretende Bürgermeister von Ephesus mit seinen Leibwächtern auf.

Mit der Behendigkeit eines erfahrenen Jongleurs ließ der Heilige die Rolodex hinter einer großen weißen Büste von Priscilla verschwinden. Priscilla gab sie als Geschenk von Stephanie aus, in Wirklichkeit aber war es die primitive Arbeit eines Steinmetzes, der auf einen Renovierungsauftrag für das Haus spekulierte. »Sie sind sicher gekommen, um sich zu entschuldigen«, sagte der Heilige herrisch.

»Nun ja, das auch.« Der stellvertretende Bürgermeister nickte beiläufig Aquila zu, der mit zerfetzten roten Vorhängen in der Hand näher trat. »Ja. Es tut uns leid, Sie zu belästigen, aber die Zeiten sind schwer, nicht wahr?« Der stellvertretende Bürgermeister war in ganz Ephesus als griechische Trantüte *sans pareil* bekannt.

»Ich bin Bürger von Rom.« Der Heilige wedelte mit seinem Paß. »Daher verlange ich den üblichen Schutz des Statthalters.«

Der stellvertretende Bürgermeister war schwer beeindruckt, um nicht zu sagen, eingeschüchtert. »Sie können natürlich ein Formular ausfüllen, das ist die übliche Prozedur bei einer Beschwerde. Außerdem müssen Sie für die Erlaubnis, Theatervorstellungen zu geben wie die, dic für soviel... Aufregung gesorgt hat, einen gesonderten Antrag stellen.« Er starrte Priscilla an, die gerade graziös die fünfte Position einnahm.

»Ich werde über all das einen Bericht verfassen«, versetzte der Heilige grimmig. »Ich habe mit den wilden Tieren in Ephesus gekämpft.«

»Jetzt hören Sie aber auf, Sir. Wilde Tiere waren es wohl kaum...«

Worauf der Heilige in seiner unnachahmlichen Art lospolterte: »Wir kämpfen nicht gegen Fleisch und Blut, sondern gegen die Fürsten und Gewaltigen, gegen die dunklen Mächte, die Herren der Finsternis dieser Welt, gegen Gottlosigkeit und Niedertracht allüberall...«

»Ich hoffe nicht, daß Sie damit die gegenwärtige Zweiparteien-Administration von Ephesus meinen, die nicht nur für Reformen...«

»Es ist furchtbar, dem Lebendigen Gott in die Hände zu fallen.« Aber dann passierte dem Heiligen genau das: Seine Augen verdrehten sich, er wurde völlig steif, und vor seinem Mund bildete sich Schaum.

»Gott ist mitten unter uns!« rief Priscilla geistesgegenwärtig. »Er hat die Seele des Saulus aus Tarsus zu sich genommen...«

»... um eine kurze Besprechung mit ihm zu führen«, sagte Aquila, praktisch wie immer. »Verstehen Sie? Eine Art *Briefing*.«

Ich hievte mir den starren Heiligen auf den Buckel. »Wir werden uns einstweilen... zurückziehen.« Ich sprach, so würdevoll ich konnte. Obgleich von kleiner Statur, wog der Heilige ungefähr soviel wie ein Marmorblock. »Wir gehen...« Ich wußte nicht, warum ich sagte, was ich dann sagte, aber ich tat es: »Wir gehen nach Jerusalem.«

10

Mittlerweile kenne ich auch Marvin Wasserstein. Er kam während der *Sports Week in Review* auf CNN, kurz bevor die Sonder-Übertragung des Eishockey-Spiels in Ontario anfangen sollte. Da ich inzwischen so was wie ein Eishockey-Fan bin, paßte es mir gar nicht, als die Eisarena plötzlich verschwand und dafür ein kleiner hagerer Mann auf dem Bildschirm erschien. Auf seinem Hinterkopf saß ein rundes Käppchen in bester, das heißt frommer jüdischer Tradition. Marvin muß knapp über dreißig sein, er hat eine Menge Aknenarben, ansonsten aber ziemlich viel Ähnlichkeit mit Al Pacino. Er trägt eine dicke Brille und grinst in einer Tour. Wenn das kein Gauner ist, war mein erster Gedanke. Sehr schnieke, in einem Tweedanzug von Ralph Lauren, wenn ich mich nicht irre.

»Tut mir leid, daß ich hier so reinplatze«, sagte Marvin und trat aus dem Kasten.

»Macht nichts. CNN wiederholt seine Sendungen mindestens dreißigmal am Tag. Ich werde mir das Spiel später ansehen.« Ich schaltete den Fernseher aus. Mittlerweile habe ich mich an die Besucher gewöhnt und nicht mehr das Gefühl, daß ich total in der Luft hänge wie damals, als Chester Claypoole aus dem Z-Kanal in mein Leben trat.

Übrigens, daß Marvin auf CNN kam, ist wohl ein Zeichen, daß die Technik immer mehr verfeinert wird. Ich muß zugeben, daß ich viel Zeit vor der Glotze verbracht habe und jetzt einigermaßen klarkomme mit der Art, wie sie reden, obwohl ich oft immer noch nur die Hälfte kapiere.

»Marvin Wasserstein«, sagte er und verpaßte mir einen warmen Händedruck.

»Timotheus, Bischof von Mazedonien und Ephesus. Man hat mir Ihren Besuch schon angekündigt.«

»Wie das?« Marvin setzte sich auf eine Bank, von der aus er die ganze Stadt sah. »Das ist mein erster Trip in dieses Nest.«

»Heute oder damals? Oder sollte ich sagen, damals oder heute?«

»Jemals. Reizende Gegend.« Er betrachtete einen Augenblick lang die Kathedrale und die blauen Hügel dahinter. Dann fragte er, immer noch im gleichen lässigen Ton: »Wer hat Sie denn vor meinem Besuch gewarnt?«

»Chester Claypoole – und jemand in einem Traum.«

»Jemand in einem Traum.« Wasserstein wirkte plötzlich müde. »Wir leben doch alle in einem Traum, ob wir wollen oder nicht. Die Kontinuität der Zeit ist zusammengebrochen. Deshalb sitze ich auch heute hier, wo ich höchstens ein Toter, Ungeborener oder Engel sein dürfte, noch dazu zwischen sämtlichen Stühlen.«

»Wer sind Sie?«

»Ich bin ein Computerexperte auf der Jagd nach dem Hacker. Ich versuche, die Bänder sauberzuhalten. Ich überwache die Kanäle. Seit Shirley MacLaine angefangen hat, Reklame für das Hin und Her zwischen den Zeiten zu machen, wollen alle möglichen Idioten in ihr früheres Leben zurück. Die meisten sind natürlich Spinner und träumen sich das Ganze zurecht. Eine Art Massentraum.«

»Können Sie mir dann sagen, ob Sie mich träumen oder ich Sie?«

Marvin lachte. »Sagen wir, daß sich zwei Träume für einen Augenblick überschneiden. Allerdings bin ich in diesem Fall der Initiator, denn ich bin hinter einem Fall her. Große Konzerne rufen mich zu Hilfe, wenn die Dinge plötzlich verrückt spielen, wie heute, wo Viren auf Bänder, Disketten, Chips und sogar Speichereinheiten losgelassen werden – insbesondere auf alles, was mit dem Christentum zusammenhängt. Vermutlich hat es damit zu tun, daß das Jahr 5761 immer näher rückt...«

Das war ein komischer Versprecher. »Sie meinen doch sicher 2000 nach Christus, was gar nicht mehr so lange hin ist. Es sei denn, Sie gehören in eine ganz andere Zukunft.«

»Sorry. Ich habe mich versprochen. Zweitausend, ja natürlich.« Er grinste. Er hatte schlechte Zähne. »Viele Leute glauben, daß der Jüngste Tag unmittelbar bevorsteht.«

»Zweitausend Jahre zu spät, mit Verlaub.« Ich konnte die Bitterkeit in meiner Stimme nicht verbergen. Immerhin haben der Heilige und ich genau wie alle anderen Urchristen ihr Leben lang nichts anderes getan, als die Tatsache wegzuerklären, daß Jesus uns ohne Nachsendeadresse hat sitzenlassen, ganz zu schweigen von einem festen Termin für seine Wiederkehr. Ich würde gern wissen, wie spätere Generationen mit seinem berühmten Spruch vor den Jüngern fertig geworden sind: »Über ein kleines, so werdet ihr mich nicht sehen; und abermals über ein kleines, so werdet ihr mich sehen, denn ich gehe zum Vater.«

»Die Post-Auferstehungsphase war eine ziemliche Enttäuschung für das Team.«

»Als Jude bin ich anderer Meinung über die Auferstehung«, sagte Marvin nüchtern.

»Wir beten für Sie.« Das kam schon beinahe mechanisch. Im großen und ganzen bin ich nicht so tolerant wie der Heilige seinen ehemaligen Glaubensbrüdern gegenüber.

»Das weiß ich.« Marvin grinste. Ich kann einfach nicht verstehen, warum er auf die Dienste der hervorragenden Zahnheilkunde der Zukunft verzichtet hat. Das ist der einzige Aspekt jener ansonsten eher unangenehmen Welt, der Atalanta anspricht. Seit sie erwachsen ist, hat sie ständig unter Zahnschmerzen gelitten. Ich habe mir schon damals in Rom von einem Zahnarztsklaven des Petronius die meisten Stummel ziehen lassen.

»Wie auch immer«, sagte Marvin und fummelte nebenbei an der Tastatur auf der Rückseite des Fernsehers, deren Funktionen ich immer noch nicht kapiert hatte. »Sie sollten wissen, daß ich auf der Jagd nach dem Hacker bin. Im Dienst von General Electric, Eigentümer der amerikanischen Fernsehanstalt NBC – Nuclear Broadcasting Company – und vieler anderer Gesellschaften, die die fortschrittlichsten Atomwaffen für das Pentagon und nebenbei, als Abfallprodukt sozusagen, unzählige praktische Haushaltsgeräte herstellen.«

Ich nahm kein Blatt vor den Mund. »Dann haben Sie bisher aber mächtig versagt!«

»Das denkt Chet Claypoole auch. Aber ich bin erst mit dem Fall betraut worden, seit der ›Joshi‹ auf Johannes' Band erschienen ist.«

»Was ist ein ›Joshi‹?«

Mit einemmal wurde Marvin sehr professoral, aber er war natürlich auch in seinem Element – ein Computerexperte auf der Jagd nach dem Hacker, ein Virologe, der eine komplexe Serie von Viren aufstöbern und eliminieren muß –, kurz, ein engagierter Mann der Wissenschaft. So was Ähnliches wie Louis Pasteur. »Es gibt zehn bekannte Viren, die Computersysteme am schwächsten Punkt der sogenannten Software angreifen. Viele von ihnen sind relativ harmlos, sogar lustig, das Werk eigentlich verträglicher, aber irregeleiteter Hacker.«

»Die Hacker sind also eine Art Sekte, wie die Mithraisten?«

Marvin schüttelte den Kopf und drückte auf eine Taste der Fernbedienung. Auf dem Bildschirm erschien ein »italienisches Fernsehprogramm«. Das sagte er, aber es sah genauso aus wie jede x-beliebige Werbesendung auf CNN, abgesehen von einem weißen Ball, der über den Bildschirm hüpfte.

»Das ist der italienische Hacker. Er hatte die Idee, einen weißen Pingpongball über den Bildschirm tanzen zu lassen. Nehmen wir an, er hätte eine Liste von Nummernkonten in der Schweiz entdeckt, dann würde der Ball jetzt zwischen den Angaben über illegale Vermögen herumtanzen.«

Mir wurde leicht schwindlig, als ich den Pingpongball über

Reihen von Artischocken in einer Cynar-Werbung hüpfen sah.

»Ein harmloser Streich«, sagte ich.

Marvin schaltete den Bildschirm ab. »Es ist erwiesen, daß Männer davon schon übergeschnappt sind. Frauen sind da abgebrühter, aber es kommt vor, daß ihre Menstruation um acht bis zehn Tage verspätet einsetzt, wenn sie dem Pingpongball zu lange zusehen. Was natürlich Streß und Angst verursacht, zu Hause ebenso wie am Arbeitsplatz.«

»Wenn Sie Software sagen, was genau meinen Sie dann?«

»Programm-Computer mit Plastikdisketten, auf denen Daten gespeichert werden. Wenn die Disketten so anfällig bleiben, müssen wir natürlich zu anspruchsvolleren Formen des Speicherns übergehen, Mikrochips etwa, und das tun wir auch schon, aber jedesmal, insbesondere dann, wenn es um die Evangelien geht, knackt der Hacker – wir glauben, daß es sich in diesem Fall um einen Einzeltäter handelt – unsere Verteidigungslinien und fängt an, den Text zu revidieren, zu zerstören oder zu entstellen. Er ist sehr erfinderisch. Als wir von der Soft-Disk zur Hard-Disk gewechselt sind, konterte er mit Fisch 6...«

»Einem heiligen Symbol für uns Christen.«

»Das will ich meinen. Trotzdem eine Katastrophe für die Hard-Disk, denn Fisch 6 kommt und geht ohne jede Spur, löscht Tafeln, Evangelien, Nummernkonten – was Sie wollen. Die brutalsten Hacker sitzen in Bulgarien, aber was kann man auch anderes erwarten von einem Land, das einst dafür bekannt war, daß es seine Gegner mit Hilfe von vergifteten Regenschirmspitzen ins Jenseits beförderte? Aus irgendwelchen geheimnisvollen Gründen will Bulgarien womöglich das Christentum zerstören, keine große Sache meiner Ansicht nach, die natürlich koscher ist. Dann gibt es einen Hacker, der Wien heißt. Er könnte der Mann, die Frau oder der Roboter sein – wer weiß das schon? –, den wir suchen. Bestimmte Dateien sind sehr effektiv von Wien gelöscht worden. Aber dann erschienen am ersten April die unglaublichsten Sachen auf den Bildschirmen von Millionen Computern, unter anderem ziemlich geschmacklose Witze. Einer ging so: ›Der Papst hat sich in Bulgarien einer zweiten Geschlechtsumwandlung unterzogen.‹ Der Hacker, der dafür verantwortlich war, heißt Jerusalem.«

»Bulgarien ist ein Land, wenn ich Sie richtig verstehe. Sind die Bulgaren Christen?«

Marvin zuckte mit den Achseln. »Wer weiß heute schon, wer was ist?« Er ließ das Eishockeyspiel ohne Ton laufen, eine Finesse, die ich noch nicht beherrsche. »Doch lassen Sie mich zum Punkt kommen«, sagte er. »Der Hacker hat keine irdische Chance, dieses Band hier jemals zu verändern. Dr. Cutlers Super Sam Intercept ist ein Meisterwerk. Es wird mindestens ein Jahrhundert dauern, bis irgendein Mensch oder auch Computer hinter die Antivirus-Kombinationen gestiegen ist, die Band zwei des Timotheus-Evangeliums schützen.«

»Was ist mit Band eins passiert?«

»Es gibt kein Band eins. Oder besser gesagt, nicht nur eins. Auf diese Weise verwirren wir den Hacker. Was immer Sie schreiben, bleibt unverändert so stehen, bis es eines Tages ausgegraben und übersetzt wird, und zwar im ersten Jahr des fünften... äh, zweiten Jahrtausends nach Geburt Ihres Christus.«

»Unseres, nicht Ihres?«

Marvin kicherte. Es klang ziemlich unangenehm. »Wenn Ihr Neues Testament, das jetzt verloren ist – abgesehen von dem, was Sie zu Papier bringen –, recht behält, werden wir Juden alle konvertieren, wenn Jesus als Gott zurückkehrt. Aber *nicht vorher.*«

Ich sah immer unklarer. »Dann ist es also so, daß Ihre Wissenschaft es ermöglicht hat, unser Leben und Werk aufzuzeichnen, aber selbst wenn Fisch 7 alle Bänder löschen würde...«

»Fisch 6. Fisch 7 könnte sich als Messias der Hacker entlarven.«

»Wie auch immer. Selbst dann gibt es noch immer Millionen von Büchern und Inschriften, die Zeugnis von der heiligen Geschichte ablegen und die Frohe Botschaft verkünden. Das heißt, es muß massenhaft fromme Menschen geben, die sich an alles erinnern und gegen Viren resistent sind.«

Marvin richtete die Fernbedienung auf den Fernseher. Es lief die *Jesus Saves Hour* aus Ponca City, Oklahoma. Ein Geistlicher las aus dem Neuen Testament, hinter sich im Halbkreis einen weißgewandeten, leise summenden Chor. »Als daher Pontius Pilatus Jesus fragte, ob er der König der Juden sei, antwortete dieser: ›Ich bin es, und ich bin gekommen mit dem Schwert, um die Heiden aus diesem Land zu vertreiben, auf daß das Reich Gottes den Kaiser von Rom hinwegfege sowie alle anderen heidnischen Herrscher und Mächte.‹«

Ich sah, hörte und schwitzte. Dann schaltete ich den Kasten ab. »Das ist Wahnsinn.«

»Wahnsinn oder nicht, es ist das Werk des Hackers.«

»Wie kann man zweitausend Jahre der Heiligen Schrift löschen?«

Marvin wirkte sehr feierlich. »Ganz einfach. Wenn Sie das Markus-Band löschen, dann löschen Sie auch das Evangelium, das er geschrieben hat.«

»Unmöglich. Sie löschen ihn, sagen wir, im Jahre 1993 nach Christus. Das Evangelium aber war schon knapp zweitausend Jahre *vor* der Aktion lieferbar, und es ist einfach unmöglich, beispielsweise sämtliche Exemplare der Gideon-Bibel zu verändern, die im Land der Freiheit auf den Nachttischen sämtlicher Ramada Inns liegen.« Ich lerne eine Menge aus dem Fernsehen, klar, ich hocke ja auch jede freie Minute davor.

»Heiliger Timotheus, Sie sind auf dem richtigen Weg, gehen allerdings in die falsche Richtung. Wenn Markus' Evangelium 1993 gelöscht oder schwerwiegend verändert wird, beeinflußt das jedes Wort, das er geschrieben oder nicht geschrieben hat –

und zwar rückwirkend. Das ist das Schlüsselwort. Wenn Sie sein Band in Rom in dem Moment betreten, da er das Evangelium beendet hat, und es zerreißen, bevor er es irgend jemandem zeigen kann, gibt es kein Evangelium. Wenn sich nun der Hacker über das Markus-Band hermacht, wird er entweder Markus dazu bringen, den Text zu verändern, oder er läßt ihn einfach verschwinden...«

Mir schwirrte der Kopf. »Aber es gab doch mal einen Markus, der die Geschichte des Jesus von Nazareth geschrieben hat – es gibt ihn sogar immer noch!«

»Woher wissen wir das?« Marvin wirkte gelassen und irgendwie bedrohlich. »Wir wissen nur, was uns überliefert wurde. Vielleicht hat es tatsächlich einen Markus gegeben, vielleicht aber auch nicht...«

»Und Timotheus?«

»Und Paulus. Und sogar Jesus Christus. Alles, was wir wissen, ist das, was durch Wort und Schrift überliefert wurde. Wenn wir aber, mittels Kontrolle über die Bänder, Einfluß darauf haben, *was* damals geschrieben wurde, dann ist das die einzig bekannte Realität. Unser unbekannter Hacker kontrolliert also alles, was wir über Jesus oder sonstwen erfahren.«

Langsam begriff ich die Ungeheuerlichkeit dessen, was hier passiert – passieren wird? »Die Bücher – all die Bücher –, Millionen von christlichen Werken schreiben sich einfach um, wenn ein Band gelöscht wird?«

»Nein. Sie bleiben, wie sie sind, weil diese Bücher, posthackerisch gesehen, entweder nie geschrieben wurden oder nicht so, wie Sie glauben.«

Ein Abgrund tat sich vor mir auf. Jetzt zählt nur noch der Hakker. Er allein entscheidet, was ist. »Sie sind also der Fürst dieser Welt«, hörte ich mich sagen, nicht zu dem armen Marvin, der nur der Überbringer schlechter Nachrichten war, sondern zum Hacker, wo immer er war, wer immer er ist.

»Sie meinen Satan, der Jesus im Garten Gethsemane versucht hat.«

»Ich meine den Teufel, der der Hacker ist. Wie kann man ihn stoppen?«

»Überhaupt nicht. Jedenfalls nicht so, daß sich der bisher angerichtete Schaden wieder rückgängig machen ließe, aber dieses Band hier ist absolut sicher. So wird das Christentum gewissermaßen das sein, was Sie sagen.«

»Dann hat er keine Chance, denn ich erzähle die Geschichte nicht anders als die anderen.«

»Genau.« Marvin erhob sich. »Sie müssen allerdings sehr vorsichtig im Umgang mit Besuchern sein...«

»Besuchern wie Ihnen?«

»Wie mir. Ja.« Trotz der schlechten Zähne hat Marvin ein sympathisches Gesicht. »Immerhin bin ich in erster Linie Privatdetektiv, ein Schnüffler, ein bezahlter Spitzel...«

»Auf der Gehaltsliste von General Electric?«

»Ja. Aber im Dienst von Dr. Cutler. Er ist äußerst scharf darauf, daß wir Ihr wahres Evangelium auch wirklich finden, wenn wir nächstes Jahr Ihre Kathedrale ausbuddeln, entsprechend *unserem* Zeitplan selbstverständlich.« Diesmal schaltete Marvin den Z-Kanal ein. Auf dem Bildschirm erschien ein mit technischer Ausrüstung vollgestopftes Labor. Ich erkannte Scheiben, die sich drehten, und laufende Tonbänder. Marvin deutete auf den Fernseher. »Hier arbeite ich an den Bändern und versuche, dem Hacker zuvorzukommen, indem ich die Viren isoliere.«

»Was passiert, wenn mich jemand *nach* Ihnen besucht?« Das war die entscheidende Frage.

»Nachdem ich Sie verlassen habe – in Ihrer Zeit, meinen Sie?«

»Nein, nach, sagen wir, nach nächstem Jahr, wenn mein Evangelium entdeckt wird.«

Marvin wirkte plötzlich verdutzt und wiegte den Kopf, als versuchte er, sich über etwas klarzuwerden, das er nicht verstand.

»Nach nächstem Jahr? Aber da, wo ich bin, gibt es kein nächstes Jahr. Es gibt nur jetzt.«

»Das ist hier nicht anders, Mr. Wasserstein, und trotzdem sind Sie hier – aber auch da, viele, viele Jahre von hier entfernt.«

»Stimmt. Das ist mit dem Rücklauf kein Problem.« Plötzlich erschien mir Marvin... durchtrieben? »Aber in der Zeit existiert nun mal kein schneller Vorlauf.«

Ich wußte genau, daß er log. »Natürlich existiert er. Sie sind uns fast zweitausend Jahre voraus, soweit ich weiß. Wieso können wir also nicht einfach an Ihnen vorbeizischen und sehen, was als nächstes kommt, beispielsweise, *nachdem* mein Evangelium aufgetaucht ist?«

Marvin runzelte die Stirn. »So geht das nicht. Wenn ich Sie hier in der Vergangenheit verlasse, bewege ich mich in die Zukunft, aber nur bis zu dem Punkt, der für mich *jetzt* ist. Selbstverständlich wäre es denkbar, daß jemand aus *meiner* Zukunft sich bei mir oder Ihnen einklinkt, so wie ich gerade.«

»Oder wie Dr. Cutler bei Dr. Cutler.«

Mittlerweile wirkte Marvin ziemlich verstört. Er tat mir leid, ich weiß auch nicht, warum. Immerhin ist er quicklebendig da bei sich, und ich bin nur ein Schatten auf einem Band, obgleich ich nicht behaupten kann, daß ich mich besonders unwirklich fühle. Meine Hämorrhoiden bluten nach wie vor, und Atalanta hat immer noch Zahnschmerzen.

»Könnte es sein«, sagte ich und drehte den Spieß um, »daß es nach Ihnen gar keine Zukunft mehr gibt? Oder nach dem zweiten Dr. Cutler, der Ihrem jetzigen Jetzt um schätzungsweise zehn Jahre voraus ist? Könnte es sein, daß Jesus zurückgekehrt ist und das Jüngste Gericht dem Fürsten dieser Welt den Garaus gemacht hat und all seinen Werken und dem Hacker auch? So allmählich fällt bei mir der Groschen«, fuhr ich beflügelt fort. »Das Ende ist endlich in Sicht, und das Reich Gottes steht Ihnen ins Haus, zu Ihren Lebzeiten, nicht zu unseren, wie wir immer geglaubt haben. Sie wollen mit aller Macht etwas verändern, das sein wird – aber was sein muß, muß sein.« Ich weiß nicht, wieso ich so zuversichtlich war. Aus Inspiration wahrscheinlich. Alles machte plötzlich Sinn.

»Das geht mir zu schnell. Ich bin bloß ein Computerschnüffler.« Marvin war völlig niedergeschlagen. »Im Moment weiß ich nur eins: Wir können zurück zu dem, was war, aber nicht vor zu dem, was sein wird. Diejenigen, die uns voraus sind, besuchen uns meines Wissens nicht. Kann natürlich sein, daß wir sie nicht so interessieren wie Sie uns. Ach, übrigens, Sie werden doch demnächst in Jerusalem mit Jakobus zusammentreffen, dem kleinen Bruder unseres Herrn...«

»Ich habe ihn längst schon getroffen, vor dreißig Jahren...«

»Ich meine, Sie treffen ihn bald in Ihrem Evangelium. Sie werden ihn sicher verändert finden.«

Ich kriegte langsam Kopfschmerzen. »Ich beschreibe die Zeit, als Paulus und ich nach Jerusalem gingen. Ich werde mich nicht... dort einklinken, oder?«

»Nein, nein. Es sei denn, Sie wollen es. Ich könnte es arrangieren.«

»So wie meinen Trip zum Hügel Golgatha?«

Marvin antwortete nicht. »In gewissem Sinne ist Jakobus der Schlüssel zu Ihrem gesamten Evangelium. Er ist – war – der kleine Bruder des Herrn und dessen Nachfolger innerhalb und außerhalb der Kirche und wird es immer bleiben. Ich weiß, daß Sie die Geschichte vom Standpunkt des Heiligen aus betrachten müssen, aber achten Sie im Streit zwischen Jakobus und Paulus einmal darauf, was Jakobus zu sagen hat.«

Marvin machte einen Schritt auf den Sony zu, wo immer noch das Labor von General Electric zu sehen war. Wie es die Höflichkeit erfordert, begleitete ich ihn bis zum Bildschirm. »Schalom«, sagte er und drückte mir die Hand, »wir werden uns bald wiedersehen. Vielleicht in Rom.«

»Auf Golgatha?«

»Dort ganz bestimmt.« Dann trat er in die Glotze, und als nächstes sah ich ihn vor dem Faxgerät, wo er die eingegangenen Nachrichten überflog. Ich schaltete den Fernseher aus.

Erst in diesem Augenblick, während ich noch seine Hand in der meinen spürte, ging mir auf, daß er nicht nur Luft und Schatten – ein Hologramm – war wie Chet und die Cutlers, sondern ein Mann, der *am Stück* aus der Zukunft zu mir gekommen war. Der Cutler-Effekt ist weiterentwickelt worden. Die Grundregeln ändern sich, und die Technik wird immer perfekter. Aber zu welchem Zweck? Ich schwitze, fällt mir gerade auf, obgleich es ein kühler Tag ist und der Nordwind aus der Steppe bläst.

Vielleicht steht das Ende der Welt wirklich bevor – in ihrer Zeit natürlich, nicht in unserer. Aber wird das die Folge der Wiederkehr Jesu sein, oder wird der Fürst dieser Welt den Hahn zudrehen? Der Kampf hat begonnen. Und ich bin das Schlachtfeld.

Habe versucht, Chet anzurufen. Er war außer Haus. Ich habe ihm eine Nachricht hinterlassen.

11

Jerusalem gehörte noch nie zu meinen Lieblingsstädten. Im Tempel ging es damals natürlich hoch her. Seit der Erlaubnis zum Wiederaufbau der Tempelanlage vor mehreren Generationen, als die Perser die Juden aus ihrem babylonischen Exil hatten nach Hause kommen lassen, waren die Renovierungen in vollem Gang. Wie es der Zufall wollte, wurden sie kurz vor dem Unabhängigkeitskrieg in den Sechzigern beendet, der die Stadt erneut in Schutt und Asche legte. Ein Krieg übrigens, der der zionistischen Sache bis zum Fernsehzeitalter den Garaus machte.

Als der Heilige und ich mit acht seiner Konvertiten aus Kleinasien in Jerusalem ankamen, beschäftigte der Tempel mehr als zwanzigtausend Menschen. Die meisten hatten mit Religion nichts am Hut, denn der Tempel war in erster Linie ein internationales Bankenzentrum und ein Umschlagplatz für alle Arten von Waren, *en gros* und *en détail.* Daß Jesus es geschafft hatte, die Bankangestellten und Spekulanten aus diesem enormen Gebäudekomplex zu vertreiben, deutet darauf hin, daß er eine beachtliche Armee bei sich hatte. Wovon ich bisher keine Ahnung gehabt hatte. Ich kannte nur die offizielle Version der Kirche: Der Herr sei außer sich gewesen, im Hause des Einen Gottes eine Börse und den größten Taubengroßhändler der Welt anzutreffen, mit einem Aviarium, das ungefähr so groß war wie eine durchschnittliche Kathedrale heute.

Jakobus und die anderen christlichen Juden lebten in einem Flachbau ein paar Blocks vom Tempel entfernt, unweit der Festung Antonia, wo die römische Garnison stationiert war. Sie teilten ihr Essen und ihre Kleidung, und zumindest nach außen hin besaß niemand von ihnen persönlich etwas. Es gab aber wie üblich genügend reiche Witwen, die das nötige Kleingeld zur Verfügung stellten, um von nichts zu leben. Ein teurer Spaß im großen und ganzen. Jesus hatte nie viel dazu gesagt, außer daß es gelte, sich auf das unmittelbar bevorstehende Ende vorzubereiten, das offenbar aufs Jahr zweitausendundeins nach seiner Geburt verschoben wurde. Aber das glaube ich erst, wenn's soweit ist. In diesem Punkt zumindest könnte mein Glauben ins Wanken geraten. Hoffnung und Nächstenliebe dagegen stehen wie eine Eins.

Wir kamen um die Mittagszeit an. Das war in jenen Zeiten immer eine heikle Sache. Es gab einen langen Tisch für die Zwölf, gemeint sind die Ur-Juden, die mit Jesus zusammen gewesen waren und an die Auferstehung glauben, aber trotzdem überzeugte Vertreter des Judaismus sind. Im wesentlichen glauben sie, daß Jesus der Messias auf einer Art Probelauf war und bis er wiederkommt, um sein Urteil über die Lebendigen und die

Toten und so weiter zu fällen, nicht der Sohn Gottes ist, als den der Heilige ihn in seinen Predigten hinstellt. Andererseits trat die Jakobus-Clique schon immer für den Slogan »Juden zuerst« ein, und es ist ein Wunder, daß der Heilige imstande war, so gut und so lange mit ihnen klarzukommen. Jakobus hat den Heiligen gehaßt. Das wußte ich vom ersten Augenblick an, als man uns an den Tisch der Sieben setzen wollte, der für nichtjüdische Christen reserviert ist.

Der Heilige wandte sich an Jakobus und klimperte gewinnend mit den Augen: »Aber wir sind nicht sieben, sondern neun, und am Tisch der Zwölf sind nur drei Plätze besetzt. Warum läßt du uns nicht bei dir und deinen Brüdern im Herrn sitzen?«

Jakobus war ein großgewachsener Mann mit Bart und kleinen Augen, die man nie richtig sah, weil er sie stets halb geschlossen hatte. Er wurde langsam blind, wie wir später erfuhren. Als Bruder des Herrn bestand er darauf, der Führer der Kirche zu sein. Es hatte sogar Zeiten gegeben, da er so tat, als wäre *er* der Messias und nicht sein Bruder. Zum Glück hatte sich mit der Auferstehung dieser Fall von Geschwisterrivalität erledigt.

»Die Anwesenheit von Nichtjuden ist vielen Mitgliedern der Gemeinde unangenehm«, antwortete Jakobus, »besonders bei Tisch, wo wir absolut koscher sind und häufig nur Milchprodukte essen. Getrennte Tische sind ein Kompromiß, mit dem die Brüder leben können.« Jakobus starrte voller Abscheu auf meine goldenen Korkenzieherlocken und kornblumenblauen Augen. Ich war der perfekte nichtjüdische Junge, bei dem jeder propere, selbstverliebte Jude in Rage geriet. »Gerade noch, jedenfalls«, setzte er hinzu.

»Timotheus ist beschnitten«, sagte der Heilige, der sein Mißfallen spürte. »Timmy, zeig Jakobus deinen...«

»Doch nicht im Speisesaal«, zischte Jakobus. Er sah aus, als sei ihm speiübel. Dann ließ er uns alle am Zwölfertisch Platz nehmen. Die anderen beiden Mitglieder der Jerusalemer Kirche ignorierten uns. Zwei reiche jüdische Witwen, in der Gemeinde *yentas* genannt – eine jüdische Bezeichnung für Hofdamen des demnächst Zurückerwarteten –, setzten uns ein koscheres Mittagessen vor, das gar nicht übel war.

»Ich habe den Jesus-Zins aus Kleinasien bereits auf dein Konto bei der Tempelbank eingezahlt.« Der Heilige strahlte, doch Jakobus tat, als gehe ihn das überhaupt nichts an. Tatsächlich war Jakobus selbst so etwas wie ein Finanzgenie. Während der Heilige sein Geld Geschäftstüchtigkeit und einer ziemlich kreativen Buchhaltung verdankte, mal ganz abgesehen von den unerläßlichen Nachfaßstrategien, kontrollierte Jakobus die Tempelbörse, die seinen Bruder Jesus so geärgert hatte, jedenfalls behaupten *wir* das.

Die Geschichte, wie Jakobus im Jahre 51 nach Christus den Dattelmarkt übernommen hatte, gilt in internationalen Fachkreisen noch immer als einer der größten Coups im modernen Finanzwesen. Er erforderte großen Wagemut und Geschick und natürlich eine Menge Glück. Jakobus ersetzte »Glück« immer durch »Glauben«, wenn er von den außergewöhnlichen drei Tagen schwärmte, in denen er allein Besitzer sämtlicher Datteln westlich des Euphrats war. Herrliche Zeiten waren das. Später hatte er dann weniger Glück oder, um in seiner Terminologie zu bleiben, Glauben.

Der Heilige schob Jakobus die Quittung über den Tisch. Jakobus versuchte sich seine Erregung nicht anmerken zu lassen, doch seine Hände zitterten, als er die riesige Summe sah, die für fünf Jahre Zehnten-Eintreiben in der finstersten Provinz stand. »Wir werden den größten Teil in gemeinsame Karawanen investieren«, sagte er mit jener schrillen Stimme, die manche Leute für eine Imitation seines Bruders Jesus hielten, während andere glaubten, Jakobus habe unserem Herrn Modell gestanden. Offensichtlich aber war unser Herr nicht unbedingt auch der des Jakobus.

Da Jakobus zuallererst Jude war, hatte er einen guten Job als Finanzberater und gelegentlicher Mohel oder Beschneider im persönlichen Sekretariat des Hohepriesters. Im großen und ganzen vertraten Jakobus und die Kirche von Jerusalem die Politik, daß Jesus der Messias war, der Israel in das mächtige Reich Gottes verwandeln würde, das wiederum für das Jüngste Gericht und so weiter zu sorgen hatte. Das Mißgeschick in jenem Vorort von Jerusalem, wo Jesus auf dem Golgatha nicht nur als einer von vielen zionistischen Unruhestiftern, sondern tatsächlich als König der Juden ans Kreuz geschlagen worden war, entsprach nicht ganz der jüdischen Überlieferung. Die Auferstehung drei Tage später wurde mit allgemeiner Erleichterung aufgenommen, aber dann kam dieser Kurztrip in den Himmel: Jesu Behauptung, er wolle sich nur rasch mit Gott kurzschließen, kam bei Jakobus und den anderen nicht besonders gut an. Die Propheten hatten nichts darüber verlauten lassen, und genau deshalb hatte der Heilige von Anfang an soviel Wert auf das Kreuz gelegt, unser Logo. Es war etwas Neues, etwas Unerwartetes und kam direkt von Gott. Es war endgültig. Bislang jedenfalls.

»Wir sprechen lieber nicht mehr von der Wiederkehr meines Bruders in unmittelbarer Zukunft«, sagte Jakobus und starrte voller Widerwillen auf den unverkennbar nichtjüdischen, sommersprossigen, rothaarigen Jungen aus Ephesus, den der Heilige gerade favorisierte. Zum Verdruß des Jungen übrigens, denn es war unmöglich, dem Heiligen die kalte Schulter zu zeigen, wenn man ein christlicher Knabe war und erlöst werden wollte. Der Heilige hatte uns alle am Arsch, buchstäblich und auch sonst.

»Ausgerechnet du wirst doch nicht den Glauben verloren haben?« Der Heilige gab sich sanftmütig, doch entging mir nicht das plötzliche Absacken der Tonlage, das eine heftige Attacke ankündigte.

»Mein Glaube ist unerschütterlich, Solly.« Jakobus nannte den Heiligen bei seinem jüdischen Spitznamen, was diesen regelmäßig auf die Palme brachte. »Was du jedoch den Unreinen andrehst...«, bei diesen Worten hätte er über den Tellern mit dem koscheren Essen der juwelengeschmückten *yentas* tatsächlich ein ziemlich dreckiges Grinsen auf den Gesichtern unserer acht Konvertiten entdecken können, »...ist nicht mein Himmelreich, das, wie du weißt, ein unabhängiges Palästina verlangt. Wir akzeptieren kein ausländisches Mandat, nicht mal eine internationale Friedenstruppe, denn den Unreinen kann das Betreten des Tempelgeländes niemals gestattet werden. Allerdings, Solly, wissen wir durchaus zu schätzen, wie du einige Aspekte des Judaismus in der heidnischen Welt verbreitest. Das kann diesen Menschen nur guttun. Obwohl wir keine Feige oder auch nur Dattel dafür geben würden, denn wir sind auserwählt, das Königreich des Himmels zu errichten. Der Messias steht auf unserer Seite. Alles andere unterliegt seinem Gericht.«

Das war fast genau das Gegenteil dessen, was der Heilige predigte, aber er würde sicher keinen Aufstand im Herzen des Judaismus riskieren. Ich konnte förmlich hören, wie er mit den Zähnen knirschte, als er seine möglicherweise äußerst heftige Attacke mühsam zurückhielt. »Wen der Herr liebt, den züchtigt er«, murmelte er.

»An welchen Herrn denkst du, Solly?«

»An Jesus Christus, einen anderen gibt es nicht.«

»Mein Bruder Jesus – *ohne* Christus – war Jude wie ich. Er war kein König, auch wenn er als Nachfahre des königlichen Hauses David König der Juden sein wollte und es versuchte. Aber er ist gescheitert – fürs erste zumindest.« Das klang nicht besonders überzeugt. Zum erstenmal ging mir auf, wie weit der Heilige sich von diesen engstirnigen Tempelhebräern entfernt hatte.

Der Heilige lief rot an, blieb aber wie immer bemerkenswert ruhig. »Sind wir nicht alle Christen?«

Jakobus warf ihm einen finsteren Blick zu. »Wir sind Hebräer.«

»Ihr seid Hebräer? Ich auch! Ihr seid Israeliten? Ich auch! Ihr seid Abrahams Same? Ich auch. Ihr seid Diener Christi? Ich rede töricht: Ich bin's wohl mehr.«

»Ich bin noch mehr«, antwortete Jakobus. »Ich bin der Nachfolger meines älteren Bruders Jesus. Ich bin der rechtmäßige König der Juden, und du bleib mir vom Hals mit deiner Heidengemeinde.«

»Bloß ihr Geld kassierst du gern.« Der Heilige deutete auf die Tempelquittung in Jakobus' Hand.

»Ich habe nicht darum *gebeten*. Aber ich nehme, was gegeben wird. Ich muß dich warnen, Solly. Wir gehen einigen Anschuldigungen gegen dich nach. Vor allem sollst du behauptet haben, das Mosaische Gesetz sei von meinem Bruder außer Kraft gesetzt worden, dafür gebe es jetzt eine neue Religion, die du christlich nennst. Nichtjuden steht es selbstverständlich frei, daran zu glauben. Aber komm ja nicht auf die Idee zu behaupten, Jesus selbst wäre Christ gewesen. Er war nur ein frommer Jude der Reformierten Tempelpartei...«

»Fromme Juden stehen nicht von den Toten auf und fahren vor Zeugen, die heute noch quicklebendig sind, gen Himmel. Ich habe eine Kirche auf seiner göttlichen Mission, seinem Tod und seiner Auferstehung begründet...«

»Wir glauben, daß er der Messias ist oder es sein wird, wenn er zurückkehrt. Ansonsten ist er nur ein Herold wie Johannes der Täufer. Aber egal, ob Herold oder zukünftiger Messias, er hat sich vor allem dafür eingesetzt, die Römer zu stürzen, um die Herrschaft Israels zu etablieren und auf das Königreich Gottes vorzubereiten. Die Frohe Botschaft, die er uns verkündet, hat nicht das geringste mit diesen Heiden zu tun.« Damit deutete er auf das Gefolge des Heiligen.

Dessen Antwort war schlau: »Sie sind wie wilde Ölbaumzweige, die auf den Stamm Juda gepfropft wurden. Die Wurzel ist natürlich Israel, und nichts anderes predige ich.«

Jakobus erhob sich. »Vergiß nicht das Schicksal des Stephanus. Er predigte wider sein eigenes Volk, und wir haben ihn zu Tode gesteinigt.«

»Wie könnte ich das vergessen? Ich bin derjenige, der vom Mossad auf ihn angesetzt wurde und ihn schließlich verpfiffen hat.«

»Das wird dir bei deiner Verhandlung sicher angerechnet.«

Der Heilige schien allmählich sauer zu werden: »Soll ich vom Hohen Rat verurteilt werden wie Stephanus?«

»Nein. Von uns, den Jesisten, wie man uns im Tempel nennt.«

»Wie lautet die Anklage?«

»Abfall von der Torah ganz allgemein. Und ganz speziell hast du in Ephesus einem Juden erklärt, er bräuchte seinen Sohn nicht zu beschneiden, wenn er Anhänger Jesu sei.«

Der Heilige lachte. »Das ist nicht wahr. Im Gegenteil, ich habe sogar darauf bestanden, daß sich viele der Nichtjuden in meiner Umgebung einer Beschneidung unterziehen. Timotheus, zeig ihm deinen Pimmel.«

Jakobus fuhr entsetzt zusammen. »Bitte. Doch nicht vor den *yentas.*« Dann war er weg. Der Heilige sah sehr nachdenklich aus.

Keine Frage: Wir sind auf feindlichem Gebiet.

Vor dreißig Jahren war Jerusalem ein ziemlich deprimierendes Pflaster. Die zionistischen Terrorgruppen taten alles, um die Römer zu stürzen, die nicht daran dachten, sich stürzen zu lassen. Mindestens einmal im Monat tauchte ein neuer Messias auf, den die Römer umgehend verhafteten und exekutierten. Normalerweise wurden die Jungs als Verräter des Reiches gekreuzigt, und das hätte in späteren Zeiten für allerlei Verwirrung sorgen können, hätten nicht wir, die Evangelisten und der Heilige, alle sogenannten Messiasse radikal aus unseren Schilderungen eliminiert.

Mir ist allmählich klargeworden, daß ich anfangen muß, meine Erinnerungen an Jesus festzuhalten, obwohl sie nur aus zweiter Hand stammen. Ohne Zugang zu Markus' fundamentalem Werk werde ich mich allerdings mehr oder weniger auf mein Gedächtnis verlassen müssen. Aber spätestens, wenn ich von Jerusalem aus nach Rom weiterreise, sehe ich ihn natürlich...

Komisch, während ich all dies berichte, kommt es mir vor, als wäre nichts davon tatsächlich passiert, als erlebte ich die ganze Sache erst jetzt, wo ich sie niederschreibe. Dabei rufe ich mir nur Dinge ins Gedächtnis zurück, die ich seit vierzig Jahren mit mir herumschleppe. Glaube ich jedenfalls. Ich beschreibe Jerusalem im Jahre 53 des Herrn, als ich es zusammen mit dem Heiligen zum erstenmal besucht habe. Und zwei Jahre später werden wir in Rom sein, wo Markus und Petrus beide noch am Leben sind...

Ich muß versuchen, mich zu erinnern, wie es war, als ich zum erstenmal Markus' Testament las. Er lebte am Rand des Marsfeldes, unweit des Obelisken, dessen Schatten genau an Augustus' Geburtstag auf sein Mausoleum fällt. Die Wohnung hatte ein Fenster, das auf den Tiber hinausging und auf das jenseitige, grüne, verlassene Ufer mit dem hohen Hügel Janiculum.

Ja. Ich sehe das Zimmer förmlich vor mir. Gut. Rieche die Fischsauce, die Markus auf das geröstete Brot träufelt. Er kauft es immer von einem Händler unten auf der Straße. Markus ist ein bißchen älter als ich und vollkommen kahl. Das Testament liegt auf dem Tisch. Er fordert mich auf, einen Blick hineinzuwerfen. Ich tue es. Ich erinnere mich an ein Zitat von Jesaja. Aber welches? Mein Kopf ist vollkommen leer. Ich sehe mich noch, wie ich die Seiten umwende, aber ich kann mich nicht erinnern, was sie enthielten. Totalausfall. Außerdem kriege ich langsam Kopfschmerzen. Der Hacker? Wenn er eine Möglichkeit gefunden hat, in mein Bewußtsein einzudringen, muß ich mich dahinterklemmen, wie ich ihn wieder rausschmeißen kann. Wichtig, wenn ich Markus sehe, und das werde ich, denn ich erinnere mich an ihn und seine Wohnung mit dem Stapel von Teppichen in einer Ecke – er hat die Dinger nicht nur verkauft, sondern wurde auch dafür bezahlt, als Schätzer aufzutreten, weil er sich sehr gut auskannte: Kein Wunder, seine Mutter war schließlich Perserin...

Vor dreißig Jahren war Jerusalem ein ziemlich aufregendes Pflaster. Die Befreiungskräfte schlossen sich zusammen, um die verhaßte römische Kolonialherrschaft zu stürzen. Jakobus war der Anführer der Bewegung, obwohl wir das damals noch nicht wußten...

Ich ging ins Bad zum Neuen Stern, um meine Kopfschmerzen loszuwerden. In der Sauna begegnete ich Chet.

»Sind Sie mit dem Z-Zug aus Westport gekommen?«

»Nein. Ich hab mich eingeklinkt. Ich benutze einen New-Age-Channeler. Auf diese Art bleibt es bei GE geheim.«

»Ist Ihnen nicht heiß in all den Kleidern?«

»Ich bin ein Hologramm, wissen Sie das nicht mehr?« Er streckte den Arm aus. Ich versuchte, ihn zu fassen, aber da war nur Dampf. »Ich habe mit Dr. Cutler gesprochen. Seine Geschichte stimmt mit der Ihren überein. Auch er schwört, daß nichts auf der Welt ihn dazu bringen könnte, für Gulf + Eastern zu arbeiten oder am City College zu unterrichten.«

»Aber irgendwas wird offenbar genau das bewirken.«

Chet runzelte die Stirn. »Deshalb müssen wir schnell handeln. Wir stehen kurz davor, ein leibhaftiges Kamerateam zum Golgatha zu transportieren.«

»Und ich werde moderieren?«

»Die Rechtsabteilung ist noch dabei, Ihren Vertrag aufzusetzen.«

»Selbstverständlich erwarte ich einen Wohnwagen und meinen eigenen Maskenbildner.« Bei *Hollywood Minute* auf CNN habe ich eine Menge über Filmstarallüren gelernt.

»NBC scheut keine Kosten. Aber was wollten Sie über Marvin Wasserstein wissen?«

»Wann haben Sie ihn angeheuert?«

»Ich überhaupt nicht, das war Cutler. Als der Hacker anfing, verrückt zu spielen.«

»Wie gut kennen Sie ihn?«

»Ich kenne ihn gar nicht.«

»Aber Sie sind doch beide bei GE...«

Chet lachte. »Ich bin bei NBC. Er sitzt im Labor. Wir sind Meilen voneinander entfernt, in jeder Hinsicht. GE hat vor allem mit Waffen zu tun, aber auch mit stinknormalen Haushaltsgeräten. Wir sind die Unterhaltungsabteilung, das bedeutet Werbung. Sicher, es gibt eine gewisse Zusammenarbeit, verstehen Sie mich nicht falsch. Jeden Tag brauen wir ein paar Nachrichten zusammen, damit die chipsfressenden Idioten vor der Glotze nicht mitkriegen, was in der freiesten Konsumgesellschaft der Welt wirklich abgeht. Das ist sie nämlich, seien wir doch ehrlich. Und wenn eine GE-Waffe im Kongreß durchfällt oder explodiert oder sonstwas, sprechen wir uns natürlich erst recht ab. Dann holen wir die *wahre* Geschichte raus. Daß unsere Freiheit vom GE-Know-how abhängt und so weiter.«

Ich hob eine bischöfliche Hand, um Chets Geschwätz zu stoppen. »Marvin Wasserstein will mich anscheinend unbedingt überreden, die Frohe Botschaft von einem jüdischen Standpunkt aus zu verkünden.«

»Schlechte Nachrichten fürs Christentum. Und das sage ich als Mormone.« Chet zog die Augenbrauen hoch. »Aber warum interessiert er sich so dafür? Er ist doch nur ein Computerspezialist, ein bezahlter Mitarbeiter.« Chet setzte sich auf eine Marmorbank. Vermutlich setzte er sich gerade auch da, von wo er sein Hologramm losschickte. In einer halbdunklen, dampfenden

Ecke des Raums gaben sich mehrere Jugendliche den widerwärtigsten Perversionen hin. Ich tue immer so, als bemerkte ich nichts von solchen Dingen, denn der Neue Stern ist das einzige Bad in Gehweite von Kathedrale und Bungalow.

Chet wirkte sehr lässig, aber auch sehr sonderbar in seinem dreiteiligen Anzug inmitten all des Dampfes. Doch eins muß man ihm lassen, sein Hologramm ist perfekt. Er sieht absolut echt aus, völlig dreidimensional. Kaum zu glauben, daß der echte Chet zweitausend Jahre nach uns im NBC-Hauptquartier im Rockefeller Center hocken soll.

»Marvin Wasserstein.« Chet sprach den Namen langsam aus, Silbe für Silbe. »Wie sieht er aus?«

»Klein. Dünn. Dicke Brille. Ein Käppchen auf dem Hinterkopf. Ein orthodoxer Jude, nehme ich an.«

»Bei Cutlers Leuten weiß man nie.« Chet war plötzlich alles andere als die übliche muntere Quasselstrippe.

»Was – wer – sind Cutlers Leute?«

»Sie haben ihren eigenen Verband innerhalb von General Electric. Alles streng geheim. Augenscheinlich hat Cutler Wasserstein angeheuert, damit...« Plötzlich wandte Chet sich ab. Vollkommen gleichgültig starrte er auf die ineinander verkeilten keuchenden Jugendlichen. Offensichtlich dachte er angestrengt nach. Dann sagte er: »Lassen Sie sich bei Ihrem Auftritt nicht von Dr. Cutler oder Wasserstein beeinflussen.«

»Wie könnten sie das?«

»Da gibt es verschiedene Möglichkeiten... unterschwellige Möglichkeiten. Dr. Cutler ist dafür bekannt, daß er den heiligen Paulus nicht ausstehen kann. Er ist überzeugt, daß Paulus noch zu seinen Lebzeiten die ursprüngliche Botschaft radikal verändert hat. Er wird also versuchen, Sie so zu beeinflussen, daß Sie eine ganz andere Geschichte schreiben als die, die wir alle kennen – beziehungsweise kannten. Die Evangelien scheinen ja heutzutage rasend schnell von der Bildfläche zu verschwinden. Sehen

Sie, in unserem Zeitrahmen fing es vor circa sechs Monaten an, so um Weihnachten, als der Hacker loslegte... und ungefähr zur selben Zeit entdeckte die Computerabteilung von General Electric, daß massenweise Bänder vollkommen leer und die gedruckten Werke manipuliert waren – oder besser gesagt, sich selbst manipulierten. Der Hacker war tatsächlich bis zur Quelle vorgedrungen, bis Markus beispielsweise, und hatte ihn so lange bearbeitet, bis er berichtete, Jesus hätte mit zwanzig geheiratet, Zwillinge gezeugt und wäre schließlich dem Glücksspiel verfallen und so weiter. Dr. Cutler war der erste, der das Hauptbüro darüber informiert hat. Es muß um die Zeit gewesen sein, als er Wasserstein anheuerte – zu spät für die entscheidenden Bänder, bis auf das Ihre, das, Moroni sei Dank, bisher gesichert werden konnte.« Chet sah müde aus.

»Soll das heißen, ich könnte doch noch gelöscht werden?«

»Oder manipuliert. Wir haben es mit der fortschrittlichsten Computertechnik zu tun, und sie befindet sich in der Hand eines genialen Verbrechers, der genau weiß, was er tut. Was treiben diese Schwuchteln da eigentlich?« Jetzt erst reagierte Chet auf die Orgie neben dem Becken.

»Sie trotzen der Natur, aber natürlich bete ich für sie.« Dann packte ich den Stier sozusagen bei den Hörnern. »Chet, Sie sind heute mittels eines Mediums gekommen, genau wie Dr. Cutler und sein Alter ego und auch Shirley MacLaine. Während Mrs. Eddy einen Alptraum erzeugt, um herzugelangen. Sind sie alle Hologramme wie Sie?«

»Ja, sicher. Die meisten sind wahrscheinlich das, was wir als New-Age-Freaks bezeichnen. Ich hingegen bin elektronisch erzeugt, bis auf heute. Die anderen träumen eigentlich nur, daß sie hier sind – wenn überhaupt.«

»Dann träume ich also auch, wenn ich sie sehe?«

Chet zuckte mit den Achseln. »Damit kenne ich mich nicht aus, Tim, mein Junge. Vielleicht, vielleicht auch nicht. Aber sie sch n. Zum Glück können sie Sie nicl , als Ihnen auf den Wecker zu fall t, daß ich Ihnen den Fernseher hers falls vom rein wissenschaftlichen brechend. Es hatte geheißen, das s t, wer den Glauben hat...«

»D

Ge h das Marmorbecken. Eine der T Ohnmacht und wurde von einem schleppt, vermutlich zum Massi r mir zu.

»Au ttlerweile manipuliert worden ist ßtrauen gegen Cutler hegten, lie Sondereinheit bei Gulf + Eastern GE war ich bei Paramount, bis Barr issen, ist Paramount eine Tochter abe ich da Freunde im Labor, so d

»HALT! . CNN mit Grant Perry ist schon s rn hat die Technik für Sie entwickelt und mir dann einen Sony statt eines GE-Geräts geschickt. Aber Menschen können die auch nicht transportieren...«

»Nein. Der schnelle Rücklauf erfordert einen so mächtigen...«

»Cutler-Effekt, ich weiß.«

»Hat der alte Cutler also mal wieder seinen Mund nicht halten können. Ja, der Cutler-Effekt, so werden die Mega-Wellen bezeichnet, die den Transfer von einem Punkt in der Raumzeit an einen anderen ermöglichen. Momentan können diese Wellen ein unbelebtes Objekt wie Ihren Sony übertragen. Die Moleküle eines Menschen hingegen würden dabei noch dermaßen zerhackt, daß sie nie wieder zu gebrauchen wären.«

Mit einemmal ging mir ein Licht auf. Triumphierend sagte ich: »Dann werden Sie sicher froh sein, zu erfahren – oder auch nicht –, daß in den letzten paar Wochen Ihres Zeitrahmens ein weiterer wissenschaftlicher Durchbruch erfolgt sein muß. Deswegen habe ich Ihr Büro alarmiert: Der Cutler-Effekt hat einen für Menschen tauglichen *Descrambler* produziert. Ich habe Marvin Wasserstein die Hand geschüttelt.«

Chet begriff zuerst gar nichts. »Sicher, Sie haben ihn getroffen wie mich...«

»Nein. *Nicht* wie Sie. Sie sind ein Hologramm. Das soll kein Vorwurf sein. Leben und leben lassen, heißt meine Devise. Wer ohne Sünde ist und so weiter. Aber Marvin Wasserstein ist kein Hologramm. Er stand in *unzerhacktem* Fleisch und Blut vor mir.«

»Jessas!« Chet sah ganz schlecht aus.

»Wie's scheint, ist die Cutler-Mannschaft bei GF. Gulf + Eastern jetzt um einen Schritt voraus. Sie können uns einen ganzen Menschen herschicken. Sie können außerdem jemanden von hier auf den Berg Golgatha zurückversetzen, wie sie es mit mir vorhaben, ob ich will oder nicht. Ich habe ein Polaroid von Mary Baker Eddy und mir bei der Kreuzigung gesehen.«

Chet stürmte aus der Sauna. Er hat die Kontrolle an Dr. Cutler verloren. Das heißt, daß jetzt auch mein Evangelium gefährdet ist. Vorausgesetzt, daß Dr. Cutler vorhat, mit meiner Hilfe das Paulinische Christentum zu eliminieren.

Ich spüre die Dämonen in meiner Nähe, sichtbar und unsichtbar. Es gibt schnelle und langsame. Der Fürst der Welt strahlt immer heller und verführerischer, und ich muß mich ganz auf mein Gedächtnis verlassen, wenn ich rauskriegen will, was wahr war, oder zumindest, was wir für wahr erklärt haben, und das war ja schließlich die Wahrheit. Es ist höchste Zeit aufzuwachen. Der Tag ist vorgerückt, die Nacht und mit ihr die Gefahr, gelöscht zu werden, kommt näher. Also lasset uns die Werke des

Lichts ab- und die Waffen der Finsternis anlegen, wie Jesus zu seinen Jüngern sagte, in Carol Levis Haus, wo sie nach der Wohltätigkeitsveranstaltung in Cinecittà ein Abendessen für die Zionisten gab.

12

Vor dreißig Jahren war Jerusalem ein ziemlich explosives Pflaster. Jeder wußte, daß es demnächst zum Aufstand der Juden gegen die römische Herrschaft kommen würde. Außerdem war mehr oder weniger klar, daß die Römer aus diesem Scharmützel spielend als Sieger hervorgehen würden, es sei denn, es kam zu einer himmlischen Intervention. Zu diesem Zeitpunkt betrat Jesus die Bühne der Geschichte und predigte die übliche reformistische Rabbi-Politik. Seine Ankunft in Jerusalem war das lange herbeigesehnte Zeichen, die Römer und ihre Verbündeten, die von Eigenliebe erfüllten jüdischen Kollaborateure im Tempel, insbesondere die Banker mit ihren zwanzigtausend Angestellten, zu stürzen.

An der Spitze einer Rebellentruppe besetzte Jesus den Tempel. Er vertrieb die Ökonomen und Spekulanten, und anschließend *senkte er den Leitzins.* Mit diesem einen Schachzug besiegelte er sein Schicksal.

Pontius Pilatus war ein hervorragender Wirtschaftsexperte der römischen Zentralbank gewesen, bevor man ihn zum Statthalter von Palästina ernannte. Tatsächlich waren es die Anti-Inflationisten, die ihn sich auf diese Weise vom Hals schafften, nachdem sie unter Tiberius, einem notorischen Vertreter der Hochzinspolitik, selbst auf die Gefahr eines gewissen Maßes von Arbeitslosigkeit im Nichtsklaven-Sektor hin, das römische Finanzministerium übernommen hatten. Pontius Pilatus trat wie Jesus für die Vollbeschäftigung und eine angebotsorientierte

Wirtschaftspolitik ein. Insgeheim applaudierte Pilatus Jesus' Konzept zur Geldpolitik und hätte nicht das geringste dagegen gehabt, ihn wie zuvor Herodes zum König der Juden zu machen – von römischen Gnaden, versteht sich.

Nun gehörte aber Jakobus zu den Spekulanten, die aus dem Tempel vertrieben worden waren, und so widersetzte er sich der inflatorischen Politik seines populistischen Bruders. Jakobus hatte ebenfalls eine Vision. Sie basierte auf dem Messias-Mythos, der in jüdischen Kreisen einfach nicht kleinzukriegen ist. Zwar war Jakobus gezwungen, seinem Bruder in allem zu folgen, doch glaubte er, daß, wenn Jesus und Pilatus erst mal handelseinig geworden waren, er selbst den Leitzins unmerklich wieder nach oben schrauben könnte, weil Jesus alle Hände voll damit zu tun hätte, Vorbereitungen für den Jüngsten Tag zu treffen und den jüdischen Staat zum führenden in der Welt zu machen, damit Gott es leichter hatte, die ganze Show zu inszenieren.

Schließlich erteilte das Finanzministerium in Rom Pilatus die Anweisung, Jesus aus dem Weg zu räumen und das Bankensystem im Tempel wieder auf Vordermann zu bringen, vor allem aber unter direkte Kontrolle des Statthalters – selbst wenn dafür das Tempelgelände besetzt werden mußte, was nicht ohne Blutvergießen abgehen konnte. Daher kreuzigte der arme Pontius Pilatus den ersten für niedrige Zinsen eintretenden Finanzpolitiker, den die Juden seit König David hervorgebracht hatten, der wie er ein Befürworter billigen Geldes gewesen war.

Selbstverständlich predigen wir nicht den wahren Grund für die Kreuzigung, sondern nur die offizielle Version. Im wirklichen Leben war Jesus tatsächlich der jüdische König, der die Herrschaft von Rom ebenso bedrohte wie die der Tempelrabbiner, deren Bank die Geldpolitik nicht nur im Mittleren Osten, sondern auch in Griechenland und Ägypten kontrollierte. »Wenn Jerusalem eine verdorbene Auster ißt, muß Alexandria kotzen«, lautete ein beliebter Finanzwitz zu dieser Zeit.

Mittlerweile ist der Tempel eine Ruine, dank des zionistischen Angriffs auf die römische Garnison, eine Intifada, die von 66 bis 70 nach Christus dauerte. Als sie vorbei war, gab es keine Hoffnung mehr auf einen jüdischen Staat und für die meisten Juden nicht einmal mehr ein Zeichen, daß sich einer der zwei Dutzend Messias-Anwärter, die das Hinterland unsicher machten, als der echte erweisen könnte. Und nur die christlichen Gojim glaubten tatsächlich daran, daß der echte Messias bereits dagewesen war und bald wiederkommen würde.

Tja, und im Jahre 54 nach Christus, als ich mit dem Heiligen in Rom war, hatte sich Jesus noch nicht zurückgemeldet, und auch 96 nach Christus noch nicht oder am Ende des zwanzigsten Jahrhunderts. Dabei hat Dr. Cutler 2 gesagt, Jesus würde definitiv im Jahre 2001 kommen, denn der jüdische Staat des Fernsehzeitalters steht mittlerweile auf festen Beinen.

Allerdings hat es schon viel zu häufig falschen Alarm gegeben. Cutler 1 will mir einreden, daß Jesus nur ein Politiker war, der jede Menge demagogisch krummer Touren drauf hatte. Aber ich werde mich hüten, ihm in die Falle zu tapern. Moroni sei Dank kann niemand meinen Griffel führen.

Vor dreißig Jahren war Jerusalem eine pulsierende Stadt. Es gab berechtigte Hoffnungen, daß die Römer bald eine Erleuchtung haben und abziehen würden. Und dann käme Israel wieder ganz groß raus. Andererseits mangelte es Jerusalem, gelinde gesagt, an Charme. Im Gegensatz zu Ephesus und Antiochia gab es in der ganzen Stadt kaum Möglichkeiten, einen draufzumachen, wozu ich allerdings auch keine Zeit gehabt hätte.

Der Krach zwischen dem Heiligen und dem Brüderchen Jesu erfuhr eine häßliche Wendung, als der Heilige unjüdischer Aktivitäten bezichtigt wurde. Ich konnte nicht begreifen, warum er nicht einfach sagte, leckt mich doch, ihr Blödmänner. Was zählten schon die Juden, wenn sich herausstellte, daß *wir* dabei waren, die ganze Welt zu bekehren? Aber der Heilige selbst war nun mal zuallererst Jude, wenn man's so genau nimmt wie in Korinth, also stellte er unter Beweis, wie koscher er war, indem er das Nasiräergelübde auf sich nahm. Das bedeutete, daß er am Tempelschalter eine größere Summe einzahlen, sich den Schädel kahlrasieren und in aller Öffentlichkeit ordentlich jammern mußte. Außerdem sollten sich vier Freunde diesem entwürdigenden und kostspieligen Beispiel anschließen.

Ich lehnte dankend ab. Ich hatte den Juden schon meine Vorhaut überlassen, mehr konnten sie nicht erwarten. Daher wählte der Heilige vier von den acht aus, die mit ihm nach Jerusalem gekommen waren, und sie erklärten sich bereit, den ganzen Quatsch ihm zuliebe mitzumachen. Als kleinasiatische Griechen hatten sie für Juden nur Verachtung übrig, und so sank der Heilige in ihrer Wertschätzung um ein bis zwei Punkte. Bei mir nicht, denn ich kannte ihn in- und auswendig. Er würde *alles* tun, um sich und seine Botschaft zu verkaufen, egal, an wen. Aber dieses eine Mal war *alles* nicht genug.

Der Statthalter von Palästina war ein freundlicher römischer Bürokrat namens Felix. Klug, wie er war, verbrachte er die meiste Zeit in einer römischen Stadt bei Caesarea-an-der-See. Alle römischen Beamten hielten sich, so gut sie konnten, von Jerusalem fern, wo andauernd jemand von dieser oder jener Fraktion denunziert oder zu Tode gesteinigt wurde. Jede Woche tauchte ein neuer Messias auf, und dann mußten wieder mal die Truppen aus der Festung Antonia ausrücken, um Ordnung zu schaffen, und der Hohe Rat trat zusammen. Wenn es etwas gab, was auch die Rabbiner im Tempel *unter gar keinen Umständen* erleben wollten, dann den echten Messias. Natürlich hatten sie unseren erlebt – den einzig wahren – und ihn prompt aus dem Verkehr gezogen. Glaubten sie jedenfalls. Anschließend überredeten sie Jakobus, seinen potentiellen Erben, einen Posten bei der Tempelbank anzunehmen, wo sie ihn im Blick behalten konnten.

Felix hielt sich so weit wie möglich aus den jüdischen Querelen raus. Er war laut eigener Aussage dazu da, die Provinz zu verwalten und ein Auge auf die Zionisten zu haben, vor allem auf die rund zehntausend Hitzköpfe, die überall herumrannten, Römer abstachen und einen Haufen Ärger machten. Ich glaube nicht, jemand von uns wäre auf die Idee gekommen, daß am Ende des Jahrzehnts der römische General und spätere Kaiser Titus den Tempel abreißen und den Tempelschatz nach Rom bringen lassen würde. Mit den geheimdienstlichen Fähigkeiten des Mossad war es wohl nicht so weit her wie allgemein angenommen. Trotzdem hatte der Heilige vor seiner Erleuchtung für ihn gearbeitet, und man munkelte, daß auch Jakobus auf der Gehaltsliste des Mossad stand. Ganz sicher war Judas, der Jesus verpfiffen hat, ein Mossad-Agent.

An einem grauen, nebeligen Morgen begleitete ich den Heiligen und die vier übrigen Bußfertigen zum Tempel. Sie sahen wirklich verboten aus mit ihren kahlrasierten Schädeln, selbst die Augenbrauen waren weg. Jakobus und etliche andere Jerusalemer Jesisten bildeten unsere Eskorte. Jakobus grinste in einer Tour, obwohl Grinsen streng verboten war im wirklich heiligen Teil des Tempels, der entsprechend einer alten Tradition nicht der Bankenkomplex ist, sondern die Reinigungskammer im Zentrum des Gebäudes.

In der Mitte der Kammer befindet sich ein längliches Becken. An seinen vier Ecken brennt Sandelholz in Kohlenpfannen, was die Kosten der Nasiräischen Waschungen enorm in die Höhe treibt. Ich saß mit dem Rest von Paulus' Gefolge und ein paar anderen, die das Glück hatten, eine Karte ergattert zu haben, auf der Galerie. Mit sichtlichem Vergnügen folgten die Leute den komplizierten Ritualen, bei denen sich die Sünder auf die Brust schlugen, laute Klagerufe ausstießen und schließlich nackt ins Wasser tauchten, um sich von all ihren Sünden zu reinigen. Mir fiel auf, daß zwei von Paulus' Mitbüßern – beides Griechen – listig ihre Vorhaut zurückgestreift hatten, um den Eindruck zu erwecken, ein koscherer Metzger hätte sich bereits an ihnen vergriffen. Außerdem sah ich, daß Jakobus die potentiell anstößigen Pimmel mißtrauisch musterte, doch die Vorhäute blieben während der gesamten Waschung, wo sie waren. Andernfalls wären wir alle des sicheren Todes gewesen. So aber hatten wir *nach* der Zeremonie noch eine hauchdünne Chance.

Jakobus lud die Büßer in ein geschmackvolles pharisäisches Zwei-Sterne-Restaurant unweit des Taubenmarkts ein. Hier an der Grenze zum Tempelbezirk verkehrten Juden und Nichtjuden gleichermaßen. Eine Gruppe von lärmenden römischen Zenturionen saß in einer Ecke, daher entschieden wir uns für das andere Ende des Raums. Schließlich hockten wir zu zirka zwanzig um eine auf primitiven Böcken ruhende Tischplatte. Auf der Speisekarte standen, wie nicht anders zu erwarten, nur Milchprodukte.

Jakobus und der Heilige saßen nebeneinander und ich gegenüber von ihnen. Der Heilige zog seine Reumütigen-Nummer durch, und Jakobus tat, als würde er sie ihm abkaufen, aber mir war klar, und dem Heiligen mit Sicherheit auch, daß Jakobus ihm absolut nicht über den Weg traute.

Der Heilige gurgelte mit Wein, eine seltsame Angewohnheit, die ihm angeblich half, seine Stimme geschmeidig zu halten, und sagte: »Ich spüre die Läuterung bereits bis ins Mark.«

»Wie das?« antwortete Jakobus ungerührt.

»Dem Reinen ist eben alles rein«, fuhr der Heilige fort und nahm einen Schluck Wein. »So ein Gläschen tut Wunder bei Magenbrennen und allem möglichen.«

»Ich trinke nie«, sagte Jakobus und mampfte sein Käse-Blintz.

»Irgendwelche Neuigkeiten vom Fels?« Ohne Bart und Augenbrauen sah der Heilige aus wie ein gehäutetes Kaninchen.

»Du meinst Simon, genannt Petrus?«

»Hat er dir Spenden überwiesen so wie ich?«

»Er rettet Seelen in Rom, behauptet er«, sagte Jakobus und wechselte das Thema. »Ich glaube nicht, daß das noch lange so weitergehen kann.«

»Was?« Der Heilige klimperte mit den Augen, doch ohne Brauen sah es zum Brüllen aus.

»Du machst aus meinem Bruder Jesus etwas, das er nicht war. Du erzählst den Gojim, er sei der Sohn Gottes, und das ist blanke Ketzerei. Jetzt, im Zustand der Reinheit, solltest du allen weiteren Versuchungen widerstehen und aufhören mit diesem Quatsch.«

»Ich predige wie er – und das ist dir auch klar –, daß wir alle Diener und Söhne Gottes sind.« Der Heilige jonglierte mit Worten ebensogern wie mit Gegenständen.

»Die Berichte, die ich immer wieder bekomme, besagen, daß du behauptest: ›Gott verschonte nicht den eigenen Sohn, sondern opferte ihn für uns alle.‹ Willst du das etwa leugnen?«

Der Heilige war auf alles vorbereitet. »Ich bin der Ansicht, das ist eine Frage der Übersetzung. Im Griechischen, und das ist die Sprache, die ich benutze, wenn ich den Gojim predige, heißt *pais* Diener. *Pais* heißt aber auch Kind. Wenn ich also sage, daß Jesus der Diener Gottes war, was mit Sicherheit zutrifft, dann sage ich gleichzeitig, daß er der *Sohn* Gottes ist. Leute, die des Griechischen mächtig sind, wissen, was ich meine.«

Da Jakobus kaum mit Latein zu Rande kam, von Griechisch ganz zu schweigen, hatte der Heilige leichtes Spiel. »Wie auch immer, dir ist doch wohl klar, daß der Eine Gott Schöpfer des Universums ist, und sein Diener ist Jesus, der Messias, der als Herr dieser Welt kommen wird, als König – oder Christus – des göttlichen Reiches auf Erden, wie es ist im Himmel...«

Jakobus saß in der Falle. Dabei hatte er natürlich recht: Der Heilige hatte die Botschaft gründlich auf den Kopf gestellt. Durch Verwendung des Ausdrucks *pais* lehrte er die griechisch sprechenden Gojim tatsächlich, daß Jesus der Sohn Gottes war, und wenn die Juden ihm Ketzerei vorwarfen, klimperte er mit den Augen und sagte, selbstverständlich hätte er *pais* nur im Sinne von Diener gemeint. Woran man sieht, daß man kein Heiliger werden kann, wenn man nicht einige Tricks auf Lager hat.

Das Konzept der Dreifaltigkeit – Gott in drei Fraktionen – wurde bereits diskutiert, obgleich es erst zwei oder drei Jahrhunderte später formuliert werden sollte. In einer Religion, die auf einem einzigen Schöpfergott jüdischen Ursprungs basierte, mußten die wilden Ölbaumzweige so auf den Stamm gepfropft werden, daß der Eine der Eine blieb und dennoch einen Sohn und Diener hatte, der gekreuzigt wurde und damit den dritten im Bunde hervorbrachte, den Heiligen Geist. Offen gestanden, habe ich das nie kapiert, aber nach dem, was ich aus der *Sunday Hour of Power and Prayer* weiß, scheinen zukünftige Generationen keine großen Probleme mit der Trinität zu haben, also werde ich wohl auch noch dahinterkommen. Im übrigen habe ich als amtierender Bischof ohnehin mehr mit Spendeneintreiben als mit Theologie zu tun.

Jakobus kam gegen die Argumente des Heiligen nicht an. Hilflos stammelte er: »Also wenn mein Bruder der Messias war, dann ist er nur unseretwegen gekommen, zur Wiederherstellung des Staates Israel und unserer Herrschaft über alle…«

»Jakobus.« Paulus' Stimme war leise, fast bittend. »Wenn er wirklich der ist, für den wir ihn halten, dann ist er für alle da. Ich dachte, darauf hätten wir uns geeinigt. Ich habe bereits dafür gesorgt, daß uns keiner an den Karren fahren kann, indem ich dargelegt habe, daß Jesus gekreuzigt werden mußte, da es Teil des göttlichen Plans war, alle Menschen zu retten, nicht nur die Juden…«

»*Unsere* Religion…«

»Unsere Religion prophezeit einen Messias, der das Reich Gottes errichten wird, Jakobus. Unsere Religion sagt nichts darüber, daß er verhaftet, gekreuzigt und beerdigt wird, nur, um dann wiederaufzuerstehen. Doch all das ist deinem Bruder passiert. Mit anderen Worten: Was er auch war, er war nicht *nur* der Messias.«

Jakobus protestierte schwach. »Wir sagen, er sei von den Toten auferstanden, weil...«

»Weil der heilige Plan, von dem er Teil ist, und zwar der irdische, aktive Teil, erforderte, daß er für uns alle geopfert wurde. Daß er starb und wiederauferstand. Er ist die perfekte Ausnahme. Deshalb ist er Christus, und wenn er wiederkehrt...«

Jakobus schüttelte den Kopf. »Die Juden werden nie akzeptieren, daß der Messias hier aufgekreuzt, getötet, von den Toten auferstanden und wieder verschwunden sein soll. Wir Jesisten versuchen natürlich, eine rationale Erklärung für...«

»Das ist nicht genug.« Der Heilige kam allmählich auf Touren. »Wenn der Eine Gott nur für die Juden da ist, kann er nicht der Eine Gott sein. Dann ist er nur ein Stammesgott, und die anderen Stämme haben ihre eigenen Götter...«

»Heiden. Unreine...«

»Ist es nicht besser, wenn es dank Christus einen Gott für alle gibt?« Der Heilige winkte einer Gruppe Ephesern zu, die gerade am Tisch gegenüber Platz genommen hatten. »Was hat Jesus gesagt, als er dir nach der Bestattung erschienen ist?«

Jakobus lächelte und sagte – jedenfalls *glaube* ich, daß er das gesagt hat, denn es war ziemlich laut in dem Restaurant, wo die pharisäischen Kellner den Köchen ständig irgendwelche Bestellungen zuriefen –: »Er sagte: Hab Vertrauen zu Dr. Cutler.«

Bevor ich mich vergewissern konnte, daß ich richtig gehört hatte, stand schon einer der Epheser, ein Kupferschmied, an unserem Tisch und sagte: »Mit dem neuen Haarschnitt hätte ich Sie fast nicht wiedererkannt, Hochwürden.«

Der Heilige lächelte ein ganz bestimmtes Lächeln. Es bedeutete: »Der Herr sei mit dir, aber jetzt zieh Leine.« Dummerweise merkte der Kupferschmied aber nicht, daß er uns nervte. »Ich bin überrascht, Sie hier beim Tempel zu sehen. Ich glaubte, Sie hätten gesagt, auch die Thora habe die Kreuzigung nicht überlebt...«

»Du hast *was* gesagt?« Offensichtlich verstand Jakobus doch mehr Griechisch, als er uns hatte weismachen wollen.

»Ein kleines Mißverständnis«, stotterte der Heilige, aber eine Gruppe nichtchristlicher Juden hatte verstanden, was der Kupferschmied gesagt hatte. Irgendwer warf eine Tasse nach dem Heiligen, der sie abfing, sich eine zweite griff und zu jonglieren anfing. Normalerweise konnte er damit die aufgebrachteste Menge ablenken, nur gab es leider ein paar fanatische Zionisten im Restaurant. Bevor noch einer von uns ›Heiliger Moses‹ sagen konnte, war bereits eine Schlägerei im Gange, die schließlich von den römischen Zenturionen beendet wurde, indem sie den Heiligen festnahmen und der Ketzerei im Tempel beschuldigten. Der Einwand, daß wir in einem pharisäischen Restaurant saßen, das der Festung Antonia näher lag als dem Tempel, stieß auf taube Ohren. Sie schleiften den Heiligen in Ketten davon. Jakobus hatte sich längst verdünnisiert.

Am nächsten Morgen durfte ich den Heiligen in seiner Zelle besuchen.

»Du hast mich nicht verlassen, o Timotheus.« Er steckte wieder mal mächtig tief in einer seiner Oh-Stimmungen.

»Nein, o Paulus, das habe ich nicht. Aber es war wirklich das Dümmste, was du tun konntest, herzukommen und dich in die Hände von zionistischen Spinnern wie Jakobus zu begeben.«

»Das ist meine Mission, Süßer. Mein Schicksal. Aber wir sind bald hier weg. Ich habe den Statthalter rufen lassen.«

»Du hast *ihn* rufen lassen?«

»Yeah«, seufzte der Heilige selbstgefällig. »Als Bürger von Rom habe ich das Recht, in der Hauptstadt verurteilt zu werden. Auf die Weise kriegen wir die Reise nach Rom bezahlt, wo bereits ein Team von erstklassigen Anwälten auf uns wartet...«

Zu meinem Erstaunen betrat in diesem Moment ein kleiner Mann mit Wolfsrachen die Zelle – Felix persönlich. »Ich war zufällig in Jerusalem, um mir die Blumenausstellung anzusehen, und als ich hörte, daß man Sie verhaftet hat, bin ich gleich selbst vorbeigekommen. Glaukons Freunde sind auch meine Freunde. Er hat mir von Ihnen erzählt, als er hörte, daß ich hierher versetzt würde. Ich bewundere seine Stücke sehr. Wußten Sie, daß nächsten Monat eine Komödie von ihm im Petronius-Theater Premiere hat?«

Der Heilige war genauso von den Socken wie ich. »Priscillas Freund Glaukon?«

Felix nickte. »Er ist gegenwärtig der erfolgreichste Dramatiker in Rom, vor allem in dieser Saison. *Die Frau des Zenturios* läuft schon seit zwei Jahren. Ist wahrscheinlich das komischste Satyrspiel, das ich je gesehen habe. Und sexy obendrein. Da gibt es diese Szene, wo der Zenturio nach Hause kommt – ich muß hinzufügen, es ist der Vorabend der Luperkalien, Sie wissen schon, überall Phallusse und Blechhörner –, na ja, jedenfalls seine Frau rechnet nicht mit ihm, und also...«

Felix erzählte uns die Geschichten gleich mehrerer Stücke von Glaukon, und in nullkommanichts lachte sogar der Heilige. Felix war der geborene Komiker, dabei hätte sich sein Wolfsrachen für alles andere besser geeignet als fürs Witzemachen.

»Priscilla wird außer sich sein!« Der Heilige wischte sich die Lachtränen aus den Augen.

»Sie wird vor Eifersucht sterben«, sagte ich. Wenn es etwas gab, was Priscilla nicht ausstehen konnte, dann einen Liebhaber – oder auch nur jemanden, den sie kannte –, der Erfolg in den Künsten hatte. »Dabei hatte sie doch am Ende seine Frau gekriegt.«

»Wirklich?« Felix setzte sich auf den einzigen Hocker in der Zelle. Es gab auch nur ein Fenster, das auf den Exerzierplatz der Festung Antonia hinausging, wo eine römische Legion gerade verschiedene Gangarten übte. »Glaukon spricht nie von seiner Frau. Sind die beiden geschieden?«

»Nein.« Ich fühlte mich wohl in der Gesellschaft des Statthalters. Wer Satyrspiele zu schätzen weiß, kann so übel nicht sein. »Sie hat ihn gerade wegen einer unserer Freundinnen in Ephesus verlassen, einer vorbildlichen Christin namens Priscilla, die sich auf Modern Dance spezialisiert hat. Ich glaube, daß die beiden Anhängerinnen Sapphos sind, obwohl man das bei den Damen ja nie so genau weiß, nicht wahr?«

»Nein, da haben Sie recht, mein Lieber. Aber in dieser Hinsicht ist Rom auch ein heißes Pflaster, das können Sie mir glauben. Ehebruch ist für die Gerichte schon lange kein Thema mehr, obwohl Glaukon sein Bestes tut, um das zu ändern. Heutzutage regieren überall die Lesben. Also schön, Paulus aus Tarsus.« Felix kam wieder aufs Geschäft zurück. »Die hiesigen Behörden werfen Ihnen Blasphemie vor, womit ich nichts zu tun habe, aber auch den Versuch, einen Aufstand gegen Rom anzuzetteln, und da bin ich nun mal zuständig. Was war also los, *bubulla?*«

Der Heilige erklärte ihm die Sachlage so einfach, wie der Heilige es eben konnte. Felix war sehr verständnisvoll. »Nun, das scheint ja wirklich keine große Sache zu sein, jedenfalls nicht in meinen Ohren.« Dann warf er einen Blick auf die Liste mit den Anschuldigungen gegen den Heiligen. »Es heißt, Sie hätten für den Mossad gearbeitet.«

»Das ist Jahre her. Vor meiner Erleuchtung.«

»Wir müssen diesen Burschen unbedingt eine Lektion erteilen. Ich glaube nicht, daß es je irgendwo ein Reich gegeben hat, das seinen eroberten Völkern dermaßen viel Freiheit läßt wie wir Römer. Zahlt eure Steuern, und ihr könnt tun, was ihr wollt. Aber wenn ich diesen Quatsch von wegen Unabhängigkeit und so weiter höre ...«

»Gebt dem Kaiser, was des Kaisers ist ...«, der Heilige setzte sein frömmstes Gesicht auf, »... und Gott, was Gottes ist.«

»Das können Sie laut sagen«, antwortete Felix, ohne den Witz zu verstehen. Die Formel des Heiligen stellte die römische Administration zufrieden, dabei hatten die Römer keinen Schimmer, was sie in Wirklichkeit bedeutete. Für einen echten Zionisten war Palästina nicht des Kaisers, sondern Gottes Land. Was also klang wie eine nett gemeinte Anerkennung der Trennung zwischen Staat und Kirche, war in Wirklichkeit ein zionistischer Schlachtruf. Ich glaube nicht, daß der Heilige ihn tatsächlich erfunden hat, aber in *Bartlett's Zitatenschatz* wird er als Quelle genannt.

»Also gut, Paulus. Wir stellen Sie vor ein Schnellgericht, draußen in Caesarea-an-der-See, weit weg von diesen Verrückten, und Sie kriegen ein paar Jahre, die ich Ihnen nach ein, zwei Monaten erlasse. Danach können Sie gehen, wohin Sie wollen, und Ihre Religion an den Mann bringen. Übrigens, wie ist eigentlich das Essen im Pharisäer?«

Der Heilige sagte, die in Ziegenmilch eingelegten Auberginen seien vorzüglich, vorausgesetzt, man möge die pharisäische Küche. Dann setzte er hinzu: »Ich bin Bürger von Rom.«

»Das bin ich auch«, gab Felix zurück. »Im allgemeinen bekommen mir Milchprodukte ebenfalls nicht besonders, aber wenn man beim Braten aufpaßt...«

»Ich möchte in Rom vor Gericht gestellt werden. Das ist mein Recht als Bürger, und als treuer Untertan des Kaisers um so mehr.« Klar, alles, was der Heilige wollte, war die Fahrkarte nach Rom. Am Ende mußte er für seine dumme Knausrigkeit mit dem Leben bezahlen.

Felix pfiff durch den Wolfsrachen. »Sie wollen wirklich dahin, obwohl ich die Sache gleich hier in Ordnung bringen könnte?«

»Das ist meine Bestimmung, o Felix!«

»Oh, Mann!« Felix schüttelte den Kopf. »Wissen Sie, es gibt da eine komische Stelle in Glaukons Stück über den Steuereintreiber. Ich habe den Titel vergessen, aber jedenfalls geht er zu diesem Dorftrottel, der ihm noch eine Strafe in Höhe von zwei Obolussen schuldig ist, weil er seine Steuern nicht rechtzeitig bezahlt hat, und der Trottel holt schon sein Portemonnaie raus, aber sein Anwalt redet es ihm aus. ›Leg Einspruch ein‹, rät ihm der Anwalt. Er tut es und verliert. ›Zahl die zwei Obolusse‹, bittet er seinen Anwalt, aber der Anwalt will nicht einlenken, sondern die nächsthöhere Instanz anrufen. Macht er auch. Und irgendwann ist sein Mandant ruiniert.«

Nach der Geschichte mußte ich natürlich auch meinen Senf dazugeben: »Seine Exzellenz hat recht – zahl die zwei Obolusse, und zwar hier.«

Der Heilige schüttelte den Kopf. »Ich muß nach Rom, zum Caesar persönlich.«

Felix zuckte mit den Achseln. »Sie schaufeln sich Ihr eigenes Grab, mein Lieber. Für die Geschichtsbücher werde ich sagen: ›Dieser Mann hätte seine Freiheit wiedererlangt, wäre er nicht zum Kaiser gegangen.‹ Kein schlechter Spruch, allerdings nichts im Vergleich zu dem, was sich mein Vorgänger Pontius Pilatus alles erlaubt hat.«

13

Wir kamen nach Malta. *Zarter Schimmer der perlmuttartigen See, die sich entlang der Küste zu einer schmalen, muschelförmigen Klinge verengt, violett, blau und grün schillernd… ein paar Möwen.* Eine wunderbare Beschreibung, würden wir nie so hinkriegen. Ich fand sie in einem Buch, das Chet mir mitgebracht hat. In Wirklichkeit gab es einen Sturm vor Malta, und wir wurden gegen die Klippen geschleudert. Schiffbruch – von Möwen keine Spur.

Der Heilige hätte den Schiffbruch als Zeichen nehmen und nicht nach Rom gehen sollen, aber er hatte einen Plan. Das heißt, er war programmiert, nach Rom zu gehen und sein Schicksal zu erfüllen – so wie ich programmiert bin, mit Zähnen und Klauen gegen Dr. Cutler zu kämpfen, den ersten, heißt das. Über den zweiten Cutler weiß ich nicht genügend, außer daß er bislang der einzige Mensch der Zeit nach 2000 nach Christus ist, der mich besucht hat. Das soll angeblich die Zeit sein, wenn der Messias schon da ist oder stündlich zurückerwartet wird, um das Reich Gottes zu errichten. Ich bin mittlerweile überzeugt, daß mein Evangelium, das im Jahr 1995 oder kurz danach ausgebuddelt wird, bis dahin das einzige Zeugnis der wahren Botschaft und Mission von Chester W. Claypoole... pardon, Jesus Christus ist. Die Botschaft wird nämlich bis auf das, was ich hier schreibe, vollständig gelöscht sein.

Offensichtlich muß ich bis Rom warten, um Markus' Abstammungsliste auszuleihen, denn ich erinnere mich daran nicht mehr allzugut und habe im übrigen bemerkt, daß in meiner Kopie mit den Auszügen aus den Pressekonferenzen unseres Herrn und der Korrespondenz des Heiligen die Texte nicht so klar sind, wie ich sie in Erinnerung hatte. Das sogenannte Neue Testament wird zu meinen Lebzeiten nicht mehr veröffentlicht, und immer, wenn ich Chet bitte, mir ein Exemplar mitzubringen, vergißt er es. »Ich hab's im Zug von Westport liegenlassen« – so seine übliche Ausrede. Doch irgendwann wird er spuren und mir ein Exemplar des wahren Textes mitbringen, bevor die Manipulationen des Hackers *an der Quelle* ein für allemal festgeschrieben werden und die Frohe Botschaft sich in der Tat in eine schlechte Nachricht verwandelt.

Rom...

Ich stand in der Besenkammer der Basilika und sah mich nach einem Plätzchen um, an dem sich mein Manuskript verstecken läßt, wenn es fertig ist. Die Kammer ist voller Spinnweben, feucht und mächtig unheimlich.

Ich prüfte gerade einen Schrank mit einer hölzernen Tür und fragte mich, wie das Buch die nächsten zweitausend Jahre einigermaßen trocken überstehen könnte, als eine kleine Frau in Schwarz hinter einer der Urnen auftauchte. Sie enthält die Asche von... zehn Jungfrauen aus Smyrna, glaube ich. Eine kostbare Reliquie, für die Atalanta jedoch in einem Anfall von Verschwendungssucht in der Antiquitätenhandlung Relics & Company einen maßlos überteuerten Preis bezahlt hat. Zuerst glaubte ich, es wäre Mary Baker Eddy, die sich einklinkte, um mir wieder mal einzubleuen, daß alles Einbildung ist.

»Mrs. Eddy?« Laut Dr. Cutler 2 habe ich den grünen Star, und damit ist man hier geliefert. Er hat gesagt, daß er mich auf schnellem Vorlauf zur Augenklinik von Manhattan transferieren wird, sobald die Technik soweit ist, aber im Moment hätte keiner von uns beiden Zeit dafür, selbst wenn der Cutler-Effekt bereits kein Problem mehr darstellt.

»Ich bin Selma Suydam«, sagte die Frau.

»Doch nicht etwa die jüdische Prinzessin aus Bel Air, die der zweite Dr. Cutler prophezeit hat?«

»Nicht übel, bis auf die Tatsache, daß ich keine Jüdin bin und am Meer wohne.«

Ich nahm sie näher in Augenschein und sah, daß sie nicht nur jung war, sondern auch viel besser aussah als Mrs. Eddy. Selma gehört auch einer späteren Generation an, sie trug ein *prêt-à-porter* von Oscar de la Renta, das Atalanta als sehr kleidsam empfunden hatte, als wir es auf CNN anläßlich von Oscars Gala-Show in Paris sahen, bei der sich Yves SaintLaurent so gut benahm.

»Willkommen in der Besenkammer der Kathedrale, mein Kind.« Ich gab ihr meinen Segen und verspürte dabei plötzlich den alten Kitzel und wollte ihr am liebsten alles von mir geben. Da sie aber ein Hologramm war, hätten wir nicht genug Reibung erzeugt, was für keinen von uns Vergnügen versprach.

Ein unangenehmer Gedanke: Wird mein Pimmel eines Tages zu einer bedeutenden Reliquie? Immerhin wäre es dem Heiligen ohne meine Beschneidung – die berühmteste der Welt übrigens – kaum gelungen, die jüdischen und nichtjüdischen Christen so lange zusammenzuhalten. Ich werde ganz kribbelig, wenn ich daran denke, wie man meinem Fortpflanzungsorgan etwas so Grauenhaftes hat antun können.

»Ich nehme an, daß Sie Kontakt zu Dr. Helen Schucman hatten, als sie noch lebte, heiliger Timotheus?«

»Nicht, daß ich wüßte. Kommen Sie.« Ich führte das hübsche Ding ins Mittelschiff der Basilika. Um diese Zeit war die Kirche leer, und wir setzten uns auf eine Steinbank unter der stilvollen proto-byzantinischen Kanzel, wo ich jeden Sonntag meine Vorstellung gebe. Ich habe die Kanzel nach einer Vorlage in einem Werk über die byzantinische Kunst anfertigen lassen, welches diesen Teil der Welt in zwei- bis dreihundert Jahren sozusagen im Sturm erobern wird. Ich hoffe, daß meine Kanzel die Archäologen nicht allzusehr verwirrt. Sie ist sehr elegant und wird von vier verschlungenen, auf vier Löwen ruhenden Säulen getragen. Die Mosaikarbeiten zu beiden Seiten stellen Dr. Helen Schucman dar, etwa zu der Zeit, als sie *Eine Lektion in Wundern* schrieb und mit gespitztem Ohr auf die Stimme horchte, die ihr diktierte. Sie schrieb mit der Hand, ganze elfhundertachtundachtzig Seiten, die ihr von Jesus persönlich eingeflüstert wurden.

»Bestimmt hatten Sie Kontakt zu Dr. Schucman! Also wirklich! Da ist sie doch, auf Ihrer Kanzel!«

Ich blinzelte. Wo Jonas bisher den Wal verschlungen hatte, befand sich plötzlich tatsächlich eine seltsam aussehende Frau mit spitzem Ohr, die beim Schreiben einer Stimme von oben oder, noch schlimmer, von innen lauschte. »Ist das Dr. Schucman?«

Selma nickte und schlug die langen Beine übereinander. Und

warum sollte ich, wenn Begierde doch vor allem eine visuelle Sache ist, den Mangel an Reibung mit einem so herrlichen Geschöpf nicht einfach in Kauf nehmen? Sie schien meine Gedanken zu lesen. »Nein, Timotheus. Wir stehen beide auf Wunder, genau wie Dr. Schucman, die es geschafft hat, alle großen Religionen in ihrem großartigen Buch zu vereinen. Es kam 1975 heraus und wurde ein Jahr später verramscht. Und in den beinahe zwanzig Jahren, die seit ihren Offenbarungen vergangen sind, ist es nie mehr aus den Ramschläden verschwunden.«

»Nun, ich würde natürlich gerne ihre Bekanntschaft machen.«

»Sie kann Ihnen eine Menge beibringen.«

»Über Jesus?« Es ist komisch, aber die Leute, die nach einem geboren werden, glauben immer, sie verstünden von allem viel mehr als man selbst.

»Über interdisziplinäre Techniken, die mit Jesus, Konfuzius und L. Ron Hubbard zu tun haben, und daß man einander lieben soll wie sich selbst. Ich liebe wirklich und aufrichtig *alle Menschen*, seit ich Direktorin des Zentrums für Re-Living in Chicago geworden bin. Sie werden übrigens demnächst Besuch von einer schrecklichen Ziege namens Marianne Williamson bekommen, die sich ihre eigene, sehr erfolgreiche Religion zusammengebastelt hat. Sie basiert genau wie meine auf Dr. Helen Schucmans dreibändigen Offenbarungen, die ihr von Jesus persönlich ...«

Mir schwirrte der Kopf. »Ich glaube, daß ich von einer Marianne Soundso gehört habe, einer Nachtclub-Sängerin laut CNNs *Hollywood Minute* ...«

»Passen Sie bloß auf, wenn Sie mit ihr zu tun bekommen, denn sie wird versuchen, ihren Mist in das Evangelium einzuschleusen, das Sie gerade schreiben ...«

»Wenn Jesus ihr – oder Dr. Schucman – den Inhalt des Testaments, das sie lehrt, diktiert hat, dann ist das, was ich schreibe, genau dasselbe wie das, was der Heilige Geist, als er gerade nichts Besseres zu tun hatte, der guten Dr. Schucman diktiert hat.«

Selma warf mir einen mitleidigen Blick zu. »Sie haben keine Ahnung, was der Satan alles anstellen würde, um unsere Religion in die Finger zu kriegen.«

»Oh, ich glaube doch.« Und tatsächlich, ich sehe immer klarer. Mein Leben, das nur ein Band in einer unendlichen Reihe von Bändern ist, hat sich in ein Schlachtfeld zwischen Gott und dem Teufel, oder dem Fürsten dieser Welt, wie wir ihn nennen, verwandelt. Dieser Kampf der Titanen wird irgendwie durch das, was ich schreibe, beeinflußt. Und das wiederum ebnet den Weg für Christi Wiederkehr im Jahre 2001 nach Christus. Das ist meine Mission, so hat der Heilige es mir im Traum erläutert.

Selma sorgte dafür, daß ihre Bluse ein wenig verrutschte und zwei vollkommene Brüste offenbarte.

»Das hier ist ein Haus Gottes«, keuchte ich. Doch dann konnte ich nicht anders und streckte die Hand aus, um eine der von rosigen Aureolen umhüllten, alabasterfarbenen Birnen zu pflücken, mußte jedoch feststellen, daß Selma tatsächlich, wie ich gefürchtet hatte, ein Hologramm war.

Ihre Stimme war sanft und süß. »Einem wirklich liebenden Gott wird das Hologramm einer Titte nicht fremd sein. Ach, könnte ich doch nur in Fleisch und Blut hier sitzen. Sie mit Ihren goldenen Locken und blauen Augen...« Sie machte mich an, kein Zweifel, und das in meiner eigenen Kathedrale!

»Aber so sehe ich doch längst nicht mehr aus. Wie also...«

»Ich bin seit Jahren auf dem Einklink-Trip. Wir sind uns mehrmals in Rom begegnet, in Petronius' Haus. Ich war diejenige, die ihm beigebracht hat, Kontrakt-Bridge zu spielen, verstehen Sie.« Sie brachte ihre Bluse wieder in Ordnung. »Bislang hatten wir nie einen Grund, Sie und ich, uns miteinander zu unterhalten. Doch jetzt bin ich gekommen, um Sie zu warnen. Miss Marianne Williamson wird Sie ernsthaft in Versuchung führen mit ihrem Gefasel über Christus oder den bedingungslos liebenden innersten Kern aller Geschöpfe...«

»Dagegen ist nichts einzuwenden, Selma.« Mein Herz schlug immer noch ein wenig zu schnell. Ich war erregt, keine Frage. Würde vor dem nächsten Sonntag eine Menge Gegrüßet-seistdu-Marias herunterleiern müssen.

»Aber das ist noch nicht alles. Sie will selbst der Messias sein.«

»Sie machen Witze.«

»Sie können sich nicht vorstellen, wie aufdringlich sie ist. Außerdem wissen Sie nicht, welchen Druck die Feministinnen ausüben, um alle Welt davon zu überzeugen, daß Gott eine Frau ist, deren einzige Tochter für die Sünden hauptsächlich der Männer hingegeben wurde. Daß vielleicht die eine oder andere Möse darunter war, wollen wir ja gar nicht leugnen. Aber nichts ist so schlimm wie die Männer mit ihren räuberischen Chromosomen, die im Jahr 2001 zu einer atomaren Katastrophe führen werden, es sei denn Selma, ich – und keinesfalls Marianne –, wird zum Messias erklärt, der kommt, um zu richten, wie Timotheus es in seinem Evangelium prophezeit hat, das demnächst in der Besenkammer der zerstörten Kirche von Thessaloniki gefunden wird. *Ich* bin Christus.« Gott sei Dank begann sich das Hologramm bei diesen Worten auszublenden.

»Das ist ja unerhört.« Ich war schockiert. »Was bilden Sie sich ein? Sie sind ja noch nicht mal Jüdin. Und Sie wohnen am Meer.«

»Mein erster Ehemann war Jude, und ich gehe mit einem sabrischen Prinzen namens Howard Rosen...« Damit war Selma verschwunden. Trotz ihrer umwerfenden Brüste will ich sie nie wiedersehen, aber vielleicht wird mir gar nichts anderes übrigbleiben, wenn ich in der Erinnerung nach Rom zurückkehre...

Wenn ich heute an bestimmte Ereignisse in meinem Leben zurückdenke, verändern sie sich nicht nur dadurch, daß ich sie hinschreibe, was der Wahrheit per se gefährlich werden kann, denn Worte sind bestenfalls Annäherungen an Dinge, die man weiß und an die man sich erinnert, sondern auch durch die Kiebitze, die sich mittlerweile massenhaft in das Band drängen und ganz scharf drauf sind, den Laden zu übernehmen.

Bislang habe ich den Heiligen offiziell sozusagen nur einmal gesehen, in einem Traum. Aber der Heilige, über den ich jetzt schreibe, ist nicht ganz der, an den ich mich zu erinnern *meine*. Hat er beispielsweise eine Anspielung auf Dr. Cutler gemacht, als wir 53 nach Christus in Jerusalem waren, oder nicht? Ich glaube, ja, und deshalb habe ich es hingeschrieben, als ich mich daran erinnerte – oder mich zu erinnern glaubte. Doch wenn ich im Rückblick die Vergangenheit betrachte, muß ich mir immer der Möglichkeit bewußt sein, daß mein Gedächtnis auf eine Art manipuliert wird, die ich überhaupt nicht bemerke. Als ich zum Beispiel zuletzt dieses Manuskript durchsah, fiel mir plötzlich auf, daß es gar nicht der Heilige war, der Dr. Cutler in dem lauten pharisäischen Restaurant erwähnte, sondern Jakobus. Aber was ist schon die Wahrheit!

Ich trat aus der Kathedrale und stieß auf Chet, der die Basilika fotografierte. Obgleich ihn die Mazedonier in meinem Viertel unmöglich übersehen konnten, schien keiner auf ihn zu achten. Ich nehme an, man hielt ihn für einen skythischen Touristen. Doch selbst dann hätte die Kamera ihre Neugier erwecken müssen, aber Mazedonier interessieren sich nun mal für nichts anderes als sich selbst.

»Wozu die Bilder?«

»Ich glaube, wir werden die Kirche wieder aufbauen, wenn wir Ihr Evangelium gefunden haben. Eine heilige Stätte daraus machen, Sie wissen schon, zu Ehren des heiligen Timotheus. Wie läuft's denn so, alter Junge?«

»Ich bin auf dem Weg nach Rom...«

»Na, da wird's ja heiß. Nero. Sex. Versuchen Sie vor allem, sich an die Briefe zu erinnern, bei denen Sie Paul geholfen haben, und natürlich an die, die er Ihnen geschrieben hat. Haben Sie sie noch?«

Ich nickte. Ich habe tatsächlich noch einen Ordner mit Briefen des Heiligen, aber er ist alles andere als vollständig. »Kennen Sie Selma Suycam?«

»Oh, Gott!« Chet setzte sich auf das Rad eines Streitwagens, der sich vor zwei Wochen bei einem Verkehrsunfall überschlagen hatte und bisher noch nicht abgeschleppt worden war. Je mehr die Gemeindesteuern steigen, um so schlechter wird der Service. »Selma Suydam ist die größte Nervensäge, die wir haben.«

»Dann kennen Sie Mary Baker Eddy nicht!«

»Wahrscheinlich ist sie wieder über Marianne Williamson hergezogen.«

Ich nickte. »Immer mehr Irre wollen Input...«

»Lassen Sie sie nicht ran.« Irgendwo in der Zukunft zündete sich Chet eine Zigarette an. »Ich habe mich über Marvin Wasserstein informiert.«

»Kennen Sie ihn denn immer noch nicht?«

»General Electric ist ein ziemlich großer Verein. Außerdem ist er viel unterwegs. Er scheint eine Art Computergenie zu sein, sogar die Japaner ziehen ihn in schwierigen Fällen zu Rate. Im Moment ist er in Tokio. Ich habe ihm eine Nachricht auf seinem Anrufbeantworter hinterlassen, daß ich ihn gerne treffen würde, wenn er wieder da ist.«

Ein Häuflein Leprakranker blieb stehen, damit ich ihnen meinen Segen gab. Ich tat es. »Wissen Sie eigentlich, wann genau diese Entdeckung meines Manuskripts stattfinden soll?« Ich deutete auf die Kathedrale.

»Keine Ahnung. Gulf + Eastern lassen verbreiten, es sei nur eine Frage von Tagen, bis sie Menschen auf schnellem Vorlauf in die Zukunft transferieren können, aber ich persönlich halte das für unmöglich. Ich meine, wie wollen Sie einen Ort besuchen, der noch gar nicht da ist?«

»Sie können in die Vergangenheit zurückkommen...«

»Weil sie dort waren – und sind. Da sie bereits existiert, ist es ein Kinderspiel. Aber sich in eine Zeit zu begeben, die noch *nicht* existiert...«

Ich stellte die entscheidende Frage. »Hat sich denn noch nie einer aus der Zukunft bei Ihnen eingeklinkt? Oder ist mit dem Zug aus einem *späteren* Westport gekommen?«

Dafür, daß er ein Hologramm war, wurde Chet mächtig rot. »Ich hatte gehofft, daß Sie das nicht fragen würden.«

»Das heißt, daß niemand aus *Ihrer* Zukunft bei *Ihnen* aufgetaucht ist.«

»Genau. Und das ist komisch. Bei GE denkt man, daß die Leitungen irgendwie blockiert sind...«

»Der Hacker?«

»Nein. Gegen das Einklinken kann er nichts machen, nur gegen die Lichtbänder.«

»Und alle anderen Lichtbänder hat er blockiert.«

»Soweit sie Jesus betreffen, ja. Aber nicht mal an die kommt er immer ran, denn es gibt unendlich viele. Nein, irgendwas ist da gestört. Der einzige Besucher aus einer Zeit nach uns, also nach meiner, Marvins, Selmas oder Dr. Cutlers Zeit, ist der zweite, der ältere Dr. Cutler. Haben Sie ihn noch mal gesehen?«

Ich schüttelte den Kopf. Dann mußte ich einer Ziegenherde ausweichen, die mitten durch Chets Hologramm trippelte. Daran sieht man, wie zerstreut er war. Normalerweise achtet er sehr darauf, daß man ihn für wirklich hält, und tut wenigstens so, als ob er Bier trinkt oder sich hinsetzt.

»Ich würde ihn mal ordentlich in die Mangel nehmen, wenn ich Sie wäre«, sagte Chet. »Er weiß mehr als wir alle. Nach dem, was Sie mir erzählt haben, ist er ziemlich eindeutig 2000 nach Christus oder sogar noch ein bißchen später.«

»Aber er muß in einer Zeit leben, in der mein Evangelium noch nicht entdeckt worden ist, sonst würde er nicht immer wieder vorbeischauen.«

»Gut gedacht, alter Junge.« Chet warf einen Blick auf seine Uhr. »Ich mache mich mal lieber wieder auf die Socken.« Er runzelte die Stirn. »Aber eine Sache macht mir doch noch zu schaffen, besonders jetzt, da Selma hinter Ihrem Fall her ist. Der Umtausch.«

»Umtausch von was gegen was?«

»Wir können nicht verhindern, daß einer dieser Triebtäter auf die Idee kommt, eine neue, fanatisierte Version des Evangeliums zu schreiben, herzuflitzen und sie in der Besenkammer zu deponieren, damit jeder denkt, sie wäre auf Ihrem Mist gewachsen.«

Dieser Gedanke war mir schon gekommen, als ich Chet das erste Mal begegnet war. »Der C-14-Test würde den Schwindel sofort auffliegen lassen.«

»Nicht, wenn man sich ein Stück Papyrus von hier besorgen kann... Wenn ich Sie wäre, mein Freund, würde ich mir eine Wache rund um die Uhr zulegen...«

»Für die nächsten hundert Jahre? Bis die Goten, oder wer immer es war, die Stadt in Schutt und Asche legen?« Atalanta und ich haben eine Menge Filme über den Untergang des Römischen Reiches gesehen, und sie waren echt komisch. Man scheint an so was wie eine militärische Katastrophe zu glauben, dabei war im Grunde eine Kombination aus Defizitfinanzierung und dem blödsinnigen Versuch schuld, das Steueraufkommen zu erhöhen, indem die private Einkommensteuer auf theoretische neunzig Prozent angehoben wurde. An diesem Punkt übernahmen die Goten die Börse von Ravenna und ließen das Reich mit einem wunderbar unkomplizierten und finanziell bestens abgesicherten Coup bankrott gehen – keinen Augenblick zu früh für das, was heute, also in Chets Zeit, als Europäische Gemeinschaft bezeichnet wird.

Ich habe all diese Informationen von einem Bischof aus dem sechsten Jahrhundert, der mir einen Besuch abstattete, als er im Sterben lag. Ich war sein Schutzheiliger, und er hatte einen Alptraum. Im Grunde lag er bereits im Delirium, aber eine Weile konnten wir noch plaudern, über Jesus, die Börse und so weiter. Ich glaube wirklich, daß er als glücklicher Mensch gestorben ist.

»Das liegt mir irgendwie im Magen«, sagte Chet. »Ich meine, die Burschen werden nach Ihrem Tod jede Menge Zeit haben, sich hier reinzuschleichen und den Austausch perfekt zu machen.«

»Ich verstecke es so, daß es keiner finden kann, bis nächstes Jahr die ganze Kirche freigelegt wird, *Ihr* nächstes Jahr.«

»Machen Sie das, alter Junge.« Dann kehrten wir in den bischöflichen Bungalow zurück, und Chet nahm den Zug nach Hause. Natürlich ist es Chet selbst, der versuchen wird, seine Version des Evangeliums in die Besenkammer zu schmuggeln, es sei denn, ich erzähle die Geschichte auf seine Art. Was ich ohnehin vorhabe, vorausgesetzt, er und der Heilige im Traum ziehen am gleichen Strang. Himmel, ist das alles kompliziert! Doch jetzt muß ich weiter – oder besser gesagt, zurück –, nach Rom, in diesem Band, äh, Buch.

Bin ich noch ganz richtig im Kopf? Und... wer bin *ich?* Ich muß mich zusammenreißen, in der Hoffnung, daß tatsächlich ich es bin, den ich zusammenreiße. Wir sind nichts als gespeicherte Erinnerung. Manipuliere das Material, und du bist nicht du selbst, sondern ein anderer. Ich bin umzingelt.

14

Niemand, der je in Rom war, kann vergessen, wie er die Stadt zum erstenmal gesehen hat. Man kommt vom Hafen Puteoli herauf, und da liegt sie. Zuerst sieht man hohe, braune Ziegelsteinmauern, runde Türme und Marmorgebäude auf den fernen Hügeln wie Schneeflecken auf einem Feld. Das ist ein schwacher Vergleich, aber ich kann nichts Passendes in den Büchern aus der

Zukunft finden, die sich in letzter Zeit bei mir angesammelt haben.

Ein Umstand, auf den keiner vorbereitet ist, wenn er zum erstenmal in die Stadt kommt, ist der Lärm. Kaum hat man die Stadttore vom Süden passiert, vermischt sich schon das Rattern der Wagen mit dem Hämmern der Metallarbeiter aus deren nahegelegenem Viertel. Bis man den Fluß in der Altstadt erreicht, ist man taub. Alle Leute schreien. Der Verkehr stockt. Und der Gestank stammt nicht nur von den vertrauten menschlichen und tierischen Abfällen, dem Schweiß und der Fischsauce, sondern auch von den halbverwesten Leichen, die man in jedem Viertel an Masten baumeln sieht, mit Schildern um den Hals, auf denen steht: »ICH HABE GESTOHLEN.« Wie das Schild, das man Jesus um den Hals gehängt hat: »KÖNIG DER JUDEN, HAHA.«

Der Heilige und ich starrten das alles an wie zwei Bauerntrampel. Es war ein heißer Sommertag, und ich wäre am liebsten schnurstracks in die Bäder marschiert, für die Rom so bekannt ist, doch der Heilige wollte zuerst zu Zenas, seinem Anwalt. Prompt verirrten wir uns auf dem Forum. Wären nicht die beiden Hügel gewesen, der Palatinische, der ganz vom Palast des Kaisers eingenommen wird – mehrere Morgen Büros, Säulengänge und Gärten –, und der Kapitolinische, wo die Tempel von Jupiter und Juno über dem Forum brüten wie ... wie, nun ja, wie zwei abgetakelte Tempel eben, würde man nie irgendwohin finden, weil das Forum, das übrigens alles andere als groß ist, mit mindestens tausend Statuen und Monumenten vollgepfropft ist. Selbstverständlich spreche ich von der Zeit vor dem großen Feuer.

»Zenas wohnt gleich hinter dem Senatsgebäude in der Straße der Zauberer 82, Südstadt, Block neun.« Der Heilige hatte die Adresse auswendig gelernt. Genau wie die Rede, die er vor dem Richter halten wollte, über den Kaiser, Gott und die Welt. Während unseres Aufenthaltes auf Malta hatte er eine Menge Zeit gehabt, seinen Fall vorzubereiten. »Sie werden mir aus der Hand fressen, Timmy, wart's nur ab. Petrus glaubt, er hätte Rom in der Tasche – aber der Bursche wird sich noch wundern, wenn dein Freund die Kanzel betritt.«

Zunächst aber wurde mein Freund am Anfang der Straße der Zauberer von einem Ochsenkarren erwischt und hätte seine irdische Mission auf der Stelle beendet, wäre ich nicht dagewesen, um ihn unter den Rädern hervorzuzerren, denn der Fahrer machte keinerlei Anstalten, seine Fahrt zu unterbrechen.

Zenas wohnte in einem siebenstöckigen Mietshaus. Die beiden oberen Etagen verstießen gegen sämtliche Vorschriften, doch wenn man den richtigen Mann bei der Bauaufsichtsbehörde schmierte, konnte man in Rom aufstocken, soviel man wollte. Da alle Welt es so hielt, ging ständig irgendwas in Flammen auf oder stürzte ein. Es war in der Altstadt von Rom fast unmöglich, seinen Hausrat zu versichern, es sei denn, man war bereit, sündhafte Prämien zu zahlen.

Das Erdgeschoß von Nummer zweiundachtzig bestand aus einer Pizzabäckerei mit einer ziemlich überwältigenden Fischsauce. Im ersten Stock befanden sich die Kanzleien mehrerer Anwälte. Zenas saß in seinem Büro, einem großen Raum mit Blick auf ein weiteres Mietshaus auf der anderen Seite einer kleinen Gasse. Auf einem Regal hinter dem Schreibtisch stand eine billige Büste des neuen Kaisers Nero, auf die seine Mandanten schwören konnten.

»Willkommen, willkommen, willkommen.« Selbst abgesehen von seinem Kleinwuchs schien Zenas nicht gefährlich zu sein. Er wirkte griechisch, jedenfalls sprach er mit uns einwandfreies Griechisch – ohne Punkt und Komma.

Der Heilige hielt mit einem Wortschwall zu seinem Fall dagegen, und ich machte derweil ein Nickerchen auf einer Bank. Ich träumte von Selma und ihren birnenförmigen Brüsten. Sie zog sich aus. Langsam, verführerisch. Dann konnte ich nicht mehr und stürzte mich auf sie. »Hüte dich vor Marianne«, flüsterte sie mir ins Ohr.

Das nächste, was ich mitkriegte, war, wie der Heilige an meiner Latte zerrte. »Wach auf, Timmy-Schätzchen«, flüsterte er. »Wir haben Besuch.«

Ich setzte mich auf und zupfte an meiner Tunika, um die Ausbeulung zu verstecken. Vor mir stand ein stämmiger Mann mit grauem Bart: der allseits als Fels bekannte Petrus. »Hallo, Tim!« Er hatte eine tiefe Stimme und einen kräftigen Händedruck. »Sieht fast so aus, als ob du von Marianne Williamson träumst.« Natürlich hätte er diesen Namen genausowenig kennen dürfen, wie ich von Selma träumen konnte, deren Hologramm mir erst dreißig Jahre später erscheinen sollte. Diese Störenfriede platzen nicht nur in meine Träume – was ganz in Ordnung ist, wenn man auf Religion abfährt –, sondern auch in mein waches Leben als Evangelienschreiber.

»Ich kenne keine Marianne Williamson und du auch nicht«, sagte ich. Dann kam die schreckliche Frage: »Oder etwa doch?«

»Der Junge spricht in Zungen.« Das war wieder der gute alte Fels. Wahrscheinlich hatte ich ihn bloß falsch verstanden. Trotzdem wirkte der Heilige nervös. »Wie auch immer, jedenfalls könnt ihr zwei vorerst hier unterschlüpfen. Das ist ein christliches Mietshaus, wißt ihr.«

Der Fels bediente sich aus einer Steinkanne mit Bier. »Das Haus gehört einer reichen Witwe namens Flavia. Sie nimmt von Christen keine Miete. Aber wir kommen natürlich für die Instandhaltung auf.« Petrus setzte sich auf Zenas' Stuhl. »Also, Bruder Zenas, wie stehen die Aktien in Sollys Fall?«

Der Heilige knirschte mit den Zähnen. Er haßte es, wenn man ihn Sol oder Solly nannte. Der Fels wußte das und nannte ihn absichtlich so. Ich gebe bestimmt kein theologisches Geheimnis preis, wenn ich sage, daß Petrus und Paulus wie Hund und Katze waren.

»Der Fall«, sagte Zenas und klappte eine Akte auf, »ist reine Routinesache. Die Anklage wegen Blasphemie wird fallengelassen. Der Aufruf zum Aufstand ist schon stärkerer Tobak, aber auch wenn wir dagegen nichts machen können, wird die Strafe nicht viel mehr sein als ein Backenstreich, wie wir Römer sagen.«

»Die Verhandlung findet frühestens nächstes Jahr statt.« Der Heilige starrte aus dem Fenster auf den üblichen Verkehrsstau. »Ich hoffe, ihr habt ein Zimmer nach hinten raus für mich. Ich kann diesen Lärm nicht vertragen.«

Der Fels kicherte in sich hinein. »Man gewöhnt sich an alles, Solly, glaub mir. Kasteit euer Fleisch und so weiter.«

Zenas wandte sich an den Heiligen. »Du mußt dem Richter melden, daß du hier bist. Ich habe den Antrag auf Kaution bereits vorbereitet. Dürfte kein Problem sein.«

»Ich möchte natürlich auch bei Hof eingeführt werden.«

Diesmal lachte der Fels laut heraus. »Ausgeschlossen, Solly.«

»Ich bin Bürger von Rom.«

Petrus hob die Augenbrauen. »Nero ist ein Judenhasser«, sagte er. »Ich weiß es. Ich bin einer der ganz wenigen Juden, die je auf den Palatinischen Hügel verpflichtet wurden. Aber ich bin die Ausnahme, die die Regel bestätigt, und die Regeln sind streng. Obwohl Petronius für das Quotensystem eintritt und es auf dem Papier bereits Programme zur Bekämpfung der Diskriminierung von Semiten und Skythen in der Textilbranche und im Baugewerbe gibt.«

»Nun ja, und ich bin zuallererst *Christ*, und ein kleines Vögelchen hat mir zugeflüstert, Nero sei reif für die Bekehrung.«

»Ausgeschlossen, Solly.« Der Fels machte seinem Namen alle Ehre, aber ich wußte genau, wenn der Heilige mit Nero und dem palatinischen Zirkel warm werden wollte, würde er es früher oder später schaffen.

Damals machte das Christentum gute Fortschritte in der römischen Gesellschaft, besonders unter den Damen, die sowieso nichts Besseres mit ihrer Zeit anzufangen wußten. Für die Sklaven war unsere Botschaft ohnehin ein Trost. Wenn's einem hier unten dreckig geht, wird man als Christ nach dem Tod um so großzügiger entschädigt – vorausgesetzt, man war brav und hat seine Schuldigkeit getan. Da allerdings Nero, der damals ungefähr in meinem Alter war, soviel Spaß im Diesseits hatte, bezweifelte ich, daß er uns die Vorstellung abkaufen würde, nach dem Abnibbeln käme alles noch viel besser.

Der Heilige und ich bekamen ein Zimmer direkt zur Straße raus, im sechsten Stock, der erst vor kurzem aus termitenzerfressenem Holz aufs Dach gesetzt worden sein konnte. Zum Glück fiel er nicht runter, solange wir dort wohnten, aber wenige Monate nachdem ich als geistlicher Berater und Beschäler der Witwe Flavia auf den Aventinischen Hügel gezogen war, stürzte er tatsächlich in sich zusammen. Der Heilige wohnte mittlerweile in einem eleganten christlichen Haus in der Nähe.

Trotz des Schmutzes in Rom vor dem großen Brand gab es jede Menge Neues zu entdecken, wenn man abenteuerlustig und neugierig war. Und man hatte alle Hände voll zu tun, wenn man mit einem schlechten Anwalt wie Zenas in einem römischen Prozeß steckte. Heute bin ich sicher, daß Petrus ihn absichtlich ausgesucht hatte. Am Ende wurde der Heilige wegen Aufrufs zur Rebellion gegen Rom angeklagt und dank des überraschenden Auftauchens von Alexander, Kupferschmied aus Ephesus, schuldig gesprochen. Alex erzählte dem Richter auf dessen Bitte hin einen Haufen Lügen, und der Heilige wurde dementsprechend gemartert, aber so läuft das nun mal bei uns Heiligen.

Doch bevor Zenas seine Chance bekam, das ganze Spektrum seiner Inkompetenz zu entfalten, war der Heilige zunächst noch auf freiem Fuß und predigte wie ein Besessener überall in der Stadt. Er kostete seinen Triumph voll aus, hielt aber trotzdem engen Kontakt zum Rest seiner kleinasiatischen Kirche. Mittlerweile war die ganze Chose nicht nur mehr oder weniger seine eigene Erfindung, er hielt sie auch mit unerschöpflicher Energie, seinem Talent zum Archivieren und seinen unübertroffenen Nachfaßbriefen zusammen. Die Jerusalemer Clique wurde nach und nach ausgeschaltet. Anders kann man es beim besten Willen nicht nennen. Sie verschwand einfach von der Bildfläche. Nach der Zerstörung des Tempels durch die Römer hatte sie außerhalb Jerusalems keinerlei Einfluß mehr, während das Zentrum der Kirche nach Antiochia zog, mit Rom als einer Art Hauptstadt im Westen, trotz der sogenannten Verfolgungen durch Nero. Saublödes Gerede, denn er versuchte bloß, den Verdacht von sich auf die Christen abzulenken, die angeblich das große Feuer gelegt hatten.

Die ganze Stadt sprach über nichts anderes als Glaukons Stück *Zwei Schlüssel für ein Schloß*. Ich wollte es unbedingt sehen und besorgte für den Heiligen und mich Freikarten über einen Christen, der an der Theaterkasse arbeitete. Das Theater war klein – die Pontusine mit ihrem *faux gallique* hätte es ein *bijou* genannt – und befand sich in einem Flügel des Petronius-Palastes. Petronius galt als elegantester Mann im Römischen Reich. Er war der beste Freund des Kaisers, und außerdem schrieb er unanständige Bücher, die trotz meines Protests in unserer Diözese auf den Index kamen, aber hier liest sowieso keiner mehr, nicht mal Atalanta und ich, seit wir den Sony haben.

Die Vorstellung war ausverkauft und das Stück sehr witzig, nur der zweite Akt hing ein bißchen durch. Wir entdeckten alle möglichen Stars im Publikum. Der Heilige schwor, er werde jeden einzelnen bekehren, bevor seine Mission auf Erden zu Ende sei, und ich muß zugeben, daß er tatsächlich ein paar reiche Damen eroberte und die Kirche in Rom, die ziemlich lustlos dahindümpelte, weil es dem Fels an Organisationstalent mangelte, vollkommen umkrempelte. Am Ende gab es eine Menge Spannungen zwischen den beiden.

Und wen entdeckten wir in der eleganten Menge, die sich mit uns hinausdrängte, als wir das Theater verließen? Niemand anderen als den Autor Glaukon höchstpersönlich. Er hatte ein bißchen zugenommen, steckte aber nach wie vor voller Späße. »Oh, hallo, da ist ja der Heilige... und unser kleiner Frauenheld.« Für ihn war ich ein geiler Bock, was damals bis zu einem gewissen Grad auch wohl stimmte. Heute bete ich jeden Tag für meine Seele.

»Hervorragendes Stück«, sagte der Heilige. »Eine packende Geschichte und gut erzählt. Mit einem orkanartigen Lacher im zweiten Akt. Kein Zuschauer wird das Theater verlassen, ohne von deinem Humor berührt zu sein, aber auch von der Weisheit, die ihm zugrunde liegt. Und das ist eben viel mehr als das sonstige hohle Geschrei und der Lärm um nichts.«

»Junge, wird sich das auf den Plakaten gut machen! Aber jetzt los, Leute! Petronius gibt ein Fest!«

Es war mein erstes römisches Fest und in mancher Hinsicht auch das beste. Obgleich es der christlichen Politik entsprach, alle Feste in dieser Ära als Orgien zu beschreiben, war von Sex kaum was zu sehen, abgesehen von den üblichen exhibitionistischen Verrenkungen der jungen Sklaven und Sklavinnen, die man in jedem Provinznest der Welt sehen kann.

Die meisten Mitglieder von Petronius' Zirkel standen auf Bridge. Es gab einen großen Saal mit mehreren hundert Bridge-Tischen, an denen die Creme der römischen Gesellschaft stundenlang spielen konnte, während im Hintergrund ein Orchester zu hören war. Dann gab es eine Redehalle, wo Leute, die sich gern in Rhetorik übten, ihre Epigramme und *mots* aneinander ausprobieren konnten. Der Heilige steuerte automatisch auf diesen Raum zu, wo sich Petronius, ein ausgedörrtes Männlein mit jeder Menge Make-up im Gesicht, von den witzigsten Unterhaltern in Rom beschwatzen ließ.

Ich machte mich auf die Suche nach dem Speisesaal, in dem ein

Buffet aufgebaut war. Als wir noch in zweiundachtzig wohnten, hatte ich ständig Hunger, denn die gemeinsame christliche Küche war das letzte. Statt juwelenbehängter *yentas* wie in Jerusalem hatten wir hier nur unterwürfige *schicksas*, die uns weichgekochtes Körnerfutter vorsetzten.

Gerade wollte ich mich über den Wildschweinbraten am Spieß hermachen, als mich von hinten zwei Arme umschlangen. Ich drehte mich um und starrte in Priscillas blitzende Augen. »Willkommen in Rom, Timilein.«

»Mein Gott, was machst du denn hier?« Das war nicht gerade freundlich, fürchte ich, aber so was fiel Priscilla schwerlich auf. Sie hatte viel zuviel damit zu tun, mich für ihr Tagebuch umzumodeln. In der alexandrinischen Ausgabe stand, ich sei begeistert gewesen, sie wiederzusehen, als wir uns im Palast Kaiser Neros auf dem Palatinischen Hügel begegneten. Auf diese Art wurde der Anlaß veredelt und ich zu einer Fiktion. Aber genau das war ihr Ziel in der Kunst und im Leben auch.

»Ich habe Glaukon nun doch geheiratet. Mir blieb nichts anderes übrig. Er hätte sich umgebracht, wenn ich nicht bei ihm geblieben wäre. Ich schenke ihm die innere Kraft, die ihm seine kalte, verschlossene Mutter nicht geben konnte, weil ihr ihre Imbißbude auf Kreta stets wichtiger war als ihr Sohn. Ich versuche, ihre Gleichgültigkeit zu kompensieren, indem ich mich ausschließlich seiner Karriere widme, die mittlerweile solche Triumphe feiert, daß ich versucht bin, selbst mit meiner Tanztruppe auf die Bühne zurückzukehren...«

»Wo ist Aquila?«

»In Ephesus. Was für ein guter Mann.«

»Hast du dich von ihm scheiden lassen?«

Priscillas Lachen flirrte durch den Raum. »Wie altmodisch du bist! Wir leben in der römischen Gesellschaft auf der Überholspur... Nur kleine Leute kümmern sich um Scheidungen und so was. Ich habe Glaukon einfach dazugeheiratet.«

»Das ist Bigamie!«

»Du wirst mein Geheimnis wahren, *chéri*, ganz sicher.«

»Das werde ich, aber kein Wort zum Heiligen!«

»Gebt ihr beiden euch immer noch diesen abscheulichen Spielen hin?«

»Natürlich nicht. Hältst du mich etwa für eine Schwuchtel?« Eine Schwuchtel ist das, was die Römer unter einem Kerl verstehen, der sich am liebsten durch die kalte Küche bedienen läßt und außerdem auf Amateurboxen steht, einer Schwuchtelspezialität, wie jeder weiß. Früher hätte man eine Schwuchtel als Faß und den Penetrator als Zapfen bezeichnet. Ich glaube, es war Plato, der geschrieben hat, daß es für jeden Zapfen irgendwo ein Faß gibt, das nur darauf wartet, angestochen zu werden.

Zum Glück hatte Priscillas Verleger einen guten Anwalt, der die Tagebücher vor der Veröffentlichung gründlich unter die Lupe nahm. Die ägyptischen Gesetze zum Schutz vor Verleumdung sind besonders streng – und alle Anspielungen auf den Heiligen und mich wurden entweder rausgestrichen oder abgeschwächt. Ein paar Seitenhiebe allerdings sind geblieben, zum Beispiel, ich hätte mächtig alt ausgesehen, als sie mich in Rom wiedersah, während in Wirklichkeit sie es war, die ziemlich angekratzt wirkte, ich dagegen mit siebenundzwanzig auf dem Höhepunkt der Jugendfrische stand.

Während wir Wildschweinbraten mampften, erzählte Priscilla stolz: »Als ich hier ankam, stellte sich heraus, daß ich bereits eine Legende war. Ganz Rom wußte von den Tanz- und Leseabenden in Ephesus, und unser Gastgeber Petronius, ein Mann von ausgesuchtem *goût*, behauptet, ich sei bei meinen Vorträgen besser als Sappho.« Das setzte sie schnell hinzu, als fürchtete sie eine herabsetzende Bemerkung meinerseits.

»Da wir gerade von *les filles* sprechen – wo ist eigentlich Glaukons Frau?« Mit Priscilla falle ich immer wieder ins *faux gallique* zurück.

»In Ephesus. Bei Stephanie. Jedenfalls munkelt man das. Interessiert mich nicht die Bohne. Ich habe Shirley MacLaine darüber aufgeklärt, was los ist, und du kannst sicher sein, daß sie sich in nächster Zeit in Ephesus nicht blicken lassen wird. So sind wir sie alle beide los, Glaukon und ich. Denn wir sind zum Erfolg verdammt, verstehst du, und damit meine ich nicht etwa unseren kommerziellen Erfolg am Theater, sondern *historischen* Erfolg. Wir sind bereits gewaltige Legenden...«

»Dann warten an der nächsten Ecke bestimmt schon ein paar Mythen.«

»Mach dich nicht lustig!« Priscillas Augen funkelten unter dem dicken, schwarzen Lidstrich und dem violetten Lidschatten, den sie sich auf die Augen gestäubt hatte. Ihre Lippen glänzten in prächtigem Rot, und der schwarze Gaumen fiel so gut wie gar nicht auf, weil sie beim Lächeln kaum noch den Mund aufmachte. Der Körper hatte sich gehalten, aber der Hals war eine Katastrophe. Trotzdem tat sie so, als sei sie die schönste Frau der Welt.

»Glaukon und ich sind uns um den Hals gefallen, als wir uns auf einer von Petronius' Soireen wiederbegegneten. Damals war er bereits *der* Star von Rom, und ich natürlich auch – das war nach dem dritten Vortrag, von dem du vielleicht gehört hast, als die Tante des Kaisers vor Aufregung in Ohnmacht fiel. Doch jetzt sei mal ganz ehrlich, Timmy. Ich habe dich heute abend im Publikum gesehen. Was hältst du von den *Zwei Schlüsseln*, wirklich und wahrhaftig?«

Wenn Priscilla eine ehrliche Meinung über das Werk eines Freundes hören wollte, erwartete sie im allgemeinen einen Großangriff. Daher antwortete ich: »Ich habe nie im Leben so gelacht.«

»Natürlich verstehst du im Grunde nichts vom Theater – oder der Kunst überhaupt«, fuhr sie nachdenklich fort. »Ich fürchte, die *Zwei Schlüssel* sind zu kommerziell. Zu viele Konzessionen an den Publikumsgeschmack. Eine banale Geschichte, müde Witze. Die Masse ist begeistert, aber was weiß schon die Masse? Dabei ist Glaukon zu Größerem fähig. Ich spüre es, habe es schon immer gespürt. Ich dürste – nein, die ganze Welt dürstet – nach Glaukons *Medea*...«

»Mit dir in der Titelrolle?«

»*Tiens!*« Sie klatschte in die Hände, so überrascht war sie offenbar über meinen Vorschlag. »*Pourquoi pas?*«

In dem Moment gesellte sich der große Schriftsteller zu uns. »Hallo, Tim, mein Junge! Gut, dich zu sehen. Habe gerade Paulus im Saal nebenan getroffen. Wie in alten Zeiten, die ganze Bande beisammen hier in diesem Babylon am Tiber. Wie findest du das als Titel?«

»Sehr komisch«, sagte ich.

»Wir kriegen sicher was Besseres als das zustande«, sagte Priscilla, und in ihren Augen loderte blanker Künstlerneid.

Eine dunkelhaarige Frau trat zu uns. Sie wirkte sehr vornehm, wenn auch vielleicht eine Spur zu lang *dans le dent*, wie Priscilla sagen würde. Es war die wohlhabende christliche Witwe Flavia, in deren wunderschönes, weitläufiges Heim auf dem Gipfel des Aventinischen Hügels ich eine Woche später ziehen sollte. Dort blieb ich mehrere Monate als geistlicher Berater und Beischläfer. Der Heilige war wütend, aber selbst er mußte zugeben, daß das Leben im sechsten Stock von zweiundachtzig unerträglich war.

Als gute Christin stellte Flavia von Anfang an klar, daß sie nur *einen* geistlichen Ratgeber in ihrem Bett und ihrem Heim gebrauchen konnte, und das war nicht der Heilige, daher zog er zu einer christlichen Familie am anderen Ende des Hügels. Ich brauche wohl nicht extra zu betonen, daß er ständig bei uns herumhing, aber Flavia nahm es ihm nicht krumm. Natürlich wäre sie nie auf die Idee gekommen, daß zwischen uns etwas lief, aber der Heilige war in diesem Bereich auch viel weniger aktiv als früher. Kein Wunder bei seinem Alter und dem sich hinschleppenden Prozeß. Er ließ also meist die Pfoten von mir, wenn wir allein waren, was sowieso nicht häufig vorkam.

Die christliche Gemeinde in Rom spaltete sich rasch in die Anhänger des Heiligen und die des Felsens, wobei sich der Heilige als Kassenschlager entpuppte, wie immer. Die Römer sind ganz verrückt auf Metaphysiker und Jongleure. Das verschaffte dem Heiligen, einem Meister beider Disziplinen, einen gewaltigen Vorteil vor dem Fels. Der war nämlich eine schreckliche Trantüte auf der Kanzel und wurde nie in die besseren Häuser eingeladen, obwohl Jesus ihm und nicht dem Heiligen die Schlüssel zum Königreich des Himmels anvertraut hatte. Andererseits hatte allein der Heilige, wie er zu spaßen pflegte, das richtige Schloß in den Toren entdeckt.

Angesichts der Probleme, die ich bei der erneuten Sammlung der Testamente, Episteln und Postkarten habe, die den Ursprung des Christentums und das Leben Christi betreffen und verlorengingen oder verschwanden, verbrachte ich eine Menge Zeit mit Markus und machte mir Exzerpte aus seinem Originaltext, der sich wiederum hauptsächlich auf Petrus' Erinnerungen stützte, wie er sie Markus erzählt hatte. Der Fels selbst war praktisch Analphabet.

Markus war sehr hilfsbereit und ließ mich direkt von seinem Text abschreiben. Aber er wollte nicht glauben, daß in zweitausend Jahren das Ganze einfach ungeschehen gemacht werden könnte. Ich tat mein Bestes, um ihm zu erklären, was Chet, Dr. Cutler und Marvin mir über Computerviren erzählt hatten, aber Markus kapierte nicht mal die nötigen Grundbegriffe. Allerdings ist das jetzt auch fast vierzig Jahre her, vor dem großen Feuer.

»Du sagst, du hast das alles geträumt?« Markus hockte auf einem Stapel Teppiche, die gerade aus Persien eingetroffen waren. Ich saß an seinem Arbeitstisch und schrieb die Zeugungsgeschichte ab.

»Nein, nicht richtig geträumt. Es ist schwierig zu erklären. Sieh mal, ich *erinnere* mich an all das – das Leben in Rom hier, anno 64 nach Christus, vor dem großen Feuer, verstehst du ...«

»Welches Feuer?«

»Die ganze Stadt wird niederbrennen. Dieses Jahr, glaube ich ...«

»Jetzt bleib aber auf dem Teppich, Tim, oder machst du neuerdings den Propheten Konkurrenz? Ich meine, Rom wimmelt von diesen Irren, hier ist es noch schlimmer als in Jerusalem, wo ein falscher Messias nach dem anderen ...«

»Nein. Das stimmt wirklich. Zumindest bin ich wirklich ... glaube ich.«

Beim Schreiben dieser Zeilen fällt mir wieder das konstante Summen auf, das mein Arbeitszimmer hier im Bungalow erfüllt. Offenbar werde ich mit Radiowellen auf diversen Frequenzen bombardiert. Vielleicht sollte ich unterbrechen, bis sie die Schnauze voll haben und abziehen. Aber dann werde ich wohl nie fertig.

Seit einiger Zeit geht das so. Es fängt immer dann an, wenn ich mich an den Schreibtisch setze, um die heilige Geschichte zu erzählen. Wenn ich aufstehe, hört es auf. Dr. Cutler, nehme ich an. Jedenfalls muß ich mich trotz der Störungen ranhalten, denn endlich habe ich Markus zur richtigen Zeit am richtigen Ort meiner Erinnerung aufgetan, da, wo wir tatsächlich eine solche Unterhaltung geführt haben. Glaube ich jedenfalls, obwohl wir das Wort »Hologramm« damals noch nie gehört hatten, trotz des Durchblicks, den ich mittlerweile besitze und der Markus' völligen Mangel an Weitblick mehr als wettmacht.

»Versteh doch, Markus, ich schreibe das alles erst zu einem viel späteren Zeitpunkt nieder.«

»Aber du kopierst meinen Text in diesem Moment, vor meinen Augen.« Markus runzelte die Stirn. »Ich finde, du solltest wissen, daß Zenas zwar ein lausiger Anwalt, aber ein Fachmann für Urheberrechtsfragen ist und dieses Buch im Tabularium bereits eingetragen hat.«

»Ich werde mein Buch erst in zweitausend Jahren veröffentlichen. Du kannst dich drauf verlassen.« Dann erzählte ich Markus, was im Schnellvorlaufland los ist, aber nur so viel, wie er meiner Meinung nach verkraften konnte.

Zu meinem Erstaunen war er kein bißchen erstaunt. »Dämonen sind überall, und wir wissen, daß Jesus im Botanischen Garten irgendwas passiert ist. Es ist also durchaus möglich, daß es stimmt, was du sagst. Aber wenn es so ist, warum verstecke ich dann mein Evangelium nicht auf der Via Appia, in einem der Gräber, wo deine Freundin Selma...«

»Chet.«

»Stimmt. Wo Chet es finden kann.«

»Weil es kein Markus-Band mehr gibt. Keine Zeile Markus wird überdauern. Das hier...«, und damit deutete ich auf das Manuskript, »...ist verschwunden oder gerade dabei zu verschwinden, zusammen mit deinem Namen und den Evangelien der anderen.«

»Aber hier liegt es doch. Genau vor unserer Nase. So real wie dieser... dieser Teppich.« Er war und blieb ein Händler, wie er so dasaß und mir einen Läufer entgegenstreckte.

»Ja, er ist da. Du bist da. Und dieser häßliche Fußabtreter aus Baktrien auch. Aber nur, weil ich hier bin. Du bist auf *meinem* Band, und das ist das einzige Band auf der Welt, das überlebt hat und nicht blockiert ist.«

Markus ließ den Läufer fallen. »Ich existiere also nur in deiner Erinnerung?«

»Du hast es erfaßt. Nur in meiner Erinnerung, die auch nicht mehr das ist, was sie mal war, jetzt, wo ich sechzig bin und ständig dieses Summen im Ohr habe. Es bedeutet, daß sie... Hörst du es auch?« Plötzlich schien das Summen aus dem Manuskript auf dem Tisch zu kommen.

Markus nickte. Er wurde leicht blaß um die Nase. Er sah aus, als müsse er sich gleich übergeben. »Ich höre auf zu existieren, wenn du diesen Raum verläßt?«

»Ich fürchte, ja. Aber ich glaube nicht, daß du irgendwas merken wirst. Natürlich ist der richtige Markus – du also, im Jahre 96 nach Christus, wo ich lebe und mich an dich erinnere, wie du damals warst –, soweit ich weiß, noch immer am Leben.«

Markus schloß die Augen. »Ich sehe Männer als Bäume, wandelnde Bäume.«

Automatisch schrieb ich mit, was er diktierte. Am Ende dieses Tages hatte ich die ganze Geschichte schwarz auf weiß, ohne Abstammungsliste, zugegeben, aber mit jeder Menge neuer, interessanter Einzelheiten, die Markus auf Druck seines Verlegers hatte rausnehmen müssen. Zum Beispiel folgende bedeutsame Lektion (254): »Lasset alle Stimmen in mir bis auf die Gottes verstummen, denn unsere Worte oder Handlungen sollen nicht vom Ego-Denken geleitet sein.« Also sprach Jesus direkt zu Helen Schucman.

Für diejenigen, die sich auf mich eintunen: Ich habe meine Version von Markus' Testament an einem Ort versteckt, wo niemand daran herumpfuschen kann. Im übrigen mache ich mit meinem eigenen Testament weiter. Es geht um die letzten Tage des Heiligen in Rom und meinen Augenzeugenbericht von dem, was auf dem Golgatha tatsächlich passiert ist. Irgendwie muß ich da noch hin, wahrscheinlich mit dem Zug von Westport, da wir hier in Mazedonien meines Wissens nach keine zuverlässigen Medien haben.

15

Zwar tat der Heilige sein Bestes, um sich bei Petronius lieb Kind zu machen, doch dieser, den man Arbiter, also Schiedsrichter nannte – auch Richter des guten Geschmacks –, konnte ihn nicht ausstehen. Daher tat ich mein Bestes, um auf den donnerstäglichen Soireen bei Petronius, wo alles versammelt war, was in Rom Rang und Namen hatte, die christliche Botschaft zu verbreiten. Dabei kamen die Leute eigentlich, um Bridge zu spielen, was der Schiedsrichter *angeblich* von Selma Suydam gelernt hatte. Keine Frage, daß Priscilla sich aufgrund ihrer Zweitehe mit Glaukon, dem Lieblingsschreiber des Schiedsrichters, ebenfalls in Petronius' Zirkel geschlängelt hatte. Ich wurde wegen meiner Korkenzieherlocken und meiner vergißmeinnichtblauen Augen eingeladen.

Richtig, Petronius machte mich an. Aber passiert ist gar nichts. Er war sowieso schon halb hinüber. Bleivergiftung, wie ich heute weiß. Alles, was er zu sich nahm, wurde in Töpfen aus Blei gekocht und auf Bleigeschirr serviert. Mittlerweile hatte er kaum noch Haare auf dem Kopf. Er litt an Ekzemen. Kopfschmerzen. Er war impotent und hatte die meiste Zeit extrem schlechte Laune. Trotzdem war er gelegentlich noch so, wie man sich den Autor von *Satyricon* vorstellt: voller Witz und kerniger Sprüche. »Da Blei das wertvollste Material ist, das sich zum Kochen eignet, kann nur ein reicher Mann von Blei allein leben«, war einer seiner typischen Scherze, der in gehobenen Kreisen häufig zitiert wurde.

»Setz dich zu mir, mein Junge«, sagte Petronius eines Abends. Wir befanden uns in der großen, marmornen Redehalle, wo sich die geistreichsten Unterhalter darboten. An diesem Abend gab es nur ein oder zwei Dutzend, ausnahmslos Männer. Petronius erlaubte keine geistreichen Frauen in seinem Haus, im Unterschied zum Kaiser, der noch immer unter dem Pantoffel seiner scharfzüngigen Mutter und Schwestern stand, allesamt Intrigantinnen, die nichts als üble Tricks und Witze auf Lager hatten. Ich war nicht überrascht, als ich später hörte, Nero habe seine Mutter ertränkt.

Hinter einem Säulengang aus gelbem Alabaster saßen die Spieler in ihre Partien vertieft, und jeder summte oder murmelte sein Sprüchlein vor sich hin. Ab und zu hörte man einen Aufschrei: »Oh, Partner, was habe ich jetzt gemacht!«, etwa von Priscilla, die beim Bridge nur blendete wie bei allem, was sie tat, bis sie merkte, daß die Donnerstagabende bei Petronius ohne sie stattfinden würden, wenn sie das Spiel nicht endlich begriff. Daraufhin nahm sie Unterricht bei einem syrischen Sklaven. Aus irgendwelchen Gründen sind die Levantiner Meister im Kartenspielen, egal, in welchen. Sie haben es im Blut, vermute ich, oder in den Fingern. Wie auch immer, Priscilla spielte jetzt besser, und dank Glaukons Beliebtheit wurde sie überall eingeladen, selbst an den Hof. Bis dahin bin ich zwar nicht vorgestoßen, aber Neros Bekanntschaft habe ich trotzdem gemacht.

Ich nahm also auf einem Schemel neben Petronius' Marmorthron Platz. Seine Finger spielten mit meinen goldenen Lokken. »Eine echte Götterspeise«, sagte er in jenem elegant schleppenden Tonfall, den die ganze palatinische Clique nachzuäffen versuchte.

»Auf Blei, Sir?«

»Das hängt davon ab, wieviel du verlangst. Im Augenblick...«, und damit zog er spielerisch an einer Handvoll Lokken, was höllisch weh tat, »... schlage ich vor, auf Gold.« Er ließ wieder los. »Aber jetzt erzähl mir mal, was das für ein Langweiler ist, dieser Jude, mit dem du rumziehst. Er sieht aus wie ein Affe.«

»Paulus ist Christ, um genau zu sein...« Petronius schöpfte Wein in meinen Becher. Der Schöpflöffel bestand aus mit Smaragden besetztem Weißgold, und Petronius benutzte seine Schönheit als Vergleichsnorm für alles mögliche. So hielt er Flavia, meiner verwitweten Freundin und Geliebten, den Löffel einmal wie einen Maßstab neben das Gesicht und erklärte: »Du kommst leicht auf dreißig Prozent von meinem Löffel«, was wirklich ein großes Kompliment war. Ich war ein »Löffelgeschöpf« – oberste Kategorie.

»Irgendeine neue Religion aus dem Osten gibt es immer, nur weiß man nie, ob sie Bestand hat oder nicht. Wie konnten wir vor zweihundertfünfzig Jahren, als Cybele hier ankam, ahnen, daß sie göttermäßig eine der wichtigsten Figuren in unserem Pantheon werden würde? Vielleicht hat ja auch dein Jesus eine Chance, wer weiß. Aber wen interessiert das schon? Am Ende ist sowieso nichts wirklich.«

Ich war schockiert, hörte aber nicht auf, heuchlerisch in sein hakennasiges Gesicht zu strahlen, dessen fleckige Haut in Fetzen von den ausgezehrten Wangen hing. Petronius sah aus wie Lazarus, den mir Mary Baker Eddy mal beschrieben hatte. »Natürlich ist euer Jesus, wenn ich Paulus recht verstanden habe, einer von denen, die mit Vorliebe Weltuntergangsstimmung verbreiten, und diese Typen erleiden unweigerlich Schiffbruch, wenn die Welt nicht so endet, wie sie es vorausgesagt haben.«

»Wir sprechen von keinem festen Zeitplan, wir sagen nur, daß das Ende kommen wird und wir bereit sein müssen. Deshalb ist Christus für unsere Sünden gestorben und hat Gott mit seiner Auferstehung die Schlußrunde eingeläutet.«

Ich vertrat schon damals die neue Linie. Ich war aufrichtig und von jungenhaftem Charme, einfach hinreißend, und wieder fuhr er mir durch die wilden Locken. Dann befummelte er einen Augenblick meinen Nacken. Petronius stand auf Nacken.

»Wie du vielleicht weißt, gibt es für uns hier im Herzen des Systems weder Gott noch Götter, nur flackernde Schatten im menschlichen Bewußtsein, Reste aus früheren Zeiten unter anderem Licht, konfuse Erinnerungen an tatsächliche oder, noch besser, frei erfundene Ereignisse. Denn die Kunst ist dem Leben stets vorzuziehen, was dieser Löffel so triumphal beweist, und genau wie der Löffel garantiert nützlicher für die Seele. Schließlich gibt es Götter nur in der Phantasie, was wiederum heißt, daß du und deine Freunde, daß ihr euch eine höchst komplizierte Art von Gott vorstellt. Für mich dagegen zählt nur Fleisch, Sonne und das Meer an der felsigen Küste unserer Magna Graecia, vor allem zur Mittagszeit, wenn in der sengenden Hitze im Hafen von Croton das Leben wimmelt. Ich träume noch heute von den Jungen, die ich kannte, als ich selbst jung war – ich hatte ein Segelboot, war ruhelos und brauchte ständig eine neue Szenerie, jedenfalls solange sie aus grauem Kalkstein bestand und bunt bemalten Tempeln für inexistente, aber fröhliche Götter. Und im Hintergrund ein blaugrünes Meer. Vor vielen Jahren stürzte sich ein Junge vom Crotoner Kai in dieses Wasser, um zu meinem Boot zu schwimmen, doch weil er sich an einem Felsen unter der Meeresoberfläche den Schädel spaltete, landete er nicht in meinen Armen, sondern im Jenseits. Glatte Haut, Schweiß wie Meerwasser... Oh, das war die einzige Gottheit, die ich je brauchte und jetzt, da ich den unendlich langen Sturz ins Alter bereits hinter mir habe, nicht mehr brauche. Heute morgen ist mir ein kleiner Zeh abgefallen. Wäre ich nicht Stoiker, hätte ich mich sicher geärgert. So aber kann ich noch immer Schönheit bewundern, rosig-weiße Haut sehen und berühren und mein herrliches Löffelchen betrachten. Mit oder ohne Zehen – die Vollkommenheit der Kunst ist die einzige Gottheit, die es zu verehren lohnt. Abgesehen natürlich von der hier...«

Mit erstaunlicher Behendigkeit sprang Petronius auf die neunzehigen Füße, so wie alle in der Redehalle – sie sprangen auf und sanken dann auf die Knie vor dem Göttlichen Augustinus, Ludus Domitius Ahenobarbus, bekannter unter seinem Familiennamen Nero.

Nero sah besser aus, als man nach seinem Abbild auf den Münzen hätte vermuten können. Er hatte schmutzigblondes Haar und einen sehr kräftigen Körper. Man hätte ihn sogar als gutaussehend bezeichnen können, wäre da nicht das gewesen, was man in Lystra einen Bierbauch nennt. So sah er aus, als sei er schwanger. Außerdem hatte er schlechte Haut wie Petronius – genau, auch das eine Folge schleichender Bleivergiftung.

»Steht auf. Steht auf. Laßt die Sonne von Rom eure treuen Gesichter erhellen.« Er sprach perfektes, ein wenig theatralisches Griechisch. Das war die Sprache, die bei Hof verlangt wurde, eine Tatsache, die die alte Garde der Patrizier, die tief in der lateinischen Kultur verwurzelt waren, verstimmte. Vermutlich hätte man auch ohne die historische Perspektive der Späteren erkennen können, daß dieser Mann keine lange Herrschaft vor sich hatte, doch damals war er in intellektuellen Kreisen sehr populär. In der griechischen Welt, wo er gern öffentlich auftrat, boxte, schauspielerte und davon sang, wie schwer es ist, wenn einem vom vielen Baumwollpflücken am Nil ewig der Rücken weh tut, galt er sogar als Held.

Der Heilige ist Nero nur einmal begegnet, und das hatte er mir zu verdanken. Ich hatte Petronius erzählt, was für ein großartiger Steptänzer und Jongleur der Heilige sei. Petronius ließ ihn vortanzen und verpflichtete ihn dann für die samstagabendliche Herrenparty auf dem Palatin. Ich konnte an diesem Abend nicht, aber Glaukon war da und sagte, der Heilige sei besser gewesen als je zuvor. Offenbar hatte er gleichzeitig gesteppt, jongliert und das Evangelium gepredigt, was Nero zum Schreien komisch fand. Bei der Zeugungsgeschichte wälzte sich der Herrscher vor Lachen am Boden, und als der Heilige zum Bericht von der Auferstehung kam, klatschten sich die Angehörigen der gehobenen Gesellschaft auf die Schenkel.

Jedenfalls war der Heilige wütend, weil man ihn wie einen x-beliebigen Unterhaltungskünstler behandelt hatte. Als ihn Nero dann aber um Privatstunden im Steppen bat – nebenbei gesagt, der Mann war unglaublich gut im Ausdruckstanz und trat sogar einmal als Priscillas Partner in Glaukons Version von *The Saints Go Dancing In* auf –, sagte er entzückt zu. Dummerweise brannte wenig später die Stadt nieder, und der Heilige wurde dank des Anwalts Zenas hingerichtet.

Ich habe mir häufig ausgemalt, wie anders die Geschichte verlaufen wäre, wenn der Heilige Nero sämtliche zwölf Stunden in Steptanz und Vaudeville hätte geben können. Er hätte ihn mit Sicherheit bekehrt. Ein *christlicher* Nero – aber es hilft nichts, sich den Kopf darüber zu zerbrechen, was hätte sein können. Was ist, ist, was war, war und was sein wird, wird sein – oder etwa nicht?

Nero gefiel mein kesser Charme. Petronius machte uns bekannt.

»Ein entzückender junger Grieche, Petronius. Du hast wirklich ein Händchen für die Jungs.« Das war ein blendendes Wortspiel, zumindest auf griechisch. Nero zupfte an meinen Locken. »Stehst du auf Faustkampf?« Die übliche Anmache bei Hof damals.

»Nein, oh, göttlicher Kaiser. Ich mach's lieber mit den Händen wie beim Ringen – und am liebsten lege ich Mädchen flach.«

»Er ist ein ganzer Kerl«, sagte Petronius und schwenkte seinen funkelnden Löffel über der Bowlenschüssel.

»Was für ein Löffel!« seufzte Nero.

»Ich habe ihn Euch in meinem Testament vermacht, o göttlicher Kaiser. Und bei dem Tempo, mit dem ich alles mögliche verliere, wird der Löffel bestimmt bald seine endgültige Ruhestätte bei Euch finden, wenn Ihr mir diese Bemerkung gestattet.«

Nero machte eine Geste, wie um sich vor dem bösen Blick zu schützen.

»Schweig! Das bringt Unglück. Über den Tod spricht man nicht.« Nero senkte die Stimme. »Doch da wir gerade dabei sind ... Es ist eine Verschwörung im Gange – man will mich umbringen.«

»Es sind *ständig* irgendwelche Verschwörungen im Gange, die es auf das Leben Eurer Gottheit abgesehen haben. Wir leben nicht umsonst in Rom.«

Nero schüttelte den Kopf, ein wenig traurig, wie mir schien. »Nur steckt diesmal Calpurnius Piso dahinter. *Dein* Freund.«

Petronius blieb ruhig, seine Kaltblütigkeit war geradezu sprichwörtlich. »Und der Eure, Gottheit. Jedenfalls nach außen. So gibt er sich auch als mein Freund aus. In Wirklichkeit sind wir höchstens beim Bridge Partner. Dabei fällt mir ein, daß ich ihn seit vielen Monden nicht am Spieltisch gesehen habe.«

»Er ist zu beschäftigt mit seiner Verschwörung, nehme ich an. Wahrscheinlich muß ich schon wieder ein Blutbad anrichten.« Nero seufzte. »All die Arbeit! Diese endlosen Listen!«

»Unglücklicherweise reagieren Eure Untertanen auf kaum etwas anderes als ein durchgreifendes, *läuterndes* Blutbad.«

»Du hast wie immer recht, Petronius. Aber vorher wollen wir mal sehen, ob der Bursche als Faustkämpfer was taugt.« Nero wandte sich mir zu. Ich wandte mich furchtsam zu Petronius, der sich seinem Butler zuwandte und sagte: »Zeige Seiner Gottheit den Boxring.«

Ich wurde rot, denn aller Augen folgten mir, als Nero mir vorausging in meine ... Schande. Es gibt kein anderes Wort dafür.

Im Boxring streifte er mir die Tunika ab. Ich stand da, zitternd wie eine Jungfrau und splitterfasernackt. »Hm, hm«, er nickte beifällig, während er meinen Körper inspizierte. »Laß mal deinen Bizeps sehen. So, und jetzt von der Seite. Gut! Brust raus! Nicht schlecht. Dreh dich um. Streck die Rückenmuskeln. Kneif den kleinen Arsch zusammen. Und jetzt auf die Zehenspitzen. Laß die Waden sehen. Gute Venen. Jetzt dreh dich um. Spann die Schenkel an.« Er fixierte meinen verstümmelten Pimmel. »Bist du Jude?« Neros Augen verengten sich.

»Nein, Christ«, hauchte ich. »Es ging nicht anders, es war zu eng...«

»Phimose!« Nero grinste übers ganze Gesicht. »Kann jedem passieren. Wußtest du, daß es in Großbritannien eine richtiggehende Phimose-Epidemie gibt, in diesem Moment, wo wir hier die Fäuste spielen lassen? Gefällt dir das? Dreh dich wieder um. Kneif die Arschbacken zusammen. Hmmmm, ja, zwei weiße Marmorkugeln. Wunderbar! Und jetzt spreize sie... weiter...«

»Aber ich will weder die Faust noch sonstwas, o göttlicher Kaiser. Ich bin keine Schwuchtel«, protestierte ich. »Ich bin ein Stecher!«

»Du *warst* ein Stecher«, sagte Nero. Im nächsten Augenblick hatte er mich aufs Kreuz gelegt und so hingebogen, daß beide Beine in der Luft zappelten. Dabei hielt er meine Knöchel fest, genau wie ich es mit den Mädels machte.

»Das ist Vergewaltigung!« kreischte ich.

»Genau. Und jetzt halt den Mund.« Er schloß die Augen. »Ich muß mir vorstellen, daß du ein schönes Mädchen bist.«

Brüllend wie ein Stier drang er in mich ein. Ich schrie, er stieß, ich bäumte mich auf, er kam. Dann lag er zwischen meinen Beinen, die schlaff zu Boden sackten.

»Ich wünschte, du wärst ein Mädchen«, flüsterte Nero mir ins Ohr.

»Ich auch. Ich meine, was ich meine, ist, wenn Männer so was mit mir machen, wäre es enorm viel einfacher, ein Mädchen zu sein. Wie gesagt, ich stehe nicht auf diese Tour.«

»Aber du hast durchgehalten, Timilein, bis zum bitteren Ende. Und diesmal war ich der Stecher. Das nenne ich hart im Nehmen. Wie wär's, wenn ich ein Mädchen aus dir mache?«

Ich bin in meinem Leben in vielen schrecklichen Situationen gewesen, aber das war die grausigste von allen. Gebieterisch hielt Nero den Inbegriff meiner Männlichkeit in der Hand und spielte träge mit den Eiern. »Warum wollt Ihr ein Mädchen aus mir machen? Ich meine, ich würde meinen Bizeps verlieren und Brüste kriegen, ich könnte nicht mal mehr boxen...«, winselte ich.

»Ich träume davon, einen kräftigen jungen Mann zu heiraten und ihn dann in ein schönes Mädchen zu verwandeln. Auf diese Art hätte ich sozusagen alle beide im Sack.« Damit packte er sich meinen, und ich schnappte nach Luft. Es war wie der wiederkehrende Traum von meiner Beschneidung, nur schlimmer.

»Aber warum wollt Ihr einen völlig normalen Burschen ruinieren und etwas aus ihm machen, das ohnehin kein richtiges Mädchen wäre?«

Nero war ein praktischer Mensch. Offensichtlich hatte er sich die Sache bereits gründlich überlegt. »Zum einen will ich keine Kinder. Mit Sicherheit nicht von dem Mann/Weib, das ich liebe. Ich mag nur Bindungen zwischen Männern – inklusive Fesselungen, versteht sich –, und mit jemand wie dir hätte ich das perfekte Objekt, einen ganzen Kerl, wie Petronius richtig gesagt hat, und nach der Verwandlung wird der ganze Kerl zu einem halben Mädchen, und alle beide gehören mir. Wir könnten eine herrliche Zeit haben, eine wunderbare Zeit.«

Nero küßte mich auf die Lippen, eine widerliche Angelegenheit, wenn man Make-up nicht leiden kann, aber mit dem Kaiser von Rom legt man sich nun mal nicht an. Ich hätte jedenfalls alles getan, Hauptsache, ich kam mit heiler Haut, sozusagen an einem Stück, aus dieser Sache heraus.

Nero erzählte versonnen von seinem traurigen Leben. »In meiner Stellung weiß ich nie, ob die Leute mich wirklich um meinetwillen hassen oder weil ich der Kaiser bin. Schlimmer noch, ich kann mir nicht mal meinen alten Traum erfüllen und Musik machen, eine Band haben, reisen – Groupies vernaschen!« Er seufzte. »Andererseits, wäre ich der nette Junge von nebenan, würde ich – jetzt lach nicht, ich weiß, daß ich ein Idealist in dieser rauhen, praktisch denkenden Welt bin – jedenfalls, mein größter Wunsch wäre es, Massenmörder zu sein. Leider wird er nie in Erfüllung gehen.«

»Ihr könnt doch umbringen, wen Ihr wollt, o göttlicher Caesar.«

»Aber es macht keinen Spaß. Alles, was ich tue, ist legal. Wo bleibt da die Gefahr? Der Nervenkitzel? Die Verfolgungsjagd? Es ist ein Unterschied, ob man Metzger in einem Schlachthof ist oder Jäger.« Er zog mich an seine muskulöse Brust. »Ich habe mich entschieden. Ich werde dich heiraten...«

Zum Glück erwies sich die Verschwörung gegen Nero als meine Rettung. Ein Dutzend Offiziere, die der pro-lateinischen, anti-griechischen Piso-Partei angehörten, stürzten sich auf ihn, der wie ein durchtrainierter Stuntman elegant aus dem Fenster hechtete. Da wir uns im ersten Stock befanden, landete er sicher im Karpfenteich.

Ich griff nach meinen Kleidern und sprintete hüllenlos in die Redehalle. Petronius war zu Scherzen aufgelegt. *»Quo vadis?«* fragte er, als er mich sah, und im ganzen Raum erhob sich Kichern und Lachen. Die an Petrus gerichtete Bemerkung des Herrn war bereits vor dem Feuer eine Quelle ständiger Witzeleien in Rom gewesen.

»Ein Anschlag auf Seine Gottheit! Er ist auf der Flucht aus dem Fenster gesprungen.« Damit verstummte das Lachen in *dieser* Redehalle *dieses* Palastes in *diesem* Leben des Petronius, der in die Verschwörung gegen den Kaiser verwickelt und daher gezwungen war, Selbstmord zu begehen. Er schnitt sich in der Badewanne die Pulsadern auf, das war die bevorzugte Methode der Entleibung in gehobenen Kreisen.

Doch ehe Petronius sein Blutbad nahm, verfaßte er noch eine interessante Kurzbiographie Neros, in der er daran erinnerte, wie dieser seine Frau, seine Mutter und so weiter ermordet hatte, was er im Bett trieb und wie schlecht seine Tischmanieren waren. Trotz aller Anstrengungen konnte das Buch nie ganz unterdrückt werden – ich habe selbst erst letzte Woche ein Exemplar gekauft –, und so scheint es, als hätte Petronius doch das letzte Wort behalten. Außerdem hat er, kurz bevor er in die Wanne stieg, den mit Smaragden verzierten Löffel zertrümmert.

Nero verordnete seinem Hofstaat eine Woche Trauer um den Löffel. Dann machte der Kaiser mit einem jungen Soldaten, was er eigentlich mit mir vorgehabt hatte, und heiratete das Ergebnis. Ich kann gar nicht eindringlich genug vor den verheerenden Folgen einer jahrelangen Bleivergiftung warnen.

16

Sieht aus, als wäre ich ein wenig abgekommen von meinen guten Nachrichten über den Heiligen. Wahrscheinlich, weil die guten Nachrichten von jetzt an ziemlich mies werden.

Die Witwe Flavia ließ sich vom Heiligen bekehren, und wenig später war ihr Haus das christliche Zentrum auf dem Aventinischen Hügel. Der Heilige las jeden Sonntag seine Messe im Weinkeller und war in Topform. Fand ich. In dieser Zeit schrieb er eine ganze Reihe von Briefen und vergaß gelegentlich, sie an seine Gemeinden überall auf der Welt abzuschicken. Natürlich habe ich Kopien davon, aber es fällt mir mittlerweile schwer, sie zu lesen, denn meine Augen werden immer schlechter. Atalanta hält das für eine Folge von zuviel Fernsehen. »Der Mensch ist nicht dazu geschaffen, in pulsierendes Licht zu sehen. Das ist genauso, als würdest du den ganzen Tag in die Sonne starren.« Schiere Übertreibung natürlich, aber ein Körnchen Wahrheit ist wohl dran.

Gerade hatte ich Besuch vom zweiten Dr. Cutler. Offen gestanden ist mir der Z-Kanal, durch den Chet und Marvin kommen, lieber als die Medien und Träume, die Mary Baker Eddy und die Cutlers benutzen – ihre Träume, nicht meine, hoffe ich.

Ich stand in der Kneipe gegenüber vom Neuen Stern und genehmigte mir nach einer Stunde Sauna gerade eine kleine Stärkung, als plötzlich Cutler 2 neben mir stand. Zum Glück waren die anderen Gäste bereits zu weit weggetreten – es war Septuagesima –, um die Ankunft dieses zumindest in meinen Augen merkwürdig wirkenden Hologramms zu bemerken.

»Guten Tag, heiliger Timotheus.«

»Dr. Cutler. Setzen Sie sich, und trinken Sie ein Glas mit mir... Aber Sie können gar nicht trinken, oder?«

»Ich bin nur ein Schatten meiner selbst. Mein wirkliches Ich sitzt im Labor von Gulf + Eastern am Columbus Circle in New York und befaßt sich mit ein paar äußerst speziellen Spezialeffekten für das Jahr 2001 nach Christus. Aber kein Wort davon zu meinem Vorgänger, falls er sich einklinken sollte.«

Ich versuchte ihn festzunageln. »Wer wird meinen Ausflug zum Golgatha organisieren – Sie oder er?«

Cutler 2 kam mir im Gegensatz zu früher etwas ausweichend vor. »Natürlich wissen wir aufgrund des Polaroids, daß Sie da sind, da waren. Wer aber wird die Ehre haben, Sie hinzuschikken? Gulf + Eastern oder General Electric?«

»Das wissen Sie nicht?«

»Ich weiß es, und ich weiß es nicht. Im Moment haben wir es mit zwei Szenarios zu tun. Ich arbeite am zweiten und hoffe und bete, daß damit das erste verhindert werden kann. Sie müssen wissen, daß das erste Szenario von meinem Gegenspieler stammt, das heißt, von mir selbst, als ich vor zehn Jahren bei General Electric war. Irgendwann nächste Woche will dieses irregeleitete Alter ego Sie zurück nach Jerusalem transportieren, um für NBC *Golgatha live* zu moderieren.«

»Dann hat Chet mich also nicht einfach nur hingehalten, als er sagte, die Rechtsabteilung hätte meine Bedingungen akzeptiert, einschließlich Beteiligung an den bereinigten Bruttoerträgen im Gegensatz zum Netto...«

»Hören Sie auf mit dem Quatsch!« unterbrach mich Cutler 2 barsch. Mich, Bischof und Moderator, ganz zu schweigen von meiner Heiligkeit in spe. »Ich glaube nicht, daß Ihnen klar ist, wie ernst das alles ist, nicht nur für Sie, sondern für das ganze Christentum, ja, für das Überleben der Menschheit.«

»Was meinen Sie mit *das alles*, Dr. Cutler?« gab ich frostig zurück.

»Bevor ich meine Erleuchtung hatte und bei General Electric ausgestiegen bin, war ich ein fanatischer Anhänger des Zionismus. Ich bin zwar christlich erzogen, aber bei meinen Studien in vergleichender Religionsgeschichte an der Fairleigh Dickinson University, dem Nonplusultra in der Judaismus-Forschung, reifte in mir eine Überzeugung: Jesus ist nicht nur *kein* Christ gewesen, sondern wäre wahrscheinlich einigermaßen entsetzt, wenn er wüßte, was der Heilige aus seiner Botschaft gemacht hat, die ausschließlich für Juden bestimmt war – Sie verstehen schon, die übliche Standardleier, Schalentiere und Kunstseide. Schließlich das entscheidende Argument: Er wurde gekreuzigt. Also kann er gar nicht unser Messias gewesen sein. Jawohl, ich bin zum Judentum übergetreten, obgleich ich jetzt ein zweites Mal meinen Glauben, oder sagen wir, *diesen* Glauben verloren und ihn gegen etwas Höheres eingetauscht habe...«

»Doch nicht etwa Selma Suydam?«

»Seien Sie nicht albern. Außerdem geht sie mit Robert de Niro.« Er rieb sich das Ende seiner flachen Nase, die so gar keine Ähnlichkeit mit der seines jüngeren Ich hat. Ist er ein Schwindler, oder hat er gar eine kosmetische Operation hinter sich? »Über meine religiösen Gewißheiten kann ich nicht sprechen, höchstens über die *Un*-Gewißheiten, wie man sie nennen könnte. Mein gräßliches jüngeres Ich war am Ende überzeugt, daß der Judaismus vor dem Christentum gerettet werden muß, und das war nur zu schaffen, wenn man bis zum Ursprung zurückging – Golgatha – und die ganze Geschichte umkrempelte.«

»Ist Cutler 1 der Hacker?«

»Er hätte gar nicht die Geduld, so viele Bänder zu infizieren, eins nach dem anderen. Aber immerhin hat er Sie dazu gebracht, dieses Evangelium zu schreiben, das nicht vor 2000 nach Christus ausgegraben wird...«

»Haben Sie gelesen, was ich geschrieben habe – oder besser: geschrieben haben werde?«

»Bisher nicht. Die Archäologen sind noch dabei, die Papyrusrolle einem C-14-Test zu unterziehen. Bisher hat noch kein Mensch ein Wort davon gesehen. Andererseits könnte sich herausstellen, daß das Ganze im Sande verläuft, wenn nicht wir – also Sie und ich – gegen mein jüngeres Ich und seine Kollegen zusammenhalten.«

»Chet?«

»Chet ist ein Leichtgewicht. Dem geht's bloß um Werbung und Verkauf. Jedenfalls spielt er eine Nebenrolle. Marvin Wasserstein dagegen ist ein Genie und eine entscheidende Figur in unserem Götterspiel.«

Cutler 2 klappte seine Aktentasche auf. »Ich habe Ihnen eine Videokassette mitgebracht, damit Sie wenigstens ein paar Hintergrundinformationen haben, was hier los ist.«

»Aber ich habe keinen Recorder.«

»Doch, haben Sie, die flache Box da auf Ihrem Sony.« Er gab mir ein kleines Päckchen. »Ich habe eine Gebrauchsanweisung dazugelegt, ist ganz einfach. Auf englisch und japanisch... ach, richtig, Sie lesen unsere Sprachen ja gar nicht, Sie erfassen Ihre Bedeutung rein intuitiv. Eine natürliche Nebenwirkung des Einklinkens via schnellen Vorlauf und Rücklauf.«

»Steht mir der schnelle Vorlauf mittlerweile offen?«

Cutler 2 nickte. »Ich... besser gesagt, mein zweites Ich, das von General Electric, hat den Cutler-Effekt zur Aufrechterhaltung von Molekülen perfektionieren können, kurz bevor der Hacker seine Arbeit begann.«

»Dann gibt es einen Zusammenhang?«

»Es gibt einen Zusammenhang, wie Sie auf dem Band sehen werden. Wir würden Sie gern in unser Team bei Gulf + Eastern aufnehmen, heiliger Timotheus.«

Ich bestellte eine Flasche ägyptisches Bier. Der Barmann musterte das Hologramm neben mir mit mäßigem Interesse. Ich nahm einen langen Zug und rülpste, wie ich gestehen muß. »Dr. Cutler, ich...«

Ich starrte in seine Augen, die ohne die Brille ganz anders waren als die großen runden Augen seines früheren Ichs. Mit Kontaktlinsen wirken sie ziemlich schmal. Vertraue ich ihm? Traue ich mich, ihm zu vertrauen? Er sieht aus wie ein netter alter Mann, aber er könnte der Hacker sein. Er sagt, er wäre ein neuer Mensch, aber kann man denn so einfach ein neuer Mensch werden? Vielleicht arbeitet er mit seinem jüngeren Ich zusammen, und sie ziehen den Streifen vom guten und bösen Cop ab, den wir tausendmal im Fernsehen gesehen haben.

»Ich bin Ihnen dankbar für dieses... äh, Angebot von Gulf + Eastern, aber Sie dürfen nicht vergessen, daß ich mich General Electric gegenüber moralisch verpflichtet fühle, *Golgatha live* für NBC zu moderieren. Ich habe Chet mein bischöfliches Wort gegeben.«

Cutler 2 nickte anerkennend. »Ich bewundere Ihre moralische Disziplin, heiliger Timotheus. Aber was wir uns für Sie vorstellen, ist etwas anderes, sozusagen *hinter* der Kamera. Sie werden Ihr Evangelium natürlich weiterschreiben und die NBC-Sendung moderieren, obgleich Sie keinen Penny von den Bruttoeinnahmen sehen werden. Aber Sie könnten sich verpflichtet fühlen, zu... revidieren, was Sie dort sehen, im Gegensatz zu dem, was war... oder sein wird.«

»Wie kann ich verändern, was war?«

»Auf die gleiche Art wie wir alle, oder es zumindest könnten, wenn wir den Cutler-Effekt meines relativ jungen Alter ego zur

Verfügung hätten. Du liebe Zeit!« Er seufzte. »Cynthia ist müde. Sie wird alt, das arme Ding. Und die Hockneys waren nicht versichert. Ich muß mich dünnemachen.« Er war schon beinahe durchsichtig.

»Mein nächster Besuch wird auf dem X-Kanal stattfinden, von meiner Wohnung in Paramus, New Jersey, aus. Ich habe die Nummer im Büro hinterlassen, für alle Fälle...«

Der bleiche Umriß einer Hand wies auf das Päckchen auf dem Tisch, dann war er weg. Niemand in der Kneipe hatte etwas mitgekriegt. Ich glaube, diese Bauerntrampel würden nicht mal das Ende der Welt zur Kenntnis nehmen. Doch gerade, als ich gehen wollte, glaubte ich, einen von ihnen sagen zu hören: »Das war ja mal ein echt nettes Hologramm, was?« Aber wie gesagt, ich kann mich auch verhört haben.

Der Videorecorder macht mir zu schaffen. Es sieht ganz einfach aus, aber irgendwas funktioniert nicht. Mittlerweile habe ich das Gefühl, ich muß mich beeilen. Ich habe meinen Bericht noch nicht beendet, und trotzdem wird er in der Zukunft schon kritisiert und wahrscheinlich sogar gelesen. Aber ganz gleich, was mit diesem Text alles schiefgehen kann, ich habe noch das sorgfältig versteckte Evangelium nach Markus, und das ist mehr als genug, um die heilige Geschichte wiederherzustellen, sollten zu viele Kiebitze meinen Text infiltrieren und entstellen. Es scheint, als würde ich jedesmal, wenn einer von ihnen bei mir auftaucht, irgendwelche völlig verrückten Sachen hinschreiben. Dabei bin ich ganz sicher, daß ich mich nicht an sie erinnere, und wenn ich es täte, würde ich nicht darüber schreiben – zum Beispiel, wie Priscilla mir einen abkaut oder Nero mich vergewaltigt.

Ich saß in Flavias Loggia mit Blick auf den schlammigen Tiber und die Boote, die von Sklaven am Ufer flußauf gezogen wurden, und fühlte mich tierisch wohl.

Flavia stand wie Priscilla auf junge Männer, und mein Wunsch war ihr Befehl. Der Heilige war am frühen Nachmittag vorbeigekommen, um mit mir zu plaudern, und hatte den Fels mitgebracht. Paulus hatte mehr unter seinem Rivalen zu leiden als umgekehrt. Nicht umsonst galt der Fels als gemäßigt zionistischer Hardliner.

Es war Sommer, immer Sommer, wenn ich an diese wunderbare, lärmende und stinkende Stadt denke – Rom. Wir tranken Wein, der mit Alpenschnee gekühlt und von Sklavenmädchen serviert wurde. Der Fels hatte auch sie bekehrt. Wir Männer lagen, während Flavia, ganz Dame bis hin zu den vergoldeten Fingerspitzen, auf einer elfenbeinernen Bank saß. Der Fels hatte ein Gerstenkorn am Auge und sah ziemlich komisch aus, doch die Witze des Heiligen über den Splitter im Auge des anderen trugen auch nicht dazu bei, den alten Petrus aufzuheitern.

»Wie geht der Prozeß voran?« Es war kein Geheimnis, daß Petrus hoffte, die Römer würden dem Heiligen wenn schon nicht sein Todesurteil präsentieren, so doch wenigstens die Leviten lesen.

»Wir sind in die Berufung gegangen. Ich habe die Akte bereits zum Palatin schicken lassen. Der Kaiser ist auf unserer Seite.« Der Heilige mußte ständig erwähnen, wen er alles kannte, aber so lief es nun mal auf der Überholspur der Hauptstadt des größten Reichs, das die Welt je gesehen hatte. Dummerweise mußte man sehr aufpassen, welche Namen man fallenließ, da Nero nach dem Attentatsversuch wahllos irgendwelche Stars der römischen Gesellschaft um die Ecke bringen ließ. Ansonsten ging alles so weiter wie gehabt: Der Kaiser veranstaltete seine Konzerte, Lesungen und die üblichen Tanztees. Einmal organisierte er sogar im Vestibül des Senatsgebäudes eine Ausstellung seiner durchaus ansprechenden Aquarelle, und die Leute, die sich solche Preise leisten konnten, rissen ihm die Dinger genauso schnell aus der Hand, wie er sie produzierte.

Petrus fummelte mit einem Seidentuch an seinem Auge herum. »Er kann Christen nicht ausstehen.«

»Jüdische jedenfalls.« Der Heilige war ungewöhnlich ruhig. »Aber er liebt die Theologie, und da kann uns so schnell keiner das Wasser reichen. Ich habe ihm meine Theorie der Dreifaltigkeit erklärt – oder sagen wir, über einen guten Freund des Kaisers erklären lassen. Ihr wißt schon, Gott Vater...«

»Blasphemie!« Der Fels war kein Trinitarier. Und ich war es lange Zeit auch nicht, aber jetzt glaube ich dran. Zwar werden wir es selbst nicht mehr erleben, daß die Kirche die Dreifaltigkeit anerkennt, doch eines Tages ist es soweit, das weiß ich aus dem Fernsehen. Ohne ein wahrlich vollkommenes Geheimnis wie dieser Eine und zugleich Dreieinige Gott macht alles schließlich überhaupt keinen Sinn – bis Jesus anno 2001 wiederkommt, was bisher noch keiner meiner Besucher berichten konnte, obwohl der alte Dr. Cutler am Beginn dieses schicksalschweren Jahres steht und ungeheuer beschäftigt ist, ja wirklich.

»Blasphemie ist ein Splitter, der im Auge des Betrachters steckt«, antwortete der Heilige gelassen. »Egal, jedenfalls behauptet der Freund des Kaisers, der Kaiser würde eingreifen, *falls* mit meiner Berufung etwas schiefgehen sollte. Das heißt natürlich Begnadigung.«

»Man hat dich der Rebellion gegen Rom überführt. Das gilt als Kapitalverbrechen.« Der Fels sah beinahe glücklich aus.

»Noch etwas Wein?« fragte Flavia listig. Sie hörte nie zu, wenn wir drei Heiligen uns unterhielten. Aber wie sollte sie auch wissen, daß sie die Anfänge einer großen Weltreligion miterlebte, die abging wie eine Rakete. Flavia interessierte sich für Ausdruckstanz und sonst nicht viel, außer für junge Männer. Am liebsten vernaschte sie die ganz jungen Küken. Zum Glück sah ich trotz meiner siebenundzwanzig erheblich jünger aus, als ich war, sonst hätte ich auf der Straße rumhängen und die *suburra* abklappern müssen.

»Das ursprüngliche Verbrechen – angebliche Verbrechen – war Widerstand gegen die Tempelbehörden, ein unbedeutendes Vergehen nach römischem Recht. Dummerweise hat Zenas meine erste Berufung vermasselt.« Der Heilige war in Rechtsangelegenheiten sehr pingelig. Er verstand den Buchstaben des Gesetzes so gut, daß ihm dessen bedrohliche Natur häufig entging. »Die Sache hätte gar nicht dümmer laufen können. Zenas waren die Berufungsformulare ausgegangen, also nahm er ein altes, wie sie unter Caligula für Verbrechen gegen den Kaiser benutzt wurden. Die Dinger sind mittlerweile abgeschafft, also glaubte er, es wäre nicht weiter schlimm, wenn er eins davon nähme, nur als Schreibpapier sozusagen, versteht ihr? Nun ja, daraufhin hat der Magistrat meine Berufung unter ›Hochverrat‹ abgelegt, und jetzt...«

»Haben sie dir ein Kapitalverbrechen angehängt.« Der Fels kicherte in sich hinein. »Aber was soll's? Alles Fleisch ist Gras...«

»Oh, Gott...«, stöhnte der Heilige. Wenn es etwas gibt, das ein Heiliger nicht ausstehen kann, dann die Moralpredigten eines Heiligenkollegen.

Aber der Fels war nicht zu bremsen: »... und all seine Güte ist wie eine Blume auf dem Felde...«

Flavia tippte auf die winzige kahle Stelle an meinem Hinterkopf, den Anfang vom Ende der Schönheit.

»Das Gras verdorrt, die Blume verwelkt.«

»Unkraut vergeht nicht, wie es so schön heißt«, schoß der Heilige dazwischen. »Ist das nicht selbst für dich ein bißchen banal, Petrus?«

»Meine Rede ist schlicht vor den Schlichten im Geiste. Ich bringe ihnen eine Vision des neuen Jerusalem...«

»Klingt aber mehr nach dem alten...« Je näher das Ende rückte, um so unnachsichtiger wurde der Heilige mit dem Fels und der zionistischen Clique. In jüngster Zeit hatten sie beim Kaiser nicht nur mehrere Aufträge auf Errichtung eines Mandatsgebiets in Palästina eingereicht, sondern auch überall in der Stadt Anti-Nero-Plakate aufgehängt. Das diente nicht gerade dazu, Herz und Gemüt eines Mannes zu gewinnen, der an fortgeschrittener Bleivergiftung litt.

»Breiten wir den Mantel der Barmherzigkeit über die Sündigen«, sagte der Fels und grinste überheblich. Er machte einen wirklich wahnsinnig.

Bevor der Heilige zurückschlagen konnte, standen plötzlich Priscilla und Glaukon in der Tür.

»Flavia, *chérie!*« Priscilla und Flavia umarmten sich.

»Hallo, Jungs«, sagte Glaukon. Der Erfolg hatte ihn nicht verändert. Er war immer noch auf der Suche nach der perfekten Nummer und erklärte derweil in seinen Satyrspielen den Kosmos. Deshalb hielt Nero auch bis zum Schluß große Stücke auf ihn, und der nahm uns bei Hof in Schutz, nachdem Petronius den Löffel zertrümmert und dann sein Blut vergossen hatte. Damit das klar ist: Im Gegensatz zu seinem Ruf war Nero überhaupt nicht antichristlich. Er war – wie alle anderen römischen Kaiser auch – anti-zionistisch. Doch wenn's hart auf hart ging, teilte er an Juden und Christen gleichermaßen aus.

Priscilla hatte Oberwasser. Kann man alles in ihrem Tagebuch nachlesen, der alexandrinischen Ausgabe. »Wir haben ein Engagement am Marcellus-Theater. Glaukons *Medea*. Mit mir in der Hauptrolle! Mein *coer* war *jamais* so voller *joie avant!*« Mit diesen Worten schwebte sie durch die Loggia und nahm diverse künstlerische Posen ein.

Leider war sie an diesem Punkt ihrer Karriere – dem Scheitelpunkt, um es freundlich auszudrücken – kein hübscher Anblick mehr. Das kleine schelmische Katzenkinn war in den vielen Falten des sehnigen Halses untergegangen, und das schwarze Zahnfleisch glänzte wie Onyx, wenn sie sprach. Flavia mochte sie zwar gern, aber Flavia war, wie man in der römischen Gesellschaft sagt, *eine alte Währung*.

»Das Stück ist nicht schlecht«, räumte Glaukon ein, als der Heilige Näheres wissen wollte. Paulus war ein Theaterfan, trotz seiner ständigen Tiraden gegen alle darstellenden Künste – bis auf Jonglieren und Steppen. »Es wird bestimmt einigen Erfolg haben...«

»Die Premiere ist bereits ausverkauft. Es gibt nicht mal mehr Stehplätze, egal, wieviel Schmiergeld man zahlt.« Priscilla, die reine Künstlerin, die nur für die Kunst lebte, war Miss Showbiz in Person. »Rom wird nie wieder eine Medea wie meine erleben – wie unsere!« Ergriffen fiel sie Glaukon um den Hals.

Leider sollte Rom Glaukons *Medea* mit Priscilla in der Titelrolle überhaupt nicht erleben.

Der Heilige sagte: »Hier riecht es nach Rauch. Irgendwo brennt's.«

»Noch etwas Wein«, sagte Flavia listig.

Was da brannte, war Rom. Man hat jede Menge Erklärungen gefunden, wie es passiert ist, wobei ich der Meinung bin, daß die Stadt förmlich dazu verdammt war, eines Tages in Rauch aufzugehen. Dank unzureichender Bauvorschriften, skrupelloser Handwerker und Bauunternehmer, ganz zu schweigen von den gewissenlosen Slumvermietern – Petronius besaß einen Großteil der *suburra* –, war die Stadt ein einziger Wirrwarr von fauligem Holz und bröckelndem Stuck und hin und wieder einem Marmorgebäude aus den großen Tagen des Augustus, das die letzten hundert Jahre irgendwie überlebt hatte.

Weder die Zionisten noch die Christen hatten das Feuer gelegt, und soweit ich aus höchsten Kreisen weiß, hat Nero es nicht nur nicht gelegt, sondern ist dabei auch finanziell ganz schön baden gegangen, denn er hatte gerade erst die drei größten Versicherungsgesellschaften der Stadt aufgekauft. Letztlich machte er sich das Feuer – »das läuternde Feuer«, wie er zu sagen pflegte – trotzdem zunutze und fing sofort an, zwischen Palatin und Esquilin einen Palast zu bauen, ein sogenanntes »goldenes Haus«.

Es stand auf einem mehrere hundert Morgen umfassenden Gelände, wo sich früher ein ganzes Geschäfts- und Wohnviertel erstreckt hatte. Nero war noch mit den Plänen für die Gartenanlagen unweit eines künstlichen Sees beschäftigt, die er gleich neben der berühmten großen Statue zu seinen Ehren hatte anlegen lassen, als es zu einer *erfolgreichen* Palastrevolte gegen ihn kam. Er mußte Fersengeld geben, und als das Spiel verloren war, beging er irgendwo am Straßenrand Selbstmord. Alles in allem war Nero, soweit man das von einem römischen Kaiser behaupten kann, nicht nur ein Spaßvogel, sondern auch ein engagierter und gebildeter Anhänger alles Griechischen.

Der Fels und der Heilige gingen den Fahndern bei der anschließenden Razzia gegen stadtbekannte Subversive ins Netz. Dem Fels warf man vor, den Brandanschlag ausgetüftelt und vorbereitet zu haben. Der Heilige wiederum konnte alle Hoffnungen begraben, seine Berufung auf korrektem Briefpapier durchzuboxen. So wurden beide verurteilt und pflichtgemäß hingerichtet. Am selben Tag, sagen wir immer, aber ich glaube, der Heilige war der erste, der bei den Drei Brunnen, einem öden Vorort an der Straße nach Ostia, in den Himmel einging. Ziemlich kopflos, wie es scheint.

Meine letzte Begegnung mit dem Heiligen war bitter. Immerhin waren wir über fünfzehn Jahre lang mehr oder weniger Bettgenossen gewesen (früher mehr als später, wie ich zum Glück berichten kann). Seine Briefe an mich bilden das Fundament dessen, was er als erster »Christentum« nannte, und damit setzte er sich nicht nur von den Juden ab, sondern auch vom jüdischen Jesus-Kader in Jerusalem. Wir wußten beide, selbst ohne die Kiebitze, die mich heute umflattern wie Aasgeier, daß wir historische Figuren waren und womöglich einzigartig in der Religionsgeschichte, weil es uns – besser gesagt, dem Heiligen – gelungen ist, aus wenig viel zu machen. Die Jesus-Story an sich war ziemlich dürftig, bis der Heilige sich die Nummer mit der Erleuchtung-an-der-Straße-nach-Damaskus ausdachte und dann die übrige Geschichte zusammenzimmerte, eine Geschichte, die heute rasend schnell auseinanderfällt, je näher das Jahr 2001 rückt und Jesus – oder wer? – wiederkommt, um ein atomares Gericht zu entfesseln.

Man hatte den Heiligen in eine Zelle gesperrt, die in den großen Felsen geschlagen worden war, auf dem sich das Stadtarchiv befand. Obendrein hatte man ihn an die Wand gekettet. Er war deprimiert, aber wer wäre das in seiner Lage nicht gewesen?

»Nun Timmy, das ist das Ende«, sagte er. Ich umarmte ihn. Er brauchte dringend ein Bad, und sein Bart reichte ihm fast bis zum Nabel.

»Und der Anfang der himmlischen Herrlichkeit«, sagte ich in dem Versuch, ihn zu trösten.

»Der Anfang des unausweichlichen Martyriums«, seufzte der Heilige. »Natürlich war das immer drin, denn irgendwann kommt jeder Tag, sogar der letzte. Versuch meine Unterlagen aus dem Magistratsbüro zu holen. Die heilige Rolodex hast du hoffentlich...«

»Die ist absolut sicher. In Flavias Privatkasino.«

»Gut gemacht. Vergiß nicht, wie wichtig die Nachfaßbriefe sind. Wie geht's dem Fels?«

»Er ist ebenfalls zum Tode verurteilt.«

»Kein großer Verlust. Ich hoffe nur, daß er nicht am selben Tag gemartert wird wie ich, denn dann muß ich bis zum Jüngsten Gericht meinen Namenstag mit ihm teilen.« Der Heilige rasselte träge mit der Kette, die an seinem Knöchel befestigt war. Er konnte sich damit etwa zwei Meter von der Wand weg bewegen, aber länger war seine Zelle, das heißt, Höhle, auch nicht. Wasser tropfte von den Wänden. In einer Ecke saßen ein paar Ratten und starrten uns an. Beinahe wie Kiebitze, fand ich – mit diesem eifrigen, überkonzentrierten Blick, den ich von Mary Baker Eddy her kenne.

»Ich werde dich natürlich im Traum besuchen. So wie damals, 96 nach Christus, wenn meine Erinnerung an die Zukunft mich nicht trügt, als ich dich überredet habe, mit dem Evangelium anzufangen.«

»Dann wirst du also gar nicht richtig tot sein?«

»Du hast doch gehört, was Mary Baker Eddy aus Boston, Spanien, damals in Philippi gesagt hat: Der Tod ist nur eine Einbildung.« Selbst am Ende konnte der Heilige noch Witze reißen. Dann rasselte er nachdenklich mit seiner Kette, und die Ratten schoben ab.

»Nein, ich *bin* bereits tot, und du wirst es bald ebenfalls sein: nächstes Jahr auf deinem Band. Doch während du dich jetzt beim Schreiben an mich erinnerst, ist alles, was du für deine Erinnerungen an Rom hältst, in Wirklichkeit etwas ganz anderes. Das Gedächtnis läßt sich so einfach manipulieren, nicht nur vom Fürsten der Welt und anderen Dämonen, sondern beispielsweise auch durch ständige Berieselung mit CNN. Du wirst jeden Augenblick unmerklich beeinflußt, aber nicht nur du veränderst dich, sondern ich mich auch, sogar so weit, daß ich eine Erfindung von dir bin. Ich, der heilige Paulus auf diesem Band und bald der einzige heilige Paulus auf der Welt.«

Ich zittere, während ich diese Zeilen schreibe. Wer bin ich? Wer war er? Ich konzentriere mich intensiv auf die Zelle. Ich *sehe* sie förmlich vor mir. Sollte diese lebendige Erinnerung wirklich künstlich in das wache Bewußtsein eines Mannes eingeschleust worden sein, der im Frühling 96 – oder ist es 97? – nach Christus in Thessaloniki lebt? Ich *sehe* den Heiligen auf dem Papyrus. Ich blicke auf. Und ich sehe den Heiligen in meinem Arbeitszimmer, direkt neben dem Sony.

»Nein, Timmy. Ich bin nicht über den Z-Kanal gekommen. Eine Gruppe von Technikern bei Gulf + Eastern hat mich zu dir übertragen. Vergiß, was ich dir am Vorabend meines Martyriums in der Zelle gesagt habe. Die Story mit der Vision auf der

Straße nach Damaskus war reine Erfindung. Ich *dachte* nur, ich hätte dort einen Fettsack gesehen, ein Hologramm, wie ich jetzt selbst eines bin. Aber das war ein ganz anderes Programm. Jesus ist nämlich gar nicht am Kreuz gestorben, das heißt, er ist auch nie auferstanden, und das wiederum bedeutet, unser Evangelium war von A bis Z eine Ente. Dabei war der ursprüngliche Jesus auch der richtige Messias, zumindest hielt er sich dafür, nur war er ziemlich hager, und der Zeitrahmen ab...«

Ich ziele mit der Fernbedienung auf die Vision und drücke auf Suchlauf. Weg ist er. Ich schwitze, und mein Herz klopft wie verrückt. Könnte sein, daß ich sterbe – dabei weiß ich, daß ich erst nächstes Jahr beim Katagogia, einem Fest zu Ehren des Heidengottes Dionysos, von einem wütenden Mob umgebracht werden soll. Was ich gerade gesehen habe, war eine Erscheinung aus dem Labor von Gulf + Eastern – dem Sitz des Fürsten der Welt, dem Beelzebub, dem Herrn der Fliegen, unserem Satan in Person. Es kann nicht anders sein.

Ich kehre in die Zelle zurück. Der Heilige umarmt mich noch einmal. »Ich bin stolz auf dich. Sehr sehr stolz. Ich weiß nicht, was Gulf + Eastern im Schilde führt – und du hast ganz recht: alles, was sie tun, ist Teufelswerk –, aber ich soll in deinem Evangelium vollkommen umgemodelt und das Christentum völlig demoliert werden, denn ohne Kreuzigung und Auferstehung gibt es – und gab es – zweitausend Jahre keine Religion. Deshalb mußt du das Kreuz auf dich nehmen und es triumphierend ins dritte Jahrtausend und geradewegs zum Jüngsten Gericht schleppen. Halleluja! Aber jetzt versuche, Chet an die Strippe zu kriegen. Ihm kannst du vertrauen. Er soll dir erklären, wie man den Videorecorder benutzt.«

Das waren die letzten Worte des Heiligen an mich. Dann forderte der Gefängniswärter mich auf zu gehen. Bei der Exekution des Heiligen war ich nicht, weil Flavia darauf bestand, daß ich die Renovierungsarbeiten an ihrer Loggia beaufsichtigte – glücklicherweise der einzige Teil ihrer Luxusvilla auf dem Aventin, der im großen Feuer was abgekriegt hatte.

17

Ich erwischte Chet gleich beim ersten Versuch und erzählte ihm, was passiert war. Wenige Minuten später saß er im Zug. »Cutler 1 hat gerade einen Antrag auf Versetzung in den Vorruhestand gestellt.«

Ich wußte, was das hieß. »Er wird zu Gulf + Eastern wechseln.«

»Das nehme ich an. Und ich glaubte, er würde GE bis zum Ende treu bleiben...«

»Vielleicht sind wir schon am Ende, oder sogar ein bißchen darüber hinaus«, sagte ich.

»Sie haben gesagt, der ältere Dr. Cutler hätte Ihnen eine Kassette gegeben...«

Ich zeigte Chet die Kassette und den Videorecorder. Ich selbst habe zwei linke Hände, er dagegen verfügt über eine bewundernswerte Fingerfertigkeit. In Nullkommanichts sprang die Maschine an, und auf dem Bildschirm erschien das GE-Logo. Chet sah es mit Empörung. »Cutler 1 hat diese Kassette vor einiger Zeit in unserem Labor bespielt und dazu ein nicht autorisiertes Band benutzt. Mal sehen, was die Rechtsabteilung dazu meint.«

Vom technischen Standpunkt aus war der Film hervorragend. Es fing an mit einer Totalen von einem nächtlichen Wald. Der Vollmond warf silberne Schatten über den Boden. Dann erschien ein Text über der Szene: »Gethsemane unweit des Ölbergs, etwa zwei Wochen vor Ostersonntag im Jahre 33 nach Christus.«

»Ich hasse solche Einblendungen.« Chet war plötzlich ganz

professionell. »Man muß sich anhand der Handlung orientieren können.«

»Finde ich nicht. Ich habe inzwischen jede Menge ferngesehen, und ich glaube, daß dem Zuschauer die Angabe von Datum, Zeit und Ort hilft, sich auf eine neue Szenerie einzustellen, ganz zu schweigen vom Inhalt. Das ist wirklich Gethsemane, was?«

Chet zuckte mit den Achseln. »*Quién sabe?*« sagte er. »Wahrscheinlich hätten sie auch irgendwo anders hinfahren können, um das zu drehen, aber wenn Cutler recht hatte, muß unser Mann – immerhin war er das bis gestern – mit Hilfe des Cutler-Effekts imstande gewesen sein, damals zu filmen... Und wer ist das?«

Auf dem Bildschirm erschien in halbnaher Einstellung ein Mann, der am Boden lag, das Gesicht in den Händen vergraben. Wir hörten ihn ganz deutlich sagen: »Laß diesen Kelch an mir vorübergehen.«

Ich erstarrte vor Ehrfurcht. »Das ist Jesus. In der Nacht seiner Gefangennahme.«

»Woher wissen wir das? Wir können sein Gesicht nicht sehen. Cutler mag ein Genie sein mit seiner Kamera, aber er hat keine Ahnung, wie man mit Schauspielern umgeht, ganz zu schweigen von einem Drehbuch. Den Star muß man gleich zu Anfang in Nahaufnahme bringen.«

»Vielleicht konnte er keine Nahaufnahme drehen, denn wenn das die echte Szene ist, dann ist es Nacht. Außerdem kann es manchmal spannender sein, wenn man den Star so wie hier aufnimmt, mit dem Rücken zur Kamera, und dann dreht er sich langsam um, und man zoomt an ihn ran«, wandte ich ein.

Chet mußte widerstrebend zugeben, daß ich recht hatte. Immerhin war er auf der USC-Filmakademie gewesen. »Jedenfalls werden wir das nächstes Jahr in 3-D haben, das ist dann für den Zuschauer so, als wäre er mittendrin, so wie ich jetzt hier in Thessaloniki.«

Chet sah wieder zum Bildschirm und zog die Augenbrauen hoch. »Vom Schnitt halte ich allerdings gar nichts. Es ist nicht besonders unterhaltsam, die ganze Zeit nur auf einen Rücken zu starren, während Jesus zu seinem Vater betet, der...«

»...du bist im Himmel«, ergänzte ich mechanisch.

Dann ging es richtig los. Ein Dutzend römische Soldaten mit gezogenen Schwertern tauchen im Wäldchen auf, angeführt von einem hochgewachsenen Mann, dessen Gesicht unter einem Umhang verborgen ist. Schnitt und Szenenwechsel: Man sieht den jungen Fels und eine Reihe von Jüngern hinter einer zerstörten Olivenpresse kauern. Drumherum Kakteen, ein Hinweis darauf, daß das Ganze in Arizona gedreht worden sein *könnte*, aber ich bin absolut sicher, die Sache ist echt. Der Jünger Judas führt die Römer zu Jesus, damit sie ihn festnehmen. Jesus hatte schon prophezeit, daß er – vielmehr ein ungenannter Jünger – genau das tun würde. Bis hierher stimmt die Geschichte mit Markus überein.

Die Kamera schwenkt wieder zu Petrus und den anderen. Als sie merken, was da vorgeht, machen sie sich aus dem Staub. Die Kamera fährt zurück auf den verhüllten Judas und die Römer. Dann folgt eine Nahaufnahme von einem mysteriösen schwarzen Obelisken unweit des am Boden liegenden Jesus. Eine Tür darin geht auf, und im fahlen Schein des Mondes erkennt man Cutler 1. Er lächelt.

»Dieser Schweinehund«, flüsterte Chet. »Alles während der Arbeitszeit bei GE.«

»Ich glaube, er wird bei Gulf + Eastern seine Erleuchtung haben.«

Plötzlich löst sich Jesus aus seiner Erstarrung. Er hat die Römer gehört. Langsam steht er auf, den Rücken noch immer zur Kamera.

Judas läßt seinen Umhang fallen und zeigt mit dem Finger auf Jesus. »Dieser da ist es...«

Im selben Moment läuft Jesus auf Judas zu und küßt ihn voll auf den Mund. »Endlich bist du da, Meister! Du bist Jesus, der König der Juden, und dein Himmelreich ist nahe.«

Judas steht völlig verdattert da, während Jesus sich wütend den Römern zuwendet. »Auf die Knie, ihr unbeschnittenen nichtjüdischen Hunde! *Das* ist der Messias, der gekommen ist, um die Welt zu richten.«

Judas hyperventiliert so heftig, daß er keinen Ton mehr rausbringt. Offenbar geht der berühmte Verrat nach hinten los. Dann dreht sich der römische Hauptmann zu Judas um: »Was bist du für ein falscher Hund! Schleifst uns mitten in der Nacht hier raus und bist selbst der Mistkerl, den wir verhaften sollen.«

Jesus hebt die Hand. »Ein bißchen mehr Respekt, wenn ich bitten darf, Zenturio. Er ist unser aller König, egal, ob wir Juden oder Gojim sind.«

»Das kannst du dem Statthalter erzählen.« Der Zenturio ergreift Jesus am Arm. »Du kommst auch mit.«

»Tut mir leid, aber ich hab noch was vor.« Jesus schüttelt den Arm des Zenturios ab. »Ich muß mich um die Geschäfte meines Vaters kümmern.« Jesus deutet auf Cutler 1. »Er handelt mit Feigen und Datteln en gros.«

Bevor die Römer Jesus aufhalten können, ist er schon bei dem schwarzen Obelisken und dem lächelnden Cutler. Völlig überrumpelt von der unglaublichen Entwicklung vor ihren Augen, stehen die Römer wie angewurzelt da. Außerdem könnten sie mit dem unglaublich fetten Judas am Hals, der vor Schreck in Ohnmacht gefallen ist, sowieso nichts machen.

Plötzlich schiebt sich der Mond hinter einer Wolke hervor. Für den Bruchteil einer Sekunde ist das Gesicht des Heilands im Mondschein deutlich sichtbar.

»Jessas!« rief Chet.

»Nein«, sagte ich, ebenso verblüfft wie er, aber vielleicht ein wenig präziser: »Marvin Wasserstein.«

Chet und ich saßen schweigend da, während der Nachspann über den Bildschirm flimmerte. Cutler 1 war als Produzent und Regisseur aufgeführt. Er erschien auch als Autor, obwohl es kein Drehbuch gab, nur improvisierte Dialoge. Aber das ist typisch für die Filmemacher von heute, sie versuchen immer, soviel Credits wie nur möglich einzustreichen. Ganz am Ende des Films wurde dann noch ein Dank an die römische Verwaltung von Palästina eingeblendet, für deren freundliche Unterstützung. Völliger Quatsch, immerhin hatte sich der Filmproduzent illegal mit dem Mann davongemacht, den die Römer für Judas gehalten hatten und der obendrein entscheidender Augenzeuge in der bevorstehenden Gerichtsverhandlung gegen den war, den *sie* für Jesus halten werden, der aber in Wirklichkeit Judas ist.

»Tja«, sagte Chet und schaltete auf den Z-Kanal um. Wir sahen das Innere seines Büros, wo seine Sekretärin, ein sehr hübsches Mädchen, die Arme kreisen ließ, um ihren Busen zu vergrößern.

»Da haben wir ein Problem am Hals«, sagte ich.

»Kein Problem, sondern eine Katastrophe«, meinte Chet.

»Wie und wann haben Sie Marvin Wasserstein kennengelernt?«

»Vor einem Monat. Schwer zu fassen, der Bursche. Wir haben uns kurz getroffen, bei Cutler im Büro. Ich glaube, er ist ziemlich beschlagen. Computerfreak. Abschluß am City College. Hat einen Doktor vom MIT...«

»Halt!« Ich entdeckte Anzeichen für einen Fall von Whitecollar-Kriminalität. »Es ist doch wohl klar, daß sich Jesus in Ihrem Zeitrahmen als Marvin Wasserstein ausgibt. Seine Unterlagen sind von Cutler 1 gefälscht, um ihn zu einem glaubwürdigen Bürger der Vereinigten Staaten im letzten Jahrzehnt des zweiten Jahrtausends und darüber hinaus zu einem Angestellten von General Electric *mit Unbedenklichkeitsbescheinigung des Pentagon* zu machen. Laut *L. A. Law* und anderen Serien, in denen es um Recht und Gesetz geht, ist es strafbar, sich für jemand anders auszugeben und seinen Lebenslauf zu fälschen.«

Chet nickte. »Sie sind auf der richtigen Spur, einer heißen Spur«, sagte er. »Außerdem wäre damit bereits ein Rätsel gelöst: Warum Marvin kein Hologramm ist, sondern ein echter Mensch, wenn er hier, in seiner Heimatzeit, auftaucht.«

»Das war sie vielleicht mal. Immerhin ist es über sechzig Jahre her, daß er gekreuzigt wurde.«

»*Wenn* er gekreuzigt wurde.« Chets Stimme zitterte. Ich muß sagen, auch mir lief ein Schauer über den Rücken. Basierte unsere Religion etwa auf einem Riesenschwindel?

»Wenn *er* nicht gekreuzigt worden ist, wer dann?« Doch während ich noch sprach, war es mir schon klar: Judas, den fetten Judas hatten die Römer gekreuzigt, denn sie glaubten, er wäre Jesus. Der aber war, dank Cutler 1, vom Garten Gethsemane mit einem von A bis Z erfundenen Lebenslauf als Computerexperte zu General Electric geschleust worden. Mir schwirrte der Kopf, so dreist war das Ganze.

Auch Chet hatte es erfaßt und sagte barsch: »Für das Christentum spielt es keine große Rolle, wer am Kreuz gestorben ist, Hauptsache, alle Welt *glaubt*, es war Jesus. Und das tut sie und hat sie auch damals offensichtlich getan.«

Plötzlich sah ich im Geiste den verschlagenen Gesichtsausdruck von Jakobus vor mir. Natürlich war ihm und der ganzen Clique in Jerusalem klar gewesen, daß nicht der wahre Jesus am Kreuz gelandet war, doch sie hatten trotzdem mitgespielt. Wahrscheinlich hatten sie ihre Gründe dafür, aber ich fresse einen Besen, wenn es nicht auch um die Auferstehung ging, die Spezialität des Heiligen und das Fundament des Christentums.

»Meine Frage ist nicht, wer am Kreuz gestorben, sondern wer am dritten Tag von den Toten auferstanden ist.«

Chet nickte. »Wenn es Judas war, dann ist er der Sohn Gottes und so weiter.«

»Das ist Blasphemie. Aber es erklärt auch, warum der Heilige, als er seine Vision hatte und glaubte, Jesus vor sich zu haben, statt dessen den Fettsack Judas sah, denn der ist immerhin zweitausend Jahre lang für Marvin – ich meine, den echten Jesus – eingesprungen. Zumindest auf diesem Band.«

Als Mormone interessierte sich Chet nicht für theologische Spitzfindigkeiten. »Egal, wer da oben hing, NBC wird die Story die höchsten Einschaltquoten in der Geschichte des Fernsehens bringen.« Obwohl ein loyaler GE-Mann, schien Chet nicht gerade begeistert bei dem Gedanken an die hohen Nielsen-Wertungen bei der Erhebung im November. Vielleicht ist was dran an der Story, daß GE versucht, NBC abzustoßen. Das Abschneiden des Senders ist gegenwärtig nicht dazu angetan, das Heer der Durchschnittsaktionäre zu erfreuen, denn die interessieren sich weniger für die Tauben auf dem Dach als für die tatsächlichen Ergebnisse.

Chet wandte sich wieder dem Z-Kanal zu. »Ich werde eine Sitzung mit Wasserstein und Cutler 1 abhalten. Ich muß der Sache auf den Grund gehen, und zwar *vor* der Sendung.«

»Wenn Marvin wirklich Jesus ist, wie konnte er dann so ein genialer Computerfachmann werden?«

»Genauso wie er Messias wurde. Wenn man den Dreh raushat, ist es ganz einfach.« Chet runzelte die Stirn. »Aber wer weiß, was er in Cutlers Labor tatsächlich getrieben hat?« Kein Wunder, daß Chet ziemlich verbittert war, als er nach Westport aufbrach.

Ich habe das Evangelium nach Markus gerade in der Besenkammer versteckt. Jetzt muß ich mich sputen, um mit meinem eigenen fertig zu werden. Es wird ein ganz neues Licht auf die Mission des heiligen Paulus werfen. Ich bin versucht, den Z-Kanal auszuprobieren, um zu sehen, was genau passiert, wenn das große Ereignis übertragen wird. Aber als Moderator kann ich natürlich nicht gleichzeitig auf Sendung und im Publikum sein.

Nach der Übertragung nehme ich vielleicht mal den Schnellvorlauf und sehe mir die Folgen an – von was? Sollen wir den Zuschauern verraten, daß Jesus sich abgesetzt hat und an seiner Stelle Judas gekreuzigt wurde? Ich glaube, das könnte nur eine General-Electric-Sitzung auf allerhöchster Ebene klären.

18

Cutler 2 besuchte mich erneut in der Bar gegenüber vom Neuen Stern. Fleisch und Blut. »Mein erster Inkarnationstrip, könnte man sagen.« Er sog die Luft ein und würgte. »Und das erste Mal, daß ich die Antike tatsächlich *riechen* kann.«

»Wir merken das nicht mehr, außer vielleicht im Sommer, nach den Hinrichtungen unter freiem Himmel, wenn die Leichen aufgehängt werden. *Das* kann allerdings übel sein...«

»Ich glaube, es ist die Fischsauce, das ist das Schlimmste.«

»Man gewöhnt sich dran, genau wie an Oliven. Ich habe das Video gesehen.«

»Dann kennen Sie jetzt ja unser Problem. Mein jüngeres Ich, ein fanatischer Zionist und orthodoxer Jude, hat Jesus aus seiner Zeit in unsere geschmuggelt, wo er sich unter dem Namen Marvin Wasserstein zum genialen Computerspezialisten gemausert hat.«

Ich hatte keine Lust, lange um den heißen Brei herumzureden. »Warum haben Sie GE verlassen?«

»Weil ich ein besseres Angebot hatte, ist doch klar. Gulf + Eastern ist ein internationaler Konzern unter Leitung eines japanischen Kartells, mit Ablegern in jedem Land der Erde. Außerdem sind sie auf sämtliche Forderungen für meine Laboreinrichtung eingegangen.«

Hörte sich plausibel an. »Aber seit Sie GE verlassen haben, wie ist da Ihre Beziehung zu Marvin?«

»Anders als vorher, ist doch klar. Er hat beschlossen, spirituell, wenn auch womöglich nur vorübergehend, bei meinem jüngeren Ich zu bleiben, das ihm sicherlich nähersteht. Ich habe einen Sinneswandel durchgemacht.« Cutler 2 nahm einen Schluck mazedonischen Wein und fuhr sich mit der Hand an die Kehle. »Das hat mir gerade noch gefehlt«, japste er hustend, »Lebensmittelvergiftung in der Antike.«

»Das ist eigentlich ein sehr guter Wein und immer schon per Subskription ausverkauft, wie sie es auch im Fernsehen machen. Sie sollten sich lieber vor einer Bleivergiftung in acht nehmen. Meine Frau kocht nur mit Bronze.« Ich fixierte ihn mit meinem stechenden Bischofsblick. »Sinneswandel sind äußerst selten, wissen Sie. Ich spreche als Bischof und Heiliger in spe. Die einzige Wandlung, die ich guten Gewissens bestätigen kann, ist die des heiligen Paulus, als er auf der Straße nach Damaskus seine Jesus-Vision hatte und daraufhin den Mossad und die zionistische Sache aufgab.«

»Seiner Beschreibung nach war es der übergewichtige Judas, den er gesehen hat.«

»Dann ist eben Judas aus praktischen Gründen Jesus, denn er war derjenige, der gekreuzigt wurde und wiederauferstanden ist.«

Cutler 2 lächelte. Seine Augen verwandelten sich dabei in zwei schmale Schlitze zu beiden Seiten seiner Knopfnase. »Mein früheres Ich hat den Cutler-Effekt perfektioniert und Jesus mit heiler Haut zu GE geschleust. Eine Folge davon ist, daß die Zeitkanalspringer jetzt ausschließlich Judas, den Übergewichtigen, zu sehen kriegen. Aber das kann sich schnell ändern.«

Der drohende Unterton war mir nicht entgangen. »Wie denn?«

»Wir könnten zum Beispiel Jesus statt Judas ans Kreuz schlagen und damit das Teufelswerk meines früheren Ichs zunichte machen.«

»Wäre Marvin denn bereit, sich ans Kreuz schlagen zu lassen?«

Cutler 2 kicherte. »Das halte ich für ziemlich ausgeschlossen. Da Marvin aber vorhat, sich trotz seines vollen Terminkalenders für den Besuch des GE-Teams auf Golgatha ein paar Tage freizunehmen, könnte ihn doch theoretisch einer ... na ja, aufs Kreuz legen, oder nicht? Ich bin überzeugt, wenn sie ihn hinrichten, tun die Römer nur ihre historische Pflicht, und der wahre Jesus würde zu seiner rechtmäßigen Belohnung in den Himmel auffahren und im Jahr 2001 mit einem phantastischen Jüngsten Gericht wiederkehren. Davon läßt Marvin sich jedenfalls nicht abbringen.«

Der Wirt stellte uns Brot und ein paar getrocknete Fische auf den Tisch. Cutler 2 hielt sich ein Taschentuch vor die Nase, bis ich den Fisch verputzt hatte. Er war köstlich. Ich frage mich, wie mir die Sachen aus dem Fernsehland schmecken würden. Vielleicht ist es im großen und ganzen doch keine gute Idee, leibhaftig zu reisen. Immerhin könnte Cutler 2 von unserem Essen unheilbar krank werden und Marvin Wasserstein mausetot am Kreuz enden. Alles in allem sind Hologramme sicherer und sauberer, vor allem, wenn sie als Götter- oder auch Teufelsboten fungieren sollen.

Auf der Straße vor der Bar stand das Hologramm von Cutler 1 im Schein des Vollmondes und sah unheimlich echt aus.

Die Wunderwerke der modernen Chirurgie verblüffen mich immer wieder aufs neue, auch wenn ich es wohl nie schaffen werde, die Augenklinik von Manhattan aufzusuchen, um mein Glaukom behandeln zu lassen. Aber das ist sowieso egal, denn auch im *Oxford Dictionary of Saints* steht, daß ich nächstes Jahr auf einem heidnischen Fest umgebracht werde. Chet hat mir dieses unentbehrliche Nachschlagewerk nur zögernd überlassen, weil »das Wissen um Ihren Tod Ihre Arbeit beeinträchtigen könnte«. Wie allerdings nicht anders zu erwarten, sind die Einträge über die Heiligen ziemlich schlampig zusammengestoppelt, und so könnte es vielleicht doch sein, daß ich erst während der Narkose in der Augenklinik von Manhattan aus dem Leben scheide.

Atalanta meint, ich sollte mir demnächst ein Jahr freinehmen. »Wir müßten wirklich mal wieder Alexander in Ägypten besuchen.« Unser Sohn ist erfolgreich in der Textilbranche tätig und mit einer pontusinischen Frau verheiratet, die ganz das Gegenteil von Priscilla ist – zum Glück.

Ich frage mich häufig, was aus Priscilla geworden ist. Die letzte Ausgabe – oder Bearbeitung – ihres Tagebuchs kam vor mehr als zehn Jahren auf den Markt. Glaukon schreibt immer noch Stücke, gilt aber als leicht angestaubt oder »neronisch«. Mit diesem spöttischen Ausdruck bezeichnen aufgeweckte junge Leute heutzutage das, was für mich – abgesehen von der Religion natürlich – das Goldene Zeitalter Roms war. Und kein Mensch liest heute noch Petronius, mit Ausnahme seiner Erinnerungen an Nero. Kaum zu glauben, daß ein Schriftsteller, der einmal so bewundert und umschmeichelt wurde, derart spurlos von der Bildfläche verschwinden kann. Doch Moden kommen und gehen, und so wird er sicher eines Tages wieder zum Leben erweckt – vor dem Siebten Siegel, versteht sich.

Dank der modernen – kosmetischen? – Chirurgie sieht Cutler 2 seinem jüngeren Ich, das immer noch ein Hörgerät und dicke Brillengläser trägt, absolut nicht ähnlich. Cutler 1 war wie üblich nervös, und als Cutler 2 eine Zigarette anzündete und eine echte Rauchwolke ausstieß, sah Cutler 1 sofort, daß sein Alter ego in Fleisch und Blut gekommen war. »Du benutzt also meinen Cutler-Effekt.«

»Es ist auch meiner.« Der alte Cutler blieb freundlich. Dann drängte ein durchgegangener Ochsenkarren ihn und mich zurück in eine Arkade, wo in großen Töpfen Gemüse zum Verkauf auslag, wo Fliegen summten und Mazedonier rumlungerten, wie üblich – ein schlaffes Volk, außer im Krieg, bei der Sodomie oder beim Krocket.

Der Ochsenkarren preschte einfach durch Cutler 1 durch, zum Erstaunen des Fahrers, der ausnahmsweise die Augen aufgemacht hatte.

»Ein Geist!« rief er, aber niemand achtete darauf, denn dieser Schrei ist in Mazedonien, wo die Untoten allgegenwärtig und ziemlich lästig sind, nichts Besonderes. Fünfzig Prozent meines Amtes bestehen aus Exorzismen, während derer ich Geister ins Fegefeuer zurückscheuche – oder welches Auffanglager auch immer Jesus bis zu seiner Rückkehr vorgesehen hat.

»Warum benutzt du nicht unseren Effekt statt die arme Cynthia, mit der es gesundheitlich doch immer mehr bergab geht?« fragte Cutler 2.

»Zu meiner Zeit ist sie bei bester Gesundheit. Was hast du eigentlich mit meinen Augen gemacht?«

Cutler 2 hob die Brauen. Es sah ziemlich komisch aus. »Nichts. Ich benutze nur Kontaktlinsen.«

»Gefällt mir überhaupt nicht, wie du aussiehst. Wenn ich nicht wüßte, daß du ich bist, würde ich meinen, du bist ein Betrüger...«

»Wart's nur ab. Im Handumdrehen wirst auch du dich einer Augenoperation unterziehen, und dann bist du genau wie ich, und ich bin... ja, was denn?« Cutler 2 wirkte leicht verwirrt.

»Ihr zwei werdet einer, nicht wahr?« Ich war irgendwie neugierig, wie das rein physikalisch gehen sollte, im Gegensatz zu metaphysisch, was ganz einfach ist: Einer ist zwei in zwei Zeiten, und beide sind eins in einer Zeit.

»Nein.« Cutler 1 klang bitter. »Um eine bestimmte Zeitspanne, um eine Woche in der Geschichte wird er mir immer voraus sein, und ich muß ihm hinterherhinken.« Er wandte sich an Cutler 2, der eine Handvoll extra feiner Linsen untersuchte. »Du weißt, was 2001 passiert, und ich nicht.«

Mir kam ein Gedanke. »Warum benutzen Sie nicht den Schnellvorlauf und tun sich mit Ihrem späteren Ich zusammen?«

»Der Cutler-Effekt kann Sie nicht über die biologische Zeit hinaustransportieren, in der Sie sich gerade befinden, er bringt Sie nur dahin, wo Sie schon waren, oder bevor Sie waren – als Tourist natürlich.«

Unter dem mißtrauischen Auge der Verkäuferin, einer alten Hexe vom Land, inspizierte Cutler 2 eine Wanne voller Kichererbsen. »Im übrigen ...«, er war wirklich äußerst selbstbewußt, was Cutler 1 zur Weißglut brachte, »... selbst wenn mein früheres Ich den Schnellvorlauf benutzen könnte, und das ist physikalisch unmöglich, von metaphysisch ganz zu schweigen, würde es aufhören, es selbst zu sein und ich werden.« Cutler 2 blinzelte Cutler 1 zu. »Ich kann mir nicht vorstellen, daß dir das gefällt, aber genauso wird es kommen.«

»Was du oder ich sein werden, hängt jetzt ganz davon ab, was auf Golgatha passiert.« Damit wandte er sich wieder mir zu. »Könnten Sie uns in die Besenkammer der Kathedrale führen?«

Cutler 2 zwinkerte mir zu. »Wenn er wüßte, was ich weiß ...«

Cutler 1 wurde immer wütender. »Wenn ich es wüßte, gäbe es dich gar nicht.«

»Eiferer«, sagte Cutler 2 sehr treffend.

Um diese Zeit war die Basilika menschenleer. Ich brachte die beiden Cutlers, die in Wirklichkeit ein und derselbe sind, genau wie unser dreifaltiger Gott, zur Besenkammer, die voller Staub und Spinnweben ist. Der Sakristan hat inzwischen aufgegeben, so zu tun, als hielte er die Kathedrale sauber, und ich muß Atalanta daran erinnern, uns einen anständigen Reinigungsservice zu besorgen.

Cutler 2 öffnete einen kleinen Schrank hinter meinem Ersatz-Bischofsthron, einem Geschenk von Flavia, die Atalanta und mich kurz vor ihrem Tod noch einmal besucht hat. Zu meiner Überraschung waren die beiden sofort ein Herz und eine Seele gewesen, aber versteh einer die Frauen, wie Caligula angeblich gesagt haben soll. »Was *wollen* sie eigentlich?« hat er wohl gefragt.

»Hier wird der Bischof sein Evangelium nach Timotheus verstecken.« Cutler 2 wirkte enorm zuversichtlich. Ganz egal, ob ich mein Buch in der Besenkammer verstecke oder nicht, und Markus' Buch dazu, irgendwer wird bestimmt einen niet- und nagelfesten Text in dem Schränkchen deponieren, damit er Ende des zwanzigsten Jahrhunderts nach Marvin Wassersteins Geburt ausgegraben werden kann. Und jetzt betrat genau dieser zusammen mit Selma Suydam die Besenkammer.

»Wie eklig!« Selma versuchte, eine Spinnwebe von ihrem Gesicht zu wischen, doch da sie ein Hologramm war, gelang es ihr nicht. »Ich habe Angst vor Spinnen.«

»Hallo«, sagte Marvin und zeigte seine schlechten Zähne. »Ich war gerade in der Gegend und dachte, ich komm mal vorbei und seh, wie's euch geht, Freunde. Und wer läuft mir hier als erstes über den Weg? Unsere unwiderstehliche Selma Suydam...«

»Marvin und ich sind mal zusammen gegangen«, erklärte Selma. »Bis wir uns blöderweise darüber zerstritten haben, daß wir bei Spago den falschen Tisch erwischt hatten...«

»Meine Schuld, Selma. Ich war damals einfach zu dumm, um zu merken, wie wichtig es für dich ist, in diesem In-Restaurant an einem Tisch zu sitzen, von dem man den Sunset Boulevard sieht. Ich sitze da nämlich lieber ganz hinten in der Nähe des Ofens, weil ich nur wegen der Pizza zu Spago gehe. Jedenfalls werfe ich dir diesen albernen Streit nicht vor, und Wolfgang war ein Trottel...« Während dieses wirren Wortschwalls starrte Marvin Cutler 2 an. »Ich glaube nicht, daß wir uns schon mal begegnet sind«, sagte er.

»Nein.« Cutler 2 reichte ihm die Hand. Beim Händeschütteln merkten sie, daß sie beide keine Hologramme waren wie Cutler 1 und Selma, sondern Menschen wie du und ich. »Ich bin Dr. Cutler, ein bißchen später im zwanzigsten Jahrhundert. Tatsächlich fast schon im einundzwanzigsten Jahrhundert, während wir uns hier unterhalten – in meiner Zeit natürlich.«

»Hüte dich vor ihm«, sagte Cutler 1, an Marvin gewandt. »Er führt nichts Gutes im Schilde. Außerdem bist du hier nicht besonders sicher. Es ist grundsätzlich gefährlich für uns, leibhaftig herzukommen...«

»Fleischgewordener Geist«, mischte sich Selma ein. »So hat Dr. Schucman es genannt.«

»Es gibt haufenweise Krankheiten«, sagte Cutler 1. »Und Schlimmeres.«

Ich fand in meine natürliche Rolle als Bischof und Führer zurück. »Ich schlage vor, daß wir die überfüllte Besenkammer, die sich für einstweilen ungeborene Archäologen sicher als wahre Fundgrube erweisen wird, wieder verlassen und uns ins Mittelschiff meiner proto-romanischen Kirche begeben. Denn wir – besser gesagt, ich – leben in römischen Zeiten, und architekturmäßig ist romanisch das einzige, was es hier gibt.«

Ich wollte mich unter vier Augen mit Marvin unterhalten, aber Cutler 1 hatte ihn schon auf die andere Seite der Kanzel gezerrt und redete auf ihn ein. Selma hatte wie immer nur sich selbst im Kopf. »Nun, heiliger Timotheus, oder darf ich Sie Tim nennen?«

»Nein, mein Kind.«

»Tim, ich möchte, daß Sie auf derselben Stufe stehen wie ich. War Marianne schon bei Ihnen?«

»Nicht, daß ich wüßte.«

»Sie ist unerbittlich. Inzwischen sind wir beim Bundesgericht. Da machen sie kurzen Prozeß mit der Foundation for Inner Peace.«

»Was sich wohl kaum mit den Zielen der Gründerin, Dr. Schucman, gleichzeitig Verfasserin der göttlichen Tirade, vereinbaren läßt«, bemerkte Cutler 2 und ließ unauffällig ein paar lose Mosaiksteinchen in seiner Tasche verschwinden. Souvenirs?

»Was würde ich darum geben, sie zu treffen«, strahlte Selma, »und sie auf meine Seite zu bringen!«

Cutler 2 nahm auf meinem Marmorthron in der geräumigen Apsis aus grünem Marmor Platz. »Wenn Ihr Medium Sie hierherbringen kann, dann muß es – sie? – Sie doch auch ins Jahr 1970 zurückschleusen können oder wann immer Dr. Schucman noch unter uns Lebenden weilte.«

Selma ist nicht unbedingt eine Wissenschaftskanone, fürchte ich. »Stimmt, daran habe ich noch gar nicht gedacht.« Sie zog die Brauen hoch. »Ich wette, Marianne war schon bei ihr und hat sie gegen mich aufgehetzt.«

»Dann müssen Sie aber schnell zurück«, sagte ich. Damit wandte ich mich wieder zu Cutler 2 und deutete auf Marvin und Cutler 1. »Was hecken die denn da aus?«

»Bestimmt nichts Gutes. Ich habe den Verdacht, daß sie versuchen werden, ein falsches Evangelium in der Besenkammer zu deponieren...«

»Meinen Sie, das werden sie tun? Oder... das haben sie getan?«

Cutler 2 zuckte mit den Achseln. »Wir werden es bald schon wissen.«

Selma starrte zu Marvin hinüber. »Und stellen Sie sich vor, ausgerechnet hier habe ich Marvin wiedergetroffen!«

»Die Kanäle werden immer voller«, rezitierte ich. »Wie haben Sie beiden sich denn in Ihrer Zeit kennengelernt?«

»Er ist ein Freund von meinem sabrischen Prinzen. Und als Marvin zu dieser Computertagung nach Hollywood kam, hat mein Freund ihn und mich zu einer Benefizveranstaltung für Israel im Hotel Roosevelt mitgenommen. Marvin hat Inner Peace übrigens sehr unterstützt, obwohl er sich auch für die Chabad-

Bewegung in Israel einsetzt, die die ganze Welt in die Luft sprengen will, genauso wie Jerry Falwell, deshalb stehe ich ja so auf ihn. Er glaubt tatsächlich dran, daß der Messias demnächst wiederkommt, was gegen sämtliche Inner-Peace-Lehren verstößt, wir sind nämlich alles andere als elitär, bei uns ist jeder der Messias, genauso wie jeder bei uns Gott ist, Shirley MacLaine hat das in ihrer Fernsehsendung ausführlich erklärt. Sie haben Shirley nicht zufällig kürzlich gesehen, oder?«

Ich antwortete, daß mir seit unserem ersten Zusammentreffen in Stephanies Wohnung diese Ehre nicht mehr vergönnt gewesen sei. Während Selma weiter zutraulich auf Cutler 2 einplapperte, trat ich zu Marvin und Cutler 1 hinter die Kanzel.

»Ich kann es gar nicht abwarten, Ihr Buch zu lesen«, sagte Marvin voll jungenhafter Begeisterung.

»Ich auch nicht«, meinte ich, aber die Ironie kam nicht an.

»Die Welt braucht Sie, heiliger Timotheus, mehr als je zuvor.« Cutler 1 war ein falscher Fuffziger, heute noch mehr als sonst.

»Ich glaube, ihr Alter ego hätte Sie gern kurz gesprochen. Es ist in der Apsis.«

Ziemlich widerstrebend, wie ich fand, ließ Cutler 1 mich mit Jesus Christus allein. Ich kam gleich zur Sache.

»Offen gestanden hätte ich mir nie träumen lassen, *Sie* eines Tages leibhaftig in meiner Kirche zu sehen...«

»Sie wissen also, wer ich bin?« Die Stimme war plötzlich leise und unwiderstehlich. Ich verstand, warum er im ersten Teil des Jahrhunderts – unseres ersten Jahrhunderts, heißt das, also nach seiner Geburt – eine solche Gefolgschaft hatte aufbauen können.

»Ja, ich weiß Bescheid. Dr. Cutler, der ältere, hat einen Film von Ihrem überstürzten Aufbruch im Garten Gethsemane gedreht.«

Jesus lachte. »Das war Cutlers Idee. Da war der arme fette Judas bereit mich zu verraten, und dann sorge ich dafür, daß *er* einkassiert wird, und er hängt die Zeit an *meinem* Kreuz ab – Sie hätten sein Gesicht sehen müssen! Finden Sie das nicht auch genial?« Er pfiff verzückt durch die Zähne. »Jedenfalls, seien wir ehrlich, die römische Verwaltung Palästinas unter Pontius Pilatus war wahrscheinlich die dümmste und korrupteste, bis die Briten im zwanzigsten Jahrhundert nach meiner Geburt in einer... wie heißt das Ding noch mal, in dem ich geboren wurde?«

»Eine Krippe. Für Pferde. In einem Stall. Zu Bethlehem. Am Himmel stand ein Stern...«

Jesus zuckte zusammen. »Ich kann dieses heidnische Gefasel nicht ausstehen! Dieser Stern leuchtete zur Geburt des Mithras am fünfundzwanzigsten Dezember, und nur um die Mithraisten einzuwickeln, haben sie den ganzen Quatsch zu meiner Geschichte dazuerfunden, wo er tatsächlich überhaupt nicht hingehört. In einem *Stall* geboren? Mein Vater Joseph war Prätendent auf den Thron von Israel und direkter Nachkomme König Davids. Deshalb ist die Abstammungsliste so ungefähr das einzig Wahre an dieser sogenannten ›Weihnachtsgeschichte‹. Außerdem waren wir in der Holzbranche tätig, als Grossisten *und* Einzelhändler. Sei's drum, ich war – und bin es immer noch – König der Juden *und* der Messias, und für das, was dieser schleimige Goj-vernarrte Solly mit meiner Geschichte gemacht hat, könnte ich ihn, unter uns gesagt, vor Gericht bringen. Erster Verfassungszusatz oder nicht, Beleidigung und üble Nachrede bleiben nun mal Beleidigung und üble Nachrede.«

Seine schwarzen Augen funkelten. Ich fing an, den echten Jesus zu durchschauen. Er war und ist ein Eiferer. Fanatisch. Revolutionär. Zionistisch wie sonstwas. Außerdem ist er clever. Ohne jede vorherige Praxis, außer mit dem Abakus, hat er sich zu einem Computerspezialisten entwickelt. Sogar die heikle Sache mit dem Tisch bei Spago hat er äußerst elegant geregelt, wenn man Selma glauben darf. Er ist ein ausgemachter Feind der Kirche, die wir auf seinen Lehren, seiner Kreuzigung und Wiederauferstehung aufgebaut haben, nur konnten wir nicht wissen, daß wir die ganze Sache in Wirklichkeit auf Judas gründeten, von dem keiner weiß, ob er von den Toten auferstanden ist oder nicht.

Da Judas so fett war, kam er schon im wirklichen Leben kaum hoch, ich kann mir also nicht vorstellen, wie er ohne alle Probleme von den Toten auferstanden sein soll, ganz zu schweigen von dem Stein, den er vom Ausgang seines Grabes wegwälzen mußte. Aber Jakobus und die anderen Jünger wußten – selbst wenn die blöden Römer keine Ahnung davon hatten –, daß Jesus verduftet war und der falsche Mann gekreuzigt wurde. Warum, frage ich mich, haben sie das bloß nie rausgelassen?

Jesus verstand offenbar was vom Gedankenlesen. Jedenfalls beantwortete er meine unausgesprochene Frage. »Mein kleiner Bruder Jakobus und die anderen Mitglieder unserer Bande, von der später, in dem Jahrhundert, in dem ich gegenwärtig meine Zelte aufgeschlagen habe, die Stern- und dic Irgun-Bande erfolgreich einiges abgekupfert haben – also Jakobus und die anderen wußten von meiner Flucht aus Gethsemane und waren ganz zufrieden mit der römischen Pleite. Dank Dr. Cutler bin ich ihnen als Hologramm erschienen, drei Tage, nachdem Judas gekreuzigt worden war. Ich habe Jakobus erklärt, wie er die Aufgabe, Palästina von den Römern zu befreien, fortführen solle. Inzwischen kümmere ich mich um die Technologie, und sobald ich soweit bin, komme ich mit dem Jüngsten Gericht und dem größten Feuerwerk aller Zeiten wieder. Denn ich bin der Messias in alle Ewigkeit. Amen.«

Beim Klang seiner Stimme lief mir ein kalter Schauer über den Rücken. Mechanisch bekreuzigte ich mich.

Jesus lachte. »Das Kreuz gehörte ebenfalls zu Sollys falschem Spiel mit mir. Na ja, das Logo stoßen wir bald ab. Am Ende wird es nur noch den Davidstern geben.«

»Sie meinen 2001 nach Christus?«

»Ich meine 5761 nach Moses, das ist meine Zählart. Wie auch immer, die falschen Berichte sind jetzt so gut wie alle gelöscht.«

»Sie sind der Hacker, nicht wahr?«

Jesus nickte bescheiden. »Mit Unterstützung von Dr. Cutler natürlich.« Dann runzelte er die Stirn. »Ich weiß immer noch nicht, warum er von GE weg und zu Gulf + Eastern gegangen ist. Aber ich weiß, daß mein Erlöser – das heißt, *mein* Dr. Cutler – sehr beunruhigt ist über seinen plötzlichen sogenannten Sinneswandel.«

»Es ist nur noch eine Frage von Tagen, bis die beiden Cutlers zu einem verschmelzen, und dann wissen Sie die Antwort.« Ich mußte ihn beruhigen. Jesus, alias Marvin Wasserstein, ist ein durchgedrehter Spinner, und ich verstehe jetzt, wieso den armen Pontius Pilatus angesichts seiner Aktivitäten das kalte Grausen packte, ganz zu schweigen vom Tempelpersonal, das geschlossen für hohe Leitzinsen und eine niedrige Inflation eintrat.

»Es sei denn, das Jüngste Gericht kommt dazwischen und fegt sämtliche Cutlers vom Tisch. Dann wird das Reich Gottes kommen, so wie Johannes der Täufer es prophezeit hat und ich es in die Tat umgesetzt habe, allerdings nicht, wie ich zuerst dachte, schon vor zweitausend Jahren. Die Römer waren eine Nummer zu groß für mich. Zum Glück kreuzte dann aber Dr. Cutler genau im richtigen Augenblick auf, ein überzeugter Zionist und wahrer Gläubiger...«

Jesus hielt inne und starrte zu den beiden Cutlers in der Apsis hinüber. »Glauben Sie, daß der ältere Dr. Cutler geliftet ist?«

»Geliftet?«

»Ja. Ob er sich einer kosmetischen Operation unterzogen hat. Mein Dr. Cutler schwört, daß irgendwas mit seinen Augen passiert ist. Sicher, heutzutage hat fast jeder, mit dem man zu tun hat, irgendwo eine Narbe, selbst ich habe mir in L. A. die Lider straffen lassen – um ihre hypnotische Wirkung zu verstärken, die schlicht gleich Null ist, wenn man herabhängende Lider hat, sogenannte Schlupflider – ich und Schlupflider! Wo war ich gerade?«

»Dr. Cutler, Zionist und orthodoxer Jude...«

»Ah, ja. Die Crux – kein Wortspiel beabsichtigt – war, daß der Zeitrahmen für den Messias einfach falsch war. Jedenfalls hat Cutler im entscheidenden Augenblick in die Geschichte eingegriffen und mich da rausgeholt. Ich meine, ich hatte nicht die geringste Chance, die Römer zu besiegen und Israel wiederherzustellen. Es war schon schwer genug, den Tempel zu übernehmen, um den Leitzins zu senken...«

»Ein potentiell inflationärer Schachzug...«

»Nicht, wenn gleichzeitig die Produktivität – und selbstverständlich der Konsum – gesteigert werden, und das ist bei billigem Geld stets der Fall. Wie auch immer, um die Prophezeiungen zu erfüllen, mußte das Reich Israel wiederhergestellt werden, und rund zweitausend Jahre nach meiner ersten Ankunft ist es nun triumphal neu erfunden worden. Die von den Rabbis vorhergesagten Geburtswehen haben wir hinter uns. Ich werde Israel wieder in seine alte Herrlichkeit einsetzen – alle Feinde sind besiegt, und ich errichte das Reich Gottes. Es wird so schrecklich schön, daß der erleuchtete Himmel von Bagdad daneben völlig verblaßt, das verspreche ich Ihnen. Bagdad, Damaskus, Amman und Kairo werden schon bei der ersten Verkündigung eliminiert, wenn ich mit dem Feuer richte, wie es von Jesaja vorhergesagt wurde.«

Zum erstenmal wurde mir klar, daß der Heilige nicht nur wirklich und wahrhaftig ein Heiliger war, sondern auch unser Retter vor diesem Weltvernichter. Der Heilige hatte die Hardliner-Botschaft des Heilands bewußt überarbeitet und sie gegen eine freundlichere, reifere Religion eingetauscht. Auch die hatte noch die üblichen, vagen Vorhersagen vom Ende der Welt, aber bis dahin würden alle Kinder Gottes nach der christlichen Ethik leben.

»Entschuldigen Sie mich«, sagte Jesus und zog ein angeblich selbst entworfenes Modul-Telefon aus der Tasche. »Ich muß im Büro anrufen. Wir löschen gerade das Band vom Buch der Offenbarungen.« Er zwinkerte mir zu. »Wird auch Zeit. Das gesamte Feuerwerk basiert auf meinem Plan, verstehen Sie? Zuerst der Plutonium-Kracher. Dann der Himmel über Bagdad... Oh, hallo, Jim, hier ist Marvin.« Dann senkte er die Stimme, so daß ich nichts mehr hören konnte.

Selma fing mich ab, als ich versuchte, zu den Cutlers in die Apsis zurückzukehren. »In einer früheren Inkarnation war ich Maria Magdalena, wissen Sie.«

»Wie soll ich das wissen, Selma?« Allmählich ging sie mir auf den Wecker.

»M. M. war kurz mit Jesus verheiratet, aber die Ehe wurde später annulliert, nach der Kreuzigung, als man beschloß, daß er sein Leben als überzeugter Junggeselle verbracht hatte.«

»Waren *Sie* schon auf dem Golgatha?« Ich war mißtrauisch. Konnte es sein, daß sie und Marvin gemeinsam am Ende des zweiten Jahrtausends bastelten? Die Geschichte mit dem Tisch bei Spago war ganz offensichtlich ein Gleichnis für irgendwas. Dazu mußte man so sorgfältig interpretieren können, wie wir es erst von Thomas von Aquin oder Mary Gordon gewohnt sind, und die sind noch eine ganze Ecke weg.

»Nein. Mein Medium ist blockiert. Wir haben es versucht und versucht, aber irgendwie erwischen wir nie den richtigen Punkt. Ich hab's geschafft, mich am Tag der Kreuzigung in Jerusalem einzuklinken, landete aber bei einer Pferdeschau in der Festung Antonia. War übrigens ganz lustig. Ich steh auf Hengste, verstehen Sie. Ich nehme an, Sie wissen, was *das* heißt.« Selma schlängelte lüstern um mich herum, offenbar war ihr völlig klar, welche Wirkung sie auf mich hatte.

»Jedenfalls landete ich in der Loge von Pontius Pilatus, und er war der netteste Mann, den Sie sich vorstellen können. Dann sagte einer: ›Die Exekution ist vorbei‹, und ein anderer fragte: ›Welche Exekution?‹, und noch ein anderer antwortete: ›Die von dem Spinner, der sich als König der Juden ausgegeben hat‹, und Pontius Pilatus sagte: ›Tatsächlich ist er es sogar – oder wäre es, wenn wir ihn ließen, aber wir werden uns hüten, nach der wahnsinnigen Woche, in der er Bankdirektor war. Außerdem ist mir ohnehin schleierhaft, warum hier einer König sein will. Es ist schon schlimm genug, Statthalter zu sein. Weißt du, Selma, ich habe immer davon geträumt, Statthalter von Bithynia zu werden. Die Leute sind reizend, die Landschaft ist wie Vail...‹«

»Was ist Vail?« unterbrach ich sie.

Selma kicherte. »Ich kann doch nicht alles behalten, was die Leute mir sagen, oder? Jedenfalls nicht den exakten Wortlaut, besonders, wenn ich nicht mal weiß, wovon sie überhaupt reden. Ich bin nun mal keine große Leuchte, wenn es um Bildung geht. Außer Dr. Helen Schucmans Buch habe ich eigentlich nie was gelesen, andererseits braucht man auch kein anderes mehr, wenn man ihres kennt.«

Selmas Persönlichkeit weist Elemente einer geistigen Öde auf, die womöglich noch gar nicht voll zum Ausbruch gekommen ist. »War der Himmel verdunkelt bis zur neunten Stunde?« fragte ich.

»Nein. Aber als die arabischen Vollblüter vorgeführt wurden, fing es an zu regnen, und Pontius Pilatus wies die Wächter an, eine Markise über uns aufzuspannen. Bis sie damit fertig waren, hatte es auch schon wieder aufgehört, und Pilatus versuchte, mich anzumachen. Wie weit ist denn der Golgatha von der Altstadt entfernt?«

»Er liegt gleich vor dem Osttor, in der Nähe des Ölbergs. Sie können ihn nicht verpassen. Es ist ein Hügel, der aussieht wie ein kahler Schädel.«

»Nun ja, ich hab ihn verpaßt, aber die Pferde waren amüsant und Pilatus auch. Er hat mich in sein Strandhaus in Malibu

Beach oder Caesarea-an-der-See – was weiß ich, wo – eingeladen, aber ich fand, das hat nicht viel Sinn, weil ich ja doch bloß ein Hologramm bin.«

Ich schlug Selma vor, die Gelegenheit zu nutzen und sich Thessaloniki anzusehen, da die Cutlers und ich noch etwas Geschäftliches zu besprechen hätten. »Klappern Sie die Sehenswürdigkeiten ab«, riet ich ihr.

»Ich mach lieber einen Einkaufsbummel«, antwortete sie, aber zumindest hatte sie den Wink verstanden und trat nach einem koketten, an die diversen Kiebitze gerichteten »*Ci-a-oo*« hinaus auf die mazedonische Straße.

Cutler 1 hackte immer noch auf seinem zukünftigen Ich herum. »Kann ja sein, daß die Augenoperation nötig war, um dir diesen künstlich jugendlichen Anstrich zu geben, aber warum mußten sie gleich die ganze Haut so strammziehen? Und was hast du mit unserer Nase gemacht?« Während sich Cutler 1 liebevoll über seine eigene unübersehbare Hakennase strich, studierte ich die beiden genauer. Cutler 1 hatte recht. Sein späteres Ich hatte sich ziemlich an dem ursprünglichen Kolben zu schaffen gemacht, und das Ergebnis war ein unscheinbares flaches Ding, dem es eindeutig an Haltung fehlte.

»Vielleicht sind Sie gar nicht *ein* Mensch, der durch ein Jahrzehnt im zwanzigsten Jahrhundert in zwei Ichs getrennt wurde«, sagte ich. »Vielleicht sind Sie zwei ganz verschiedene Personen.« Ich fand, das war ein guter Witz.

»Er ist ich, so sicher wie das Amen in der Kirche«, sagte Cutler 1 mürrisch. Sein Blick hing an Jesus, der noch immer mit seinem Hackerlabor telefonierte, wo der Hauptcomputer von General Electric Millionen – Billionen? – von Bändern diskret manipulierte oder gar löschte. Ich brauche wohl nicht extra darauf hinzuweisen, daß dies nicht der offiziellen Firmenpolitik entsprach und dem Management, ganz zu schweigen von den Aktienbesitzern, nicht bekannt war.

»Eitelkeit!« seufzte Cutler 2. »Als ich das Hörgerät und die Brille nicht mehr brauchte, dachte ich, warum nicht noch einen Schritt weitergehen? Ein neuer Look für ein neues Zeitalter. Der Gulf + Eastern-Look fürs Gulf + Eastern-Zeitalter.«

Plötzlich ging das Portal der Kathedrale auf, und vor uns stand Chet. Marvin winkte ihm zu, und Chet zuckte sichtlich zusammen. Heute glaube ich, daß Chet ein ebenso guter Christ wie Mormone ist, und deshalb war er noch mehr geschockt als ich zu sehen, daß Jesus und Marvin Wasserstein ein und derselbe sind.

Chet kam zu uns in die Apsis. »Da wären wir ja alle beisammen.«

»Höchste Zeit, daß wir diese Konferenz abhalten«, sagte Cutler 2.

»Alles klar für das Fernsehspektakel?« fragte Cutler 1 betont zwanglos.

»Ja.« Chet überreichte mir ein riesiges Dokument. »Ihr Vertrag, Tim, alter Junge. Sie sind der Moderator.«

»Herzlichen Glückwunsch!« Zum ersten- und letztenmal sprachen die beiden Cutlers wie aus einem Munde. Meine Reaktion fiel eher zurückhaltend aus, hoffe ich. Natürlich hängt jetzt eine Menge von mir ab, und ich bin jedem bei NBC dankbar, der genügend an mich geglaubt hat, um dafür zu sorgen, daß ich diesen einmaligen Job in der Geschichte des Fernsehens gekriegt habe.

Ich unterschrieb ungefähr dreißigmal hintereinander, ohne mir die Mühe zu machen, das Großgedruckte zu lesen, vom Kleinen ganz zu schweigen. In der Zwischenzeit lieferte Chet die logistischen Details. »Wir treffen uns im Morgengrauen am Golgatha. Erst mal zum Aufbauen. Die Sendung fängt erst an, wenn... Jesus da ist.« Die kleine Pause entging weder den Cutlers noch mir. »Das wird etwa neun Uhr morgens nahöstlicher Zeit sein. Übrigens werden wir *nicht* live übertragen, wegen des Durcheinanders in den Zeitzonen. Wir nehmen alles auf und schneiden es dann zusammen, wahrscheinlich gibt es ein paar Durchhänger...«

»*Longueurs*«, sagte Cutler 1, der nur noch das Showbusineß im Kopf hatte.

»Sicher, unser Freund Tim wird ein paar Interviews mit den Leuten auf der Straße machen, aber auch so was kann man nur begrenzt bringen. Ansonsten gibt es eigentlich nicht viel Handlung. Ich meine, wie lange können wir den Zuschauern zumuten, jemanden anzustarren, der einfach nur dahängt?«

»Aber eine Kamera muß ausschließlich für Jesus' Gesicht reserviert bleiben, damit wir jedes Wort von ihm mitkriegen.« Cutler hat was vor, und ich werde versuchen, Chet dazu zu bringen, das Programm doch live zu senden. Andererseits, stellen wir uns vor, Judas hängt am Kreuz und behauptet, das Ganze sei ein Irrtum? Das wäre der sichere Tod des Christentums qua *Golgatha live* zur Hauptsendezeit. Alles in allem müßte ich mich auf Chets Instinkt beim Aufzeichnen und Schneiden wohl verlassen können.

»Zerbrechen *Sie* sich nur nicht den Kopf über die Qualität der Produktion«, sagte Chet schroff.

»Wie haben Sie das Publikum auf dieses Ereignis vorbereitet?« fragte Cutler 2.

»Als ob *du* das nicht wüßtest.« Cutler 1 ist aus irgendwelchen obskuren Gründen verbittert, nicht nur über den Weggang seines älteren Ichs von GE, sondern auch über dessen größeres Wissen, da er, wie er selbst sagt, an der Schwelle des Jüngsten Gerichts steht.

»Ich weiß es, und ich weiß es nicht.« Cutler 2 lächelte, perfekte Zähne, jeder einzelne ein Juwel. Was für Zahnärzte haben sie nur in diesem weit entfernten Jahrhundert, für mich allerdings mittlerweile gar nicht mehr so weit weg, da ich auf einem vorproduzierten Band direkt zu Hunderten Milliarden Kindern dieser Zeit sprechen werde.

»Wir haben eine Publicitykampagne gestartet. Ganzseitige Anzeigen. Zuerst erklären wir den technischen Durchbruch. Dann hauen wir irgendein ehrfürchtiges Geschwafel hinterher, über Jesus und was das alles für die Gläubigen und auch die Ungläubigen *bedeutet*. Daß wir Mohammed die gleiche Zeit zubilligen, versteht sich wohl von selbst, und die AIPAC besteht auf einer zwölfteiligen Serie, wie Moses und Gott die Juden ein für allemal in Palästina eingesetzt haben. Obendrein bringen wir noch ein Jahr Holocaust-Wiederholungen.«

»Sehr vernünftig«, sagte Cutler 1 und sah in dem Moment ganz besonders jüdisch aus. »Man kann den Leuten gar nicht oft genug *unser* ewiges Leiden unter die Nase reiben.«

»Was ist mit Konfuzius, Buddha und den hinduistischen Göttern?« fragte Cutler 2 boshaft.

Chet war auch darauf vorbereitet. »Sony hat sich um die Exklusivrechte für alle orientalischen Götter beworben, und zwar unter dem speziellen Lew-Wasserman-Universal-Time-Warner-Abkommen. Außerdem haben sie geltend gemacht, daß es keine Kartellabsprachen oder Insider-Deals bei den Sendeanstalten geben darf. Zwar hat NBC aufgrund unseres technologischen Durchbruchs vorab schon die Rechte an dieser speziellen Sondersendung bekommen, die anderen Religionen aber müssen im freien Wettbewerb an den Meistbietenden vergeben werden.«

»Wie reagiert denn die Öffentlichkeit auf das alles?« fragte ich, denn ich hatte keinen Nerv, mir schon wieder einen Streit über die Credits anhören zu müssen.

Chet zuckte mit den Achseln. »Ach, wie immer. Im Moment interessieren sich die Leute viel mehr für 3-D. Nur sind die Patente fast alle blockiert, weil die meisten beim *Hustler* liegen. Die machen 3-D-Pornos zum Schärfsten, was es augenblicklich an Software auf dem Markt gibt, besonders seit sie jetzt auch noch Gerüche dazumixen.«

In dem Moment kam Marvin zu uns rüber. »Hallo, Chet. Dr. Cutler.« Er wandte sich an Cutler 2. »Sind Sie der, für den ich Sie halte?«

Cutler 2 lächelte: »Ja, ich bin der, für den Sie mich halten, und Sie sind der, der Sie sind, wenn ich mich nicht irre.«

»Wie haben Sie meine Flucht aus Gethsemane gefilmt?«

»Ich war mit der Kamera da, im Schweigen des Waldes, wie der Dichter sagen würde.«

»Wie konntest du wissen, was ich tun würde?« Die Neugier von Cutler 1 war fast so groß wie seine Feindseligkeit.

»Wie hätte ich es vermeiden sollen? Immerhin bin ich du, bloß ein bißchen später, mit fortgeschrittener Technologie – *und einem Sinneswandel.*«

»Du hast dich an Dinge erinnern können, die ich mit viel Mühe vergessen mußte?«

»Auf einem Gedächtnisband gespeicherte Informationen sind ewig, obwohl ein Hacker natürlich Möglichkeiten finden könnte, sie vorübergehend ein bißchen durcheinanderzubringen.« Cutler 2 musterte Marvin bei diesen Worten, aber Marvin war obercool.

»Es ist ein guter Film«, sagte Marvin. »Ein bißchen langweilig vielleicht, aber ein guter Cutter könnte ihn im Handumdrehen hinbiegen. Er ist Eigentum von General Electric, nicht wahr?«

Cutler 2 lächelte. »Nun, sagen wir, er befindet sich in der Hand von Gulf + Eastern, und das Copyright ist noch nicht geklärt.«

»Sie brauchen meine schriftliche Zustimmung, das wissen Sie.« Marvin klang, als mache er Witze, aber er meinte es ernst. »Ich bin Mitglied im Verband der Funk- und Fernsehkünstler. Wir müssen also eine Art Vertrag machen, bevor Sie den Film irgendwo zeigen können.«

Cutler 2 ignorierte ihn. Er wandte sich an Chet. »Ich sehe Sie dann alle auf dem Golgatha.«

»Je mehr wir sind, um so lustiger«, sagte Chet. »Wir drehen etwa ab mittags. Bis Jesus am Drehort eintrifft, wird Tim ein paar Interviews machen und so weiter.«

»Ich möchte zur Pferdeschau und mit Pontius Pilatus reden«, sagte ich. »Ich würde gern hören, was er zu der Sache zu sagen hat, ungeschminkt sozusagen.«

»Sie werden doch auch kommen, Jesus, oder?« Chets Stimme klang beiläufig, aber seine Lippen zitterten nervös. Lampenfieber. Geht mir auch so.

Marvin lachte. »Das würde ich mir um nichts auf der Welt entgehen lassen.«

Cutler 1 wollte etwas sagen, aber sein Hörgerät fing an zu knattern, und wir anderen mußten lachen, so ein gequältes Gesicht machte er. Dann gingen alle nach Hause, bis auf Cutler 2.

»Stellen Sie sich Jesus in einer Kirche vor!« Mehr brachte er nicht heraus.

»Das wäre der letzte Ort, wo sich dieser Erzrabbi würde sehen lassen wollen. Er ist der Feind.«

»Ich weiß. Aber das sagen wir lieber nicht zu laut.«

Cutler 2 schaltete den Cutler-Effekt ein, eine kleine Batterie mit Bildsucher, so präzise, daß man damit auf die Sekunde genau an jeden gewünschten Ort der Welt gelangen kann.

Sein Verschwinden war weit interessanter als, sagen wir, die Ankunft eines Hologramms oder jemand, der sich mit Hilfe eines Mediums irgendwo einklinkt. Zuerst sah man, wie die Milliarden von Molekülen, die einen menschlichen Körper ausmachen, zu einer Art rosigem Nebel verschwammen. Dann wurden sie an einen anderen Ort in der Zeit verlagert und da wieder zusammengestückelt. Kurz bevor sein Nebel verschwand, sagte Cutler 2 noch: »Machen Sie sich keine Sorgen, Tim. Marvin ist nicht der einzige, der einen Plan hat.«

19

Atalanta ist strikt dagegen, daß ich *Golgatha live* moderiere, aber ich habe ihr klargemacht, daß ich der erste und wahrscheinlich letzte Heilige bin, der je live zur Hauptsendezeit über die Bildschirme flimmern wird, es sei denn, die Nervensäge aus Indien wird heiliggesprochen, aber das bezweifle ich, denn selbst wenn, wird sie keine richtige Heilige sein so wie ich, von der Pike auf, wie man sagen könnte.

»Tja, wenn du darauf bestehst«, sagte Atalanta, während sie dabei war, einen Hammelkopf über dem Küchenfeuer zu schmoren – die Köchin hatte ihren freien Tag –, »ich jedenfalls fahre nach Ägypten und besuche Alex.«

»Ich komme mit«, antwortete ich. »Schließlich werde ich höchstens zwei Minuten weg sein. Mit dem Cutler-Effekt kommt man in Nullkommanichts hin und zurück. Ich könnte ein ganzes Jahr dableiben, und in unserer Zeit wäre es bloß ein Augenblick.«

Atalanta schmollte – und tut es immer noch. »Ich finde, die Leute sollten bleiben, wo sie hingehören. Dieses ewige Hin und Her macht einen ja ganz krank. Es ist schon schlimm genug, daß Chet die ganze Zeit hier im Haus rumhängt, du brauchst ihm nicht auch noch nachzulaufen.«

»Ich dachte, du magst Chet.«

»Ich *habe nichts* gegen Chet, aber diese Selma Suydam ist die ordinärste junge Frau, die ich in meinem ganzen Leben getroffen habe.«

Ich war überrascht. »War Selma hier im Haus?«

»Sie kam vorbei, als du deine Konferenz in der Kathedrale abgehalten hast, und fragte, was wir zur Empfängnisverhütung tun. Ich hab ihr gesagt, wir tun gar nichts – so kriegen wir keine Babys, wenn wir keine wollen.«

Ich deckte den Tisch, während sie anfing, den Hammelkopf zu tranchieren. Die Augen reservierte sie für mich. »Nun ja, aber wenigstens gefällt dir der Sony, den sie uns geschickt haben.«

»Ich seh kaum noch hin. Den Movie-Channel kriegen wir nicht ohne Dekoder, aber Chet vergißt einfach, ihn mitzubringen. Und das kleine Stück von dem Dokumentarfilm über Hirohito reicht mir erst mal wieder für eine ganze Weile.«

Beim Abendessen fragte ich mich, was ich als Moderator anziehen sollte. Sollte ich mich kleiden wie einer aus dem zwanzigsten Jahrhundert oder bei meinem gewohnten schlichten Heiligen-Outfit aus dem ersten Jahrhundert bleiben?

Schließlich war es Mitternacht, und ich konnte vor Magenschmerzen nicht einschlafen, kein Wunder bei soviel Hammelkopf. Atalanta schlief wie ein Murmeltier und schnarchte neben mir. Plötzlich stand der Heilige im Zimmer.

»Ist das ein Traum?« fragte ich.

»Nein, Timmy, Schätzchen. Du bist wach. Rein technisch gesehen bin ich diesmal eine Vision, wie die glorreiche Vision, die ich auf der Straße nach Damaskus hatte...«

»Vom Fettsack Judas, nicht Jesus.«

»Wie sollte ich das wissen? Der Kerl, den ich gesehen habe, war der Gekreuzigte, und der hieß angeblich Jesus. Mein Fehler. Also bring mich vor den Kadi.« Einen Augenblick gab er seine Solly-Nummer zum besten und eine Stepvariante, die Nero unbedingt hatte lernen wollen, wozu es allerdings nie gekommen war, weil sie den Heiligen exekutiert hatten, bevor er dem Kaiser die nötigen Schritte beibringen konnte.

»Morgen ist also dein großer Durchbruch in die Elite der Großverdiener. Erinnerst du dich noch an *Broadcast News* mit William Hurt? Geil!«

»Wie hast du das sehen können?« Ich war verwirrt. Der Heilige hatte zu seinen Lebzeiten nie einen Fernseher gesehen, ganz zu schweigen von einem Videorecorder.

Paulus beantwortete mir meine Frage, beinahe, bevor ich sie gestellt hatte. »Ich bin jetzt ein elektrischer Impuls, genau wie das Fernsehen. Ich kann alles sehen. Dank der Satelliten ist schwer was los da, wo ich mein Dasein oder, besser gesagt, Nicht-Dasein verbringe...«

»Also sitzt du nicht zur Rechten Marvin Wassersteins im Himmel?«

Der Heilige runzelte die Stirn. »Deshalb bin ich ja als diese schäbige Erscheinung *hier.* Wenn tatsächlich dieser Fettsack Judas ans Kreuz geschlagen wird, können wir einpacken.«

»Aber das wird er. Wurde er.«

»Nur weil dieser durchgedrehte Zionist Cutler es geschafft hat, Jesus in einer viel späteren Zeitspur zu parken, die günstiger für Israel ist.«

»Welche Rolle spielt das schon? Jeder, der wußte, daß es nicht Jesus war, tat so, als ob er es gewesen wäre, und dann bist du gekommen und hast das Christentum erfunden mitsamt dem Kreuz als Logo. Wer also tatsächlich da oben am Kreuz hing, macht doch überhaupt keinen Unterschied.«

Der Heilige seufzte. »So einfach ist das nicht, Timilein. Niemand hat geglaubt, daß die Welt je die Chance haben würde, das Ganze zu *sehen* und zu *hören.* Judas nützt uns da gar nichts...«

»Wegen seiner Pfunde?«

»Pfunde!« jaulte der Heilige. »Er wiegt mehr als ein japanischer Ringer, mehr sogar als Orson Welles. Du kannst doch diesen Schwabbelarsch nicht zu einem Teil der Dreieinigkeit machen, wenn er größer ist als die gesamte Dreifaltigkeit auf einmal. Die Vorstellung von einem fetten Jesus ist einfach eine Katastrophe, besonders jetzt, wo der polnische Papst so viele Menschen in der Dritten Welt bekehrt. Da verhungern die Leute, und was haben wir ihnen zu bieten? Den speckigsten Gott in der Branche, und das schließt den dicken Buddha mit ein.«

»Verstehe, was du meinst, Heiliger.« Seit mehr als einem

Jahrtausend kennt die Welt einen schlanken, bärtigen, eher damenhaften Jesus. Das gäbe garantiert ein Image-Problem. Vielleicht könnte ich als Moderator so was wie eine Rechtfertigung für die Zuschauer bringen. Irgendeine kryptische Anspielung, die sich für theologische Abhandlungen eignet. Daß Jesus eine Chemotherapie hinter sich hatte, zum Beispiel.

»Ein Bild sagt mehr als tausend Worte. Du hast ja keine Ahnung, wie gräßlich dieser Judas aussieht...«

»Ich hab ihn in Cutlers Film kurz gesehen. Natürlich wurde der bei Nacht gedreht...«

»Timmy.« Der Heilige fiel mir einfach ins Wort. »Unsere einzige Hoffnung besteht darin, irgendwen anderes zu kreuzigen, wenn die Leute morgen abend vor der Kiste hocken.«

»Wie?« Das war stark, selbst für den Heiligen. Aber ein Jude, der das Gesetz Moses annulliert und die Thora durch das Kreuz ersetzt, hat Chuzpe.

»Es gibt nur eine Möglichkeit, wie wir das Werk des Hackers vereiteln können, und das ist, eine gut inszenierte Kreuzigung zu bringen, die alle bisherigen Einschaltquoten vom Tisch fegt.«

»Weißt du, wer der Hacker ist?«

Der Heilige nickte. »Ich weiß sogar, wie ich seine Pläne durchkreuzen kann. Der Hacker muß morgen sterben.«

»Wir bringen Marvin um?«

»Lieber Himmel, nein!« Der Heilige klimperte neckisch mit den Augen. »*Wir* doch nicht. Die Römer bringen ihn um, Timmy. Du wirst sehen, wie Marvin Wasserstein morgen dank der Hilfe des älteren Dr. Cutler ans Messer geliefert wird, was selbiger bereits vorgeschlagen hat, und dann gekreuzigt, getreu dem himmlischen Plan, ganz zu schweigen von NBCs Sendezeiten. Die Verantwortlichen dort haben garantiert, daß das Publikum auf dem malerischen Golgatha den echten Jesus bei seiner Vereinigung mit dem *Big Fella* im Himmel sehen wird, seinem Vater. Chet könnte behilflich sein, wenn ihm klar wird, daß

NBC angesichts der Vereinbarung über die Grundsätze fairer Werbung geliefert ist, falls rauskommen sollte, daß Judas statt Jesus gekreuzigt wurde. Und der polnische Papst würde auch kein Bein mehr auf die Erde kriegen.«

Ich war sprachlos, und genau das hatte der Heilige beabsichtigt. Soll keiner sagen, er wäre ein Kleingeist gewesen. »Aber *wie* lasse ich Marvin kreuzigen?«

»Warum steckst du den Römern nicht einfach, wer er ist?« Der Heilige blendete sich aus. »Du wirst schon einen Weg finden. Ich weiß es. Du wirst die Kirche retten und den schlichten Glauben der Millionen und aber Millionen, die sich im Laufe der Jahrtausende auf flammenden Scheiterhaufen neben der Straße zur himmlischen Herrlichkeit so nobel geopfert haben...«

Cutler 2 tauchte kurz vor zwölf mazedonischer Mittelzeit erneut leibhaftig auf. »Ich dachte, ich komme lieber vor meinem früheren Ich, damit Sie und ich zusammen starten können.«

»Ich habe gerade den heiligen Paulus gesehen. In einer Vision.«

»Die altmodische Art ist immer noch die beste, wenn Sie sich an Jennifer Jones in *Das Lied von Bernadette* erinnern. Das war höchst spirituell und wahrhaft erbaulich.« Das perfekte Lächeln wurde von einem leicht zischenden Geräusch und mehrmaligem zwanghaftem Kopfnicken begleitet. »Also, was hat der heilige Paulus Ihnen geraten?«

»Jesus zu töten.«

»Seltsam, wie ähnlich sich große Geister sind – und das bin ich, glaube ich, jedenfalls steht es so in meinem Lebenslauf fürs City College. Ja, es ist unsere Mission, dafür zu sorgen, daß Jesus seinen rechtmäßigen Platz am Kreuz bekommt. Wenn das passiert, gibt es im Jahre 2001 keinen Marvin Wasserstein mehr, der von seinem Hauptquartier in Tel Aviv aus einen atomaren Holocaust in Gang setzen könnte.«

»Das wird aber nicht leicht sein«, sagte ich.

»Das Leben ist niemals leicht, Tim-san, und die Geschichte eine einzige zähe Scheiße. Ich schlage vor, wir greifen jetzt zum Cutler-Effekt und zischen ab nach Jerusalem. Dann sind wir ein paar Stunden vor Chet, mir und Marvin da...«

Bei diesen Worten zog Cutler 2 zwei batteriegroße, multidimensionale Molekular-Scrambler aus der Tasche. »Die entscheidenden Punkte des Tele-Time-Transports sind schon seit Jahren bekannt«, sagte er und stellte die Anzeige ein. »Doch das Schöne am Cutler-Effekt ist die Präzision, mit der man zu einem exakt definierten Zeitpunkt exakt am gewünschten Ort sein kann. Das erreichen wir mit Hilfe eines einfachen Scanner-Monitors.«

Cutler 2 bestimmte Ort und Zeit, und schon erschien auf dem Monitor Jerusalem am Vormittag des Karfreitag. Dann ließ er die Stadt hinter sich und kam zum Golgatha, wo es bereits eine kleine Menschenansammlung gab. Es herrschte Festtagsstimmung. Straßenverkäufer boten Souvenirs, koschere Pizza und Konfetti an. Zwei Kreuze standen bereits. »Jesus« würde sein Kreuz natürlich selbst tragen müssen – wie Judas das hatte pakken sollen, war mir schleierhaft.

»Sollen wir los?« fragte Cutler und drehte sich erwartungsvoll zu mir um.

»Ja.« Aber dann fiel mir noch etwas ein. »Nein, ich möchte zuerst zur Pferdeschau in der Festung Antonia. Suchen Sie so lange, bis Sie auf dem Scanner die Loge von Pontius Pilatus entdecken. Ich gehe mir nur schnell eine Toga holen. In meinem Bischofsgewand kann ich damals schlecht aufkreuzen, und für die Einwohner bin ich sicher vertrauenswürdiger, wenn ich als Mitglied des Ritterstands erscheine, sehr passend vor allem bei einer Pferdeschau. Versuchen Sie, uns Plätze gleich hinter Pilatus zu besorgen.«

Ich sah, daß Cutler 2 verwirrt war, aber er war kein Spielverderber. Vielleicht war er in seiner Zeit ein Genie, ich aber war in meiner ein Heiliger und obendrein einer mit der Aufgabe, seine Religion vor dem Untergang zu bewahren. Während ich die Toga überstreifte, überlegte ich, daß ich für einen x-beliebigen Moderator wohl ein wenig formell gekleidet war, andererseits aber war es ein feierlicher Anlaß. Außerdem wollte ich bei Pontius Pilatus Eindruck schinden.

Der Trip durch Zeit und Raum ging so schnell, daß man gar nicht mitkriegte, wie die Moleküle im Körper auseinandergenommen und dann wieder zusammengesetzt wurden. Cutler 2 hatte uns fachmännisch auf zwei Sitze hinter dem Statthalter bugsiert, besser gesagt, auf den Schoß zweier lokaler Würdenträger, die hastig die Flucht ergriffen, als wir sozusagen aus heiterem Himmel auftauchten. Der Statthalter wandte sich um und lächelte mir freundlich zu.

»Sehr nett von Ihnen, uns zur Pferdeschau einzuladen, Exzellenz...«, sagte ich.

»War mir ein Vergnügen, ein Vergnügen...« Er wirkte ein wenig verdutzt und versuchte offenbar, sich an mich zu erinnern.

»Ich bin ein Freund von Petronius. Ich glaube, er hat Ihnen von mir berichtet.« Überflüssig zu erwähnen, daß ich den vornehmsten palatinischen Akzent benutzte und Pilatus, kein geborener Aristokrat, mächtig beeindruckt war.

»Ja, ja. Ich erinnere mich an einen Brief. Ein eleganter Mann. Wir müssen uns später in Ruhe unterhalten. Ich möchte alle Neuigkeiten vom Hof hören. Auch was die Mode angeht, für meine Frau. Die Frisuren sollen ja dieses Jahr ganz verrückt sein, haben wir gehört.« Damit wandte sich Pilatus wieder der Pferdevorführung zu.

Wir saßen auf einer Plattform, die vor dem äußeren Wall des Hofes errichtet worden war, der zugleich als Exerzierplatz der römischen Garnison diente. Viele Offiziere aus dem römischen Heer waren anwesend, um sich die Vorführung anzusehen.

Wie ich vermutet hatte, war von Selma Suydam nichts zu sehen. Sie leidet an dem zwanghaften Trieb, jedem zu erzählen, wen sie alles kennt, und ich bezweifle sehr, daß ihre Bekanntschaft mit Shirley MacLaine je darüber hinausging, ihr auf einer Benefizveranstaltung in der sagenhaften West Side von Los Angeles die Hand zu schütteln.

Aber dann entdeckte ich sie. Selma saß vor der Plattform auf einer der sogenannten Tribünen. Sie wandte andauernd den Kopf, um einen Blick auf Pontius Pilatus zu erhaschen, und spitzte die Ohren in dem Versuch, ein Bröckchen Klatsch aufzuschnappen. Was das Wetter anging, so hatte sie recht gehabt, es fiel tatsächlich ein kleiner Schauer, und bis die Markise aufgerichtet war, hatte es längst wieder aufgehört. Zu dieser Zeit machte ich mich an die Erfüllung meiner heiligen Mission.

Pilatus hatte sich während des Schauers wieder zu mir umgedreht, und ich überschüttete ihn mit Lob für die Verwaltungstätigkeit in einer so schwierigen Provinz. Pilatus seufzte. »Ich hoffe nur, man weiß auch in Rom zu schätzen, was ich hier durchmache ...«

»Das weiß man. Das weiß man. Ich war vor kurzem in Begleitung des Kaisers auf Capri, und dort habe ich gehört, wie er zu Sejanus sagte, Sie wären der richtige Mann auf dem richtigen Posten.«

»Lob sei Jupiter!« Pilatus hatte blond gefärbtes Haar und war eine eindrucksvolle Erscheinung. Eine gewisse Ähnlichkeit mit David Bowie, seinem Darsteller in einem neuen Film, in dem wir alle auf etwas *ungewöhnliche* Weise porträtiert werden, ist nicht zu übersehen. Dieser Film scheint komischerweise vom Hacker mächtig beeinflußt zu sein. Es gibt eine Vision, in der sich Jesus – nicht Judas – vom Kreuz befreit, flüchtet, heiratet und *dann*, ohne ersichtlichen Grund, ans Kreuz zurückkehrt. Ich muß sagen, daß Marvins Lösch- und Manipulationsaktion unseren einst so schönen und schlichten Glauben bereits vollkommen durcheinandergebracht hat. Mehr als je zuvor bin ich entschlossen, die Dinge klarzustellen.

»Ich wäre natürlich viel lieber nach Bithynia gegangen.« Pilatus fing an, von der Provinz zu schwärmen, und das muß Selma mitgekriegt haben, denn er sagte tatsächlich so ziemlich das, was sie mir erzählt hatte, allerdings ohne sich dabei an irgendwen ranzumachen.

Als Pilatus eine Pause einlegte, sagte ich ganz korrekt: »Wie ich höre, lassen Sie heute den sogenannten König der Juden hinrichten.«

»Von wegen sogenannt. Er ist tatsächlich ihr König, wenn man den Genealogen und der Encyclopaedia Britannica glauben will. Aber wir wollen nach Herodes nicht schon wieder einen Marionettenkönig. Außerdem werfen die jüdischen Könige das Geld mit vollen Händen aus dem Fenster, sie haben einfach kein ökonomisches Know-how. Immer, wenn wieder einer auftaucht, nageln wir ihn ans Kreuz und erneuern die Warnung, daß es dem nächsten Bewerber nicht anders ergeht.«

Pilatus wirkte traurig. »Aber das scheint sie nicht abzuhalten. Mindestens einmal im Monat gibt es einen neuen Messias. Dieser hier war übrigens sehr populär. Als er den Tempel übernahm, hat er den Leitzins gesenkt. Meine Wirtschaftsberater kriegten reihenweise Herzinfarkte.« Pilatus lachte leise. »Ich selbst bin insgeheim auch für die Politik des billigen Geldes, deshalb war er mir persönlich ganz sympathisch. Aber Befehl ist Befehl, und als uns die Römische Zentralbank aufforderte, ihn festzusetzen, haben wir es getan.«

Pilatus zog die Brauen hoch. »Wissen Sie, als ich ihm die üblichen Fragen zur Person stellte – Alter, Gewicht, Ausbildung, falls vorhanden, Status, Religion –, sagte er, daß er gar nicht der König der Juden wäre. Der richtige König der Juden sei woanders, bei Gott, na ja, Sie können sich vorstellen, das übliche Gefasel.«

»Ich fürchte, er hatte recht, Exzellenz. Er ist nicht der König. Das ist Jesus.«

»Aber er ist doch Jesus.«

»Nein, Exzellenz, er ist Judas, ein Jünger. Er wurde versehentlich festgenommen, und der richtige Jesus hat sich davongemacht.«

»Wie ungewöhnlich!« Dann befahl er einem Gehilfen: »Bring mir den Zenturio Moronius.«

Pilatus wandte sich wieder mir zu. »Nun, ich glaube, es spielt keine große Rolle, wen wir kreuzigen. Es ist ohnehin nicht viel mehr als eine Geste, und die Bevölkerung hier versteht genau, was wir meinen.«

Das war der Augenblick für meinen kühnsten Schachzug. »Ich komme gerade von Sejanus, dem Premierminister. Und der will sich ums Verrecken nicht davon abbringen lassen, daß Jesus über die Männer und die Organisation verfügt, um unsere Herrschaft hier zu stürzen.«

»Wer meldet so etwas nach Rom?« fragte Pilatus sehr ergrimmt.

»Er hat nicht geruht, mir das mitzuteilen.«

»Irgendwer benutzt die falschen Kanäle. Das gefällt mir nicht.« Zenturio Moronius war ein gutaussehender junger Offizier aus Griechenland, der schneidig salutierte.

»Du hast Jesus festgenommen, nicht wahr?« fragte Pilatus.

»Ja, Exzellenz. Im botanischen Garten von Gethsemane. Er hat versucht, uns hinters Licht zu führen, aber wir haben ihn ausgetrickst. Er ist zu mir gekommen und hat gesagt, gegen eine kleine Belohnung wäre er bereit, uns zu Jesus zu führen. Wir sagten, in Ordnung, und dann führte er uns in den Garten – es muß gegen Mitternacht gewesen sein, es gab kaum Mondschein. Er zeigte uns einen Mann, der am Boden lag, und sagte: ›Dieser da ist es.‹ Der Mann sprang auf und begrüßte unseren Führer als wahren Jesus, den König der Juden, und so weiter und so fort. Er befahl, wir sollten uns vor ihm verbeugen, was wir natürlich nicht getan haben, denn wir hatten alle Hände voll zu tun, ihn festzunehmen. Immerhin wiegt er an die zweihundert Kilo und eignet sich damit für alles andere besser als für eine Kreuzigung – die wird bestimmt ein einziger Alptraum.«

Pilatus runzelte die Stirn. »Und was ist aus dem Mann geworden, der behauptet hat, der Dicke sei Jesus?«

»Er ist in den Wald gelaufen, wo wir ihn verloren haben. Er war wie vom Erdboden verschwunden. Dann haben wir Jesus der Menge vor dem Tempel ausgeliefert, und sie hat ihn für schuldig befunden, Muscheln gegessen zu haben oder so was in der Art...«

»Und anschließend haben Sie ihn mir überbracht, damit ich ihn als Revolutionär hinrichte«, sagte Pilatus finster.

Ich mischte mich vorsichtig ein. »Der Entwischte war Jesus, Exzellenz. Der Fette heißt Judas. Sie sind dabei, den falschen Mann zu kreuzigen.«

Moronius sah ganz elend aus. Pilatus stöhnte bloß auf und sagte dann: »Nun, solch ein kleiner Irrtum kommt hin und wieder vor. Tut mir leid, daß es gerade unter meiner Regierung passieren mußte, aber so ist es nun mal. Tragen wir's mit Fassung. Und wünschen uns für das nächste Mal mehr Glück.«

»Das nächste Mal könnte das Ende der Welt sein, so wie wir sie kennen«, fing ich an, doch Cutler 2 versetzte mir einen scharfen Rippenstoß. Zuviel Information von der falschen Sorte könnte unsere Mission gefährden.

»Der wahre Jesus befindet sich im Moment wieder hier in Jerusalem.« Ohne Probleme wechselte ich zu der Art von Erklärung, die Pilatus verstand. »Er stellt eine Armee zusammen, die noch größer ist als die, mit der er den Tempel besetzt hat. Außerdem versammeln sich gerade zahllose Geister auf dem Golgatha, seltsame Wesen aus der Unterwelt...«

»Ich bilde mir ein, genauso abergläubisch zu sein wie jeder andere römische Statthalter, aber vor Geistern habe ich mich noch nie gefürchtet. Andererseits, wenn sich da draußen eine Guerillatruppe zusammenrottet, könnte eine Intifada bevorstehen, und das ist immer ein Minuspunkt in der Personalakte. Also, das ärgert mich aber!« Er wandte sich an Moronius und befahl ihm, den Berg Golgatha mit Truppen zu umstellen. Der Zenturio salutierte und trat weg.

»Warum, frage ich mich«, sagte Pilatus und wandte seine Aufmerksamkeit wieder den Pferden zu, »haben die Leute, die den echten Jesus kannten, uns nicht gesagt, daß wir einen Betrüger verurteilen?«

»Das war und ist doch ihr Plan. Sie sollen glauben, daß er tot ist – dabei ist er in Wirklichkeit quicklebendig und stellt seine Armee gegen Rom zusammen.«

»Wißt ihr was«, sagte Pontius Pilatus, »es gibt Tage, da lohnt es sich einfach nicht, morgens aufzustehen.«

Dann transferierte Cutler 2 uns beide zum Haus des kleinen Bruders unseres Herrn, Jakobus. Wir standen vor genau dem Haus, das ich zwanzig Jahre später mit dem Heiligen besuchen sollte. Es steht in einer Seitenstraße unweit des Tempels und war zu diesem Zeitpunkt noch reichlich primitiv. Als der Heilige und ich nach Jerusalem kamen, hatte es ein neues Dach, und dank der Kollekten, die der Heilige bei den Gojim durchführte, hatte es sogar für einen Anbau gereicht.

Cutler 2 und ich standen im offenen Eingang. Im Vorgarten liefen jede Menge Hühner herum, von juwelenbehängten *yentas* keine Spur. Die Behausung deutete auf die unterste Mittelschicht, und trotzdem behaupteten die Bewohner, direkte Nachkommen König Davids zu sein. Das angeberische Gehabe von Jesu Familie war sprichwörtlich, und Jakobus hatte seinen sozialen Aufstieg skrupelloser betrieben als jeder andere in Jerusalem. Daher die juwelenbehängten *yentas*, aber erst später.

Cutler 2 und ich betraten das Haus. An einem Ende des

Hauptraums waren die zwölf Jünger versammelt, nur Judas fehlte. Es war komisch, den alten Fels und Jakobus als junge Männer zu sehen. Die anderen kannte ich nur vom Hörensagen.

Jesus sprach zu den Jüngern. Es war eine unglaublich historische Szene, die um so echter wirkte, als Marvin Wasserstein seinen modischen Ralph-Lauren-Anzug gegen ein lokales Gewand eingetauscht hatte. Er sah ziemlich genau so aus, wie man ihn sich vorstellen würde.

Cutler 2 und ich standen hinter einem hölzernen Pfosten am anderen Ende des Raumes im Schatten. Keiner konnte uns sehen. »Ich habe Gott gebeten, uns Engel zu senden, und er hat uns Hunderte geschickt. Ihr werdet sie auf dem Golgatha sehen, mit seltsamen Waffen aus Glas und Metall, die Gottes geheimsten Namen tragen: NBC.«

Die Jünger schnappten vor Ehrfurcht nach Luft. Dann sagte der Fels: »Was werden die Engel machen?«

»Sie werden die Kreuzigung des Spitzels Judas aufzeichnen. Zukünftige Generationen aber werden ihn für mich halten...«

»Das bezweifle ich.« Man hörte sofort, daß der Sprecher Thomas war. »Ich meine, du bist der Messias, unser Messias, Gottes Bote für uns Juden. Und da du der bist, der du bist, kann der Jüngste Tag nicht mehr weit sein. Soll ich den entsprechenden Text von Jesaja zitieren?«

»Nein, wir wissen alle, wie er mich prophezeit hat, Rufer in der Wüste und so weiter. Nun, ich bin völlig planmäßig gekommen, um das Messianische Reich von Großisrael zu gründen, dem dreieinhalb Jahre später das Reich Gottes und das große läuternde Feuer folgen sollen. Ja, ich wäre schon heute bereit fürs Feuer und das Jüngste Gericht. Doch beides wird in einer anderen Zeit stattfinden, wenn diese Erde unterworfen ist und Gott in seinen universal-kosmischen Schoß die verklärten Moleküle derer aufnimmt, denen ich Gerechtigkeit bringe. Mit einem gewaltigen Feuer werde ich erscheinen, unbekannt in dieser Welt, die ich bereits einmal verlassen habe und nun wieder verlassen werde, wenn der Verräter am Kreuz in meinem Namen seinen Geist aufgibt.«

Jakobus wirkte verständlicherweise verwirrt. »Aber was ist mit unseren Guerillatruppen? Was mit dem Gesamtplan, die Römer zu vertreiben und Israel neu entstehen zu lassen?«

»Es ist noch nicht soweit, aber da, wo ich bin, und zugleich vorübergehend auch hier, wird es nächstes Mal bereits passiert sein. Und ihr, die ihr an mich glaubt, werdet beim Ende der Welt als erste in den Himmel eingehen.«

Worauf der Fels mißtrauisch nachhakte: »Kommst du nun zu uns zurück oder nicht?«

»Ich bin zurückgekommen. Ich bin hier. Die Engel und Geister, die sich in diesem Moment auf dem Golgatha versammeln, sind die ersten Vorboten meines Reiches, das nicht länger von dieser Welt ist. Zweitausend Jahre lang bin ich vom Fürsten dieser Welt, einem gewissen Saulus aus Tarsus, einem von Selbsthaß erfüllten Juden, falsch interpretiert worden.«

Ich traute meinen Ohren nicht. Jesus denunzierte den heiligen Paulus als Werkzeug des Teufels! Was allerdings jeden Augenblick klarer wurde an diesem Tag in Jerusalem, war die wahre Identität des Original-Jesus – er war tatsächlich der fleischgewordene Luzifer, der durch den Glauben des Heiligen und dessen geniale Vermarktungsstrategie in einen dreifaltigen Gott verwandelt worden war, den alle Menschen auf Erden gleichermaßen anbeten konnten. Kein Wunder, daß Jesus als Marvin Wasserstein Hacker werden mußte, um die große Erfindung des Heiligen, den gekreuzigten Christus, zu zerstören.

Das Böse umflackert uns auf allen Seiten. Das sind die letzten Tage! Der Kampf beginnt. Gott oder der Teufel. Der Heilige oder der echte Jesus. Ein Schauer lief mir über den Rücken.

Cutler 2 flüsterte: »Jetzt wissen wir das Schlimmste.«

Doch Jesus war noch nicht fertig: »Ihr werdet so tun, als sei ich derjenige am Kreuz gewesen. Sagt, daß ich am dritten Tage auferstanden bin. Sagt, daß ich wiederkommen werde, bevor viele von euch gestorben sind, wie es dem natürlichen Lauf der Zeit entspricht. Sorgt dafür, daß alle Menschen an meine unmittelbar bevorstehende Rückkehr glauben. Laßt nicht zu, daß sie in ihrem Eifer erlahmen. Aber bekehrt nicht die Gojim, Fels! Sollen sie umkommen in dem Feuer, das ich entfachen werde. Wenn Damaskus, Bagdad und Kairo in Flammen stehen, werde ich auch Berlin, Warschau, Moskau und Pasadena...«

»Pasadena!« Cutler 2 schwankte vor Rührung.

20

Ich ertrug das nicht länger. Wir gingen zurück auf die Straße. Selbst der normalerweise unergründliche Cutler 2 war aschfahl. »Es ist eine Sache, so was im Film zu sehen«, sagte er, »aber etwas ganz anderes, einen derartigen Wahnsinn hautnah mitzuerleben.«

»Wir nennen es ›das Böse‹«, sagte ich. Und während wir uns durch die Menge zum Osttor drängten, fuhr ich fort: »So oder so, heute wird der richtige Jesus ans Kreuz geschlagen.«

»Wir können es nur versuchen, Tim-san«, antwortete Cutler 2. »Aber ich bin froh, daß Sie jetzt selbst sehen, was wir schon seit einiger Zeit beobachten. Der Original-Jesus ist viel zu unberechenbar für den Erhalt der menschlichen Rasse.«

Am Tor blieben wir stehen, um einer Legion von ausrückenden Infanteristen Platz zu machen. »Warum sind Sie wirklich von General Electric weggegangen?« fragte ich.

Cutler 2 zuckte mit den Achseln. »Weil ich ein besseres Angebot von Gulf + Eastern hatte. Außerdem wurde mir Marvin immer verdächtiger. Wie Sie sehen, habe ich in jüngeren Jahren sehr viel von ihm gehalten. Ich war ein überzeugter Zionist, hauptsächlich, weil ich als Presbyterianer in New Jersey aufgewachsen bin, daher fühlte ich mich persönlich mitverantwortlich für den Holocaust. Vielen von uns in den diversen Oranges ging es so – und tut es heute noch. Dann fing ich an, mich mit Cynthias Hilfe ein- und auszuklinken. Zuerst nur aus Spaß, außerdem ist sie eine ausgezeichnete Töpferin. Doch je mehr ich herumkam, um so klarer wurde mir, daß die Welt ohne das vom heiligen Paulus erfundene Christentum um einiges besser dran wäre. Außerdem wollte ich, daß Israel endlich groß rauskam. Ich trat bei den B'nai Brith ein und fing an, die *New York Times* zu lesen – *zwischen den Zeilen*.

Oh, ich habe alles mitgemacht. Ungefähr zu dieser Zeit gelang es mir dann, den Cutler-Effekt zu perfektionieren. Plötzlich war es möglich, Jesus zu retten, damit er sein Messiastum in meiner Zeit zu Ende führt. Natürlich war er höchst erfreut. Außerdem entpuppte er sich als geborenes Computergenie. Sicher, er hatte schon immer einen eigenwilligen Charakter, auch als Marvin, andererseits gehört das wohl dazu, wenn man der Messias ist. Natürlich war er vom Christentum entsetzt, und so hat er angefangen, sämtliche Originalbänder systematisch zu löschen. Mit meiner Hilfe, wie ich gestehen muß.«

»Sie sagen, Sie hätten einen Sinneswandel vollzogen. Warum? *Wie?*«

Wir befanden uns nun außerhalb des Tors, vor uns erhob sich der Ölberg. Bauern kamen vom Land nach Jerusalem, um ihre Waren zu verkaufen. Karfreitag war Markttag, gleich vor dem jüdischen Sabbat. Ich sollte noch hinzufügen, daß die Kreuzigung mitten im Sommer stattfand.

»Ich hatte eine Erleuchtung, das ist alles.« Cutler 2 war nicht gerade mitteilsam.

»Welche?«

»Eine Erleuchtung durch die ... Vernunft, hoffe ich. Ich bedaure meine Karriere als zionistischer Terrorist des zwanzigsten

Jahrhunderts keineswegs, aber ich habe beschlossen, daß Jesus – oder Marvin, wie ich ihn normalerweise nenne – daran gehindert werden muß, im Jahr 2001 den Planeten in die Luft zu jagen.«

Plötzlich lösten diese Worte eine tiefe, unerklärliche Zerrissenheit in mir aus. Einerseits war ich froh, daß Jesus wirklich der Messias war und im Jahr 2001, also lange nach meinem Tod im nächsten Jahr, das Reich Gottes und das alles verschlingende Feuer bringen würde. Andererseits, wenn Jesus *kein* Christ war, wie der heilige Paulus lehrte, sondern bloß ein x-beliebiger zionistischer Terrorist, war ich unbedingt dafür, ihn gleich hier und jetzt zu erledigen.

Cutler 2 spürte meinen inneren Konflikt. Er warf mir einen schnellen Blick von der Seite zu, während wir uns dem Golgatha näherten. »Hat es Ihnen die Sprache verschlagen?« fragte er sanft.

Ich erzählte ihm von meinem Problem.

»Das kann ich gut verstehen. Auch ich war innerlich zerrissen. Aber überlegen Sie nur: Wenn der richtige Jesus heute gekreuzigt wird, werde ich ihn nicht als mein früheres Ich retten können, wie ich es letzte Woche getan habe, Ortszeit natürlich, und es wird keinen Marvin Wasserstein geben, keinen Hacker, keine gelöschten Bänder, nur das Christentum, wie es immer gewesen ist – groß und gewaltig.«

Im nächsten Moment nahmen wir beide hinter einem Baum Deckung, um Selma Suydam aus dem Weg zu gehen, deren Hologramm auf halbem Weg zum Gipfel hinter einem Halvastand gelandet war. Die Leute kriegen immer Hunger, wenn sie zu einer Hinrichtung gehen.

»Warum haben Sie Ihr jüngeres, irregeleitetes Ich nicht daran gehindert, Jesus zu retten?«

»Wie konnte ich? Ich... *er* hat es *vor* meinem Sinneswandel getan...«

»Andererseits waren Sie mit gewandeltem Sinn imstande, für

Gulf + Eastern die Flucht aus Gethsemane zu filmen. Warum haben Sie Ihr jüngeres Ich nicht zurückgehalten, so wie Sie es daran gehindert haben, mir dieses falsche Evangelium aufzuschwatzen?«

Cutler 2 machte eine komische Verbeugung vor mir und zischte: »Sie müssen die Natur von Zeit und Raum verstehen. In nur sechs Monaten unserer Ära hatte ich den Cutler-Effekt ziemlich perfektioniert, GE aber *kein Wort* darüber verraten. Ich wollte bestimmte Patente unter meinem eigenen Namen anmelden, und das ist mir zum Glück auch gelungen, dank des erleuchteten Managements bei Gulf + Eastern. Und das, so könnte man sagen, war der Anfang meines Sinneswandels.«

Selma versuchte einen römischen Soldaten anzumachen, der beim Anblick ihrer Brüste zu Recht seinen Augen nicht traute. Die Menge war viel kleiner, als man gedacht hätte. Von Jakobus und seiner Clique keine Spur. Wahrscheinlich waren sie auf Tauchstation gegangen.

Die Menge bestand aus vielleicht hundert größtenteils sensationslüsternen Frauen, ansonsten waren nur römische Soldaten da. Mary Baker Eddy hielt eine Rede vor einer Gruppe von Frauen, und eine davon erwies sich als Marvins, Jesu, Mutter.

»Das alles passierte also innerhalb von sechs Monaten, und in der Zeit ist der Heilige zu mir vorgedrungen ...«

Cutler 2 machte drei kleine Verbeugungen in meine Richtung und lächelte.

»Aber Sie waren imstande, in Fleisch und Blut zurückzukommen und Jesus zu retten in diesem ... diesem ...«

»De-Molekularisierer. Eine unhandliche Maschine. Aber wir hatten keine Zeit, ihm zu zeigen, wie man mit der umgeht, die wir heute benutzen. Na schön.« Er setzte sich auf einen Felsblock. »Ich werde Ihnen sagen, warum ich Jesus aus seinem Zeitrahmen holen mußte. Es ist kein Geheimnis, daß GE die Nase von der schlappen Leistung von NBC voll hat. Die Einschaltquoten sind im Keller, und Marvin Davis droht mit einer Übernahme, so daß ich, obwohl ich zu einer anderen Gesellschaft gegangen bin, mich *ethisch* verpflichtet fühle, NBC bei der Aufzeichnung von *Golgatha live* mit Ihnen als Moderator zu helfen, eine Idee, für die ich Chet erwärmen konnte.«

Ich konnte das nicht so ganz glauben. »Trotzdem hätten Sie NBC zeigen lassen können, wie Judas gekreuzigt wird...«

»Eine unannehmbare Besetzung, und das wissen Sie. Wir brauchen die Show, um das Christentum stärker als je zuvor zu machen. Ich habe Marvin freie Hand beim Hacken gelassen, denn am Ende wird er am Kreuz landen, und die Welt wird sehen, was wirklich Sache ist.«

»Aber er hat schon alle Bänder verändert...«

»Sie werden wie neu sein, wenn er heute stirbt, denn dann hat es nie einen Marvin Wasserstein gegeben – und daher auch keinen Hacker.«

Chet erschien mit einem NBC-Team aus fünf Mitarbeitern, Kameras und Sound-Equipment. »Hallo«, sagte Chet und blieb bei unserem Felsblock stehen, während die anderen weitergingen, um ihre Ausrüstung gegenüber von den beiden Kreuzen aufzubauen, denen bald ein drittes hinzugefügt werden sollte.

»Sie sehen wunderbar aus«, sagte Chet und zupfte an meiner Toga. »Dieser Trachtenlook gefällt mir.«

»Wir haben ein Problem«, sagte ich. Ich erklärte Chet, warum es unumgänglich war, daß wir Marvin ans Kreuz schlugen, so wie es in der Bibel berichtet wird. Als frommer Mormone stimmte Chet mir zu, allerdings fiel ihm auf Anhieb auch keine Möglichkeit ein, den Umtausch zu bewerkstelligen.

In dem Moment tauchte Shirley MacLaine auf. »Ist Warren schon da?« fragte sie.

Cutler 2 antwortete, ihr Bruder hätte sich bisher noch nicht eingeklinkt.

»Seit er Vater geworden ist, kommt er immer zu spät bei solchen Gelegenheiten«, sagte sie, allerdings ohne Groll. »Wenn Sie ihn sehen, sagen Sie ihm bitte, daß ich bei den Josephs von Arimathea bin. Jeder weiß, wo ihre Höhle ist.«

»Wie war Ihr Konzert in London?« fragte Chet, der keine Sekunde vergessen konnte, daß er für NBC arbeitete.

»Es war wunderbar. Ich liebe das englische Publikum...«

»Ich hoffe, daß Sie NBC die Chance für eine Sondersendung geben.«

Shirley schenkte ihm ihr strahlendes Lächeln. »Sprechen Sie mit Mike Ovitz«, hauchte sie und eilte den Golgatha hinauf, um die Vorstellung nicht zu verpassen.

»Wann soll ich anfangen zu moderieren?« fragte ich Chet.

»Tja, ich denke, Sie können loslegen, sobald wir fertig aufgebaut haben. Maria und Maria Magdalena sind schon da, habe ich gehört. Obwohl ich mir nicht denken kann, warum, denn sie wissen, daß es Judas ist und nicht Jesus. Sie sind wahrscheinlich bloß wegen der Show da. Na ja, die könnten Sie jedenfalls interviewen. Der menschliche Aspekt und so weiter. ›Wie fühlt man sich als Mutter des Messias?‹ ›Werden Sie ein Buch darüber schreiben?‹ So was in der Art. Aber halten Sie es knapp. Dann fragen Sie Maria Magdalena, ob sie glaubt, daß Prostitution legalisiert werden sollte. Sie wissen schon, so wie Phil Donahue. Das treibt die Einschaltquoten in die Höhe.«

Plötzlich stand ein japanischer Herr neben uns. »Mr. Yamamoto.« Cutler 2 war entzückt. Er stellte uns vor, und der Herr entpuppte sich als einer der Vizepräsidenten von Gulf + Eastern. »Mein unmittelbarer Vorgesetzter«, erklärte Cutler 2.

»Ein schöner Tag«, sagte Mr. Yamamoto, ein Musterbeispiel für asiatische Unergründlichkeit. »Hauptsache, man kommt mal aus seinem Büro raus«, fuhr er geheimnisvoll fort. Dann sah er sich um. »Ich hätte ein größeres Publikum erwartet.«

Chet sagte: »Wir können es so aufnehmen, daß es aussieht, als wären es Tausende.«

»Passen Sie bloß auf, daß die Kiebitze nicht zu sehen sind«, warnte ich.

»Kiebitze?« fragte Chet verwirrt.

»Bekannte Gesichter aus der Zukunft. Wie Shirley und ... Ist das nicht Billy Graham mit seiner Familie?«

Keiner von uns war sicher, aber der Mann sah tatsächlich aus wie Billy, und der Hügel war ziemlich voll von Kiebitzen.

Chet ließ sich nicht aus der Ruhe bringen. »Jedenfalls sehen wir jetzt, daß es vollkommen richtig ist, *Golgatha live* vorzuproduzieren. Wir können sie unmöglich alle rausschneiden, *falls* sie überhaupt zu sehen sind. Ich bin nämlich nicht sicher, ob man Hologramme auf dem Filmtyp, den wir benutzen, sehen kann.«

Marvin Wasserstein kam den Hügel herauf. »Wenn man vom Teufel spricht«, grunzte Cutler 2.

»Tagchen«, sagte Marvin freundlich. »Wie gefallen euch meine Klamotten?« Er deutete auf seine Tunika und die Sandalen.

»Sehr überzeugend«, sagte Mr. Yamamoto zu Marvin, der sichtlich beeindruckt war.

»Ich muß Ihnen etwas sagen, Sir, trotz meiner Loyalität gegenüber GE«, plapperte er los. »Ich habe Ihre Leistung bei Gulf + Eastern immer sehr bewundert. Japanisches Knowhow, gepaart mit amerikanischem Know-nothing – die ideale Formel zur Stimulierung des Konsumverhaltens.«

»Sehr nett von Ihnen, Mr. Wasserstein, ich bin sicher, Sie haben recht. Auch ich habe Ihre Karriere bei GE verfolgt. Vielleicht können wir eines Tages mal etwas zusammen machen«, sagte er, asiatisch-kryptisch bis in die manikürten Fingerspitzen.

»Oh, Gott!« Cutler 2 stöhnte. »Da komme ich. Wie der sprichwörtliche falsche Fuffziger.«

Cutler 1 begrüßte uns höflich. Dann wandte er sich an Marvin und sagte: »Ich muß mit dir reden.«

Chet begleitete mich auf den Hügel, wo das Kamerateam uns

schon erwartete. Der Tag war heiß und schwül, der Schauer hatte nicht die geringste Abkühlung gebracht. Die Luftfeuchtigkeit mußte enorm hoch liegen.

Der Tontechniker befestigte ein Mikrophon an meiner Toga und stellte es ein, während ich bis zehn zählte. »Sie hören sich genau an wie Tom Brokaw«, sagte der Regisseur.

»Ich weiß«, sagte ich. »Aber da bin ich nicht der einzige.«

Chet ging rüber zu Maria Magdalena, einer Dame, deren Jugend bereits verblüht war, die aber immer noch ungeheuer attraktiv wirkte. Derweil quasselte Mary Baker Eddy auf Marvins Mutter ein, die aussah, als würde sie aus Langeweile jeden Augenblick tot umfallen.

Marvin und Cutler 1 standen hinter einem hohen Gebüsch außerhalb der Kamera-Reichweite. Die Sensationshungrigen wurden unruhig und hungerten immer nur noch mehr nach Sensationen. Ich machte eine kurze Einführung in die Kamera, ganz sachlich, erklärte den Zuschauern, wo wir waren und was sie erwartete, und bedankte mich bei der römischen Verwaltung und beim Tempelpersonal für die freundliche Unterstützung. Außerdem flocht ich eine kleine Werbung für die Firma ein, die die verbraucherfreundlichen Nägel für die Kreuzigung zur Verfügung gestellt hatte. Am Schluß sagte ich: »Und damit zurück in die Sendezentrale. Bleiben Sie dran.«

»Es ist, als hätten Sie Ihr Leben lang nichts anderes gemacht!« sagte der Regisseur ehrfürchtig.

»Ich bin ja schließlich auch Bischof«, antwortete ich bescheiden.

Genau hinter den beiden Kreuzen diskutierten Cutler 2 und Mr. Yamamoto mit einer Gruppe von fernöstlichen Kiebitzen in altmodischen japanischen Gewändern, die sicher sehr hübsch sind, doch im Palästina des ersten Jahrhunderts irgendwie fehl am Platze wirkten. Obwohl es viele, viele gute Christen in Japan gibt, wenn man der *Sunday Hour of Power and Prayer* Glauben schenken darf. Unter ihnen war eine umwerfend gutaussehende Frau in einem goldenen Kimono. Bestimmt ein Filmstar. Sie hatte eine Kamera, wie alle Filmstars, damit sie die Leute fotografieren können, die sie fotografieren.

Der große Mann war tatsächlich Billy Graham. Ich merkte, daß er mächtig scharf darauf war, interviewt zu werden. Chet nahm ihn zur Seite, um ihm zu erklären, daß nur Leute aus der Zeit interviewt werden durften, eine Vorschrift der Sendeanstalt, die wir für niemanden brechen konnten, nicht mal für Shirley MacLaine oder Warren, der, wie sich herausstellte, nie auftauchte.

In der Pause vor meinem ersten Interview mit Maria Magdalena, gerade als ich geschminkt wurde, kreuzte Zenturio Moronius mit vier kräftigen Soldaten am Drehort auf. Er salutierte schneidig. »Seine Exzellenz der Statthalter hat mich gebeten, Sie zu bitten, uns den echten Jesus zu zeigen.«

Ich gab dem Maskenbildner ein Zeichen, sich zu entfernen. Dann fällte ich die schwerste Entscheidung meiner Karriere seit der Beschneidung. »Ich bringe euch zu ihm.«

Ich führte Moronius und seine Männer zu dem Gebüsch, wo sich Jesus und Cutler 1 versteckt hielten.

»Verräter!« rief Cutler 1, während Marvin versuchte abzuhauen. Doch die Soldaten waren schneller als er.

»Wer bist du?« fragte Moronius.

»Ich bin, der ich bin«, sagte Marvin und verwandelte sich vor unseren Augen in den Messias.

Ich verbeugte mich tief und küßte den Saum seiner Tunika. »Er ist Christus«, sagte ich.

»NEIN! Er ist der König der Juden!« schrie Cutler 1.

»Du sagst es«, antwortete Jesus, der eingesehen hatte, daß er seinem Schicksal nicht mehr entgehen konnte und der Ausflug in die Zukunft, um das Werk des Heiligen zu zerstören und ein atomares Jüngstes Gericht zu entfachen, sein Ende gefunden hatte. Er war der Verlierer. Wir waren die Gewinner. Das Christentum war gerettet – und die Erdbevölkerung des Jahres 2001 auch.

21

Cutler 1 war hier bei mir im Arbeitszimmer meines bischöflichen Bungalows. Er hatte sein Bestes getan, um mich zu überzeugen, daß der Text meiner Memoiren der tatsächlichen Auferstehung angepaßt werden mußte, wie sie die Welt in *Golgatha live* erlebt hatte.

»Sie haben wirklich keine Chance, Tim-san.« Wir saßen beide vor dem Sony und sahen uns die x-te Version der japanischen Teezeremonie an, die die Fernsehwelt im Sturm erobert hat.

»Tut mir leid, Cutler. Aber ich bin nach wie vor Christ, und unsere Botschaft bleibt unverändert.«

»Ihre Botschaft hat sich vor den Augen der Welt auf NBC verändert. Die Welt kennt nun die wahre Wahrheit. Nicht umsonst heißt es, man glaubt nur, was man sieht.«

Ich sollte vielleicht erklären, daß Cutler 2 sich mittlerweile als Japaner zu erkennen gegeben hat. Die plastische Chirurgie, gegen die sein jüngeres Ich solche Vorbehalte hatte, hat ihm einen authentisch japanischen Look verschafft. Komisch, daß es uns nicht früher aufgefallen ist, aber was man nicht sucht, fällt einem auch nicht auf.

Cutler 2 versuchte es mit Schmeicheln. »Die Veränderungen sind doch kaum der Rede wert, Tim-san. Nur ganz zu Anfang, wo Sie erklären, wer Jesus ist, und dann am Ende, wenn Sie erklären, wer er wirklich war.«

»Wer er *Ihrer Meinung* nach war.«

»Alle Evangelien sind so verändert, daß sie ihn als den schildern, der er wirklich war ...«

»Die Auferstehung war ein Trick im Fernsehen, und das wissen Sie ganz genau, immerhin haben Sie die Sache inszeniert.«

»Die Welt glaubt etwas anderes, Tim-san.« Er griff nach der Fernbedienung. Auf dem Bildschirm erschien eine Wiederholung der Kreuzigung. Die Kamera schwenkte von Gesicht zu Gesicht, einschließlich meinem. Übrigens hatte Chet recht: Die Hologramme waren auf dem Bildschirm nicht zu sehen. Auf alle Fälle war die Sendung genial geschnitten, und der Cutter, Simon Hope-Schwartz, bekam später einen wohlverdienten Emmy für seine Arbeit.

Es folgte eine Totale der drei Kreuze. Das von Jesus stand in der Mitte. Meine Stimme aus dem Off: »Unser Herr ist tot.«

Eine Nahaufnahme von Jesu Gesicht, das wirklich mausetot aussieht. Plötzlich ein strahlendes Licht um das Kreuz. Stöhnen aus der Menge. Ein lautes »Mein Gott!« von mir.

Über dem Kreuz schwebt eine strahlende Sonne. In ihrer blendenden Mitte sitzt die Göttin Amaterasu – die Sonnengöttin, von der Japans heilige Kaiser abstammen.

Zum Erstaunen der Menge auf dem Golgatha breitet die Göttin die Arme aus und umschlingt das Kreuz. Das Licht ist so hell, daß keiner mitkriegt, wie die Leiche des Herrn in die Sonne transferiert wird, die sich dann ganz langsam wieder erhebt und das Kreuz leer zurückläßt.

Eine Stimme aus dem Off, nicht meine, wie ich wohl kaum betonen muß: »Und so kehrt Jesus, wie vorausgesehen und von Johannes dem Täufer vorausgesagt, zu seiner Vorfahrin, der Sonnengöttin und erhabenen Gottheit Amaterasu zurück. Banzai!«

Ich muß wirklich sagen, die Trickaufnahmen waren besser als alles, was ich je gesehen habe. Als ich Cutler 2, der sie sich ausgedacht hatte, danach fragte, wollte er zuerst nicht so recht raus mit der Sprache und behauptete, es sei wirklich die Sonnengöttin gewesen, aber als ich sagte, er solle mich mit diesem Quatsch verschonen, gab er zu, daß das Flaggschiff Japans in Hollywood,

MCA Universal, von Gulf + Eastern unter Vertrag genommen worden war, um die *Special Effects* zu realisieren. Dabei war eine ganze Reihe von Leuten beteiligt, die Steven Spielberg zu solch einem Musterbeispiel von Magie *plus* Verkaufserfolg gemacht haben. Die letzte Einstellung zeigte das neue Logo des Christentums: das Kreuz im Kreis der Sonne.

Ich stellte den Kasten aus. »Kommt nicht in Frage«, sagte ich.

»Es ist doch wirklich nicht viel – Sie brauchen nur zu sagen, daß er der Sohn der Göttin war und nicht der Sohn Gottes, eine Frage des Geschlechts, mehr nicht, und völlig im Einklang mit der heutigen Welt, wo der Feminismus ganz groß rauskommt«, zischte Cutler 2 traurig.

Aber ich blieb hart, und so trennten wir uns zum letztenmal. Der Sony steht immer noch in meinem Arbeitszimmer, aber die Batterie ist mittlerweile leer und meine Verbindung zur Zukunft unterbrochen. Chet wird mich nie mehr mit dem Zug aus Westport besuchen.

Pflichtschuldig werde ich mein Manuskript jetzt in der Besenkammer deponieren, wo ich bereits das Evangelium nach Markus versteckt habe. Wenn es einer findet, wird Jesus entnipponisiert. Jetzt, da Marvin Wasserstein von der Bildfläche verschwunden ist, gibt es keinen Hacker mehr. Am Ende werden wir doch noch gewinnen, der Heilige und ich.

Atalanta und ich haben für nächste Woche zwei Tickets für das Kreuzschiff nach Alexandria gebucht. Heute abend gehen wir ins Theater.

DAS EVANGELIUM NACH MARKUS

Das ist der Anfang des Evangeliums von Jesus Christus, Sohn Gottes

Wie geschrieben steht im Propheten esa a: »Sie e, ic sende meinen B ten

CASCADE! CASCADE! CASCADE!

q
d x u z
r w k
j l t b l
c e p
i v i s y v n
t g z t g z ■ t y n
s r g o ds r g d s k r s
e g e g b
k k c e r
s y i v k
i t g mzu y pn b
t g z s r g o dc s e r i
s r o d e g k s y v
e g k k b mu y rn
k b c e s r
c e s y v k p
s y v l t y n b s
m t y n s c r e
s r s y v qp
w o u zy n
i s r
t g z c p
s r g o d l r
e g n
k d p
p z

sdrs
'kkdfsiv;lskdfjg l
itbvytdfgfdstmttit;j,p,ojihh n
t g zyhk,hhtit;ou,fgrtdytrsdaaz yigu
s r gfglosdjgsrit;otiistshgbildxbre;dnbcvow

DAS EVANGELIUM NACH TIMOTHEUS

Das ist der Anfang des Evangeliums von Jesus Christus, Sohn der Göttin Amaterasu.

Ich bin Timotheus, Sohn der Jüdin Eunike und des Griechen Georgius. Ich wurde geboren in Lystra, Kleinasien, einer Provinz des Kaiserreichs Japan.

はじめに悪夢ありて、刃物は聖パウロの手に、そして割礼はユダヤのやり方であり、けして僕のやり方ではなかった。

僕はティモテオ、ユダヤ女なる母とギリシア人なる父の息子。僕は十五歳。リストラにある家族の家の台所にいる。木のテーブルに素裸で横たわっている。僕は金色のヒヤシンスのような巻毛で、眼はヤグルマギクの青い色で、ワスレナグサのよう、しかも小アジアのこの界隈ではいちばんでかい陰茎をもっている。

悪夢はいつも現実に起こったとおりに始まる。父のギリシア人と、「聖人」と呼んでいたタルソのサウロ——彼はローマ市民として生まれたのだが、その世界ではパウロとしてのほうがよく知られている——のほか、まわりはユダヤ人に囲まれている。もちろん「聖人」も最初はユダヤ人だったのだが、終りは当時の二級か三級のキリスト教徒になったのだ。当時とはつまり、「我らが救世主」の生誕後約五十年、つまり、計算好きの向きのために言えば、「救世主」が数日たったら、いや外にはたぶん一週間たったら戻ってくると約束して、十字架にかけられてから十七年後のこと。

というわけで僕は「主」がエルサレム郊外の旧ゴルゴダのてっぺんから最初に昇天して二年ぐらいして生まれた。父は早くにキリスト教に改宗し、その後僕も改宗した。なんか面白そうだったし、しかもリストラみたいな小さな町では、日曜日ともなればほかにやることもなかったから。

キリスト教徒になり、「聖人」やその仲間たちに会ったとき、自分の体——具体的に言えば僕のオチンチン——が、幼きイエス教会内部で対立していた二つの派の戦場になるだなんて、思いもかけなかった。

「聖人」のひらめきでは、イエスはユダヤ人、非ユダヤ人をとわず万人のメシアとして降臨した。ユダヤ人のほとんどはいまだにそうは認めていないが、でも僕たちはもちろん彼らのために祈る、朝、昼、夜と。しかしエルサレムのユダヤ人たちもついに——「主」のガキ兄弟だった油ぎったヤコブや、救いがたい頭の鈍さで「岩」と名付けられたペテロと同じように——たしかに非ユダヤ人たちは汚れているが、イエスにまつわる企図は一部族だけでは負いきれないほど大きなものらしいと考え、パウロが彼らのもとへ、言うところの「吉報」を届けるのをよしとした。「聖人」の説得力ある説教と懸命の財源集めに負うところが大きかったのだろう、僕の父のギリシア人のように今か今かと宗旨変えを待ちかねる非ユダヤ人は多かった。

Gore Vidal

American Plastics
Über Literatur und Politik
256 Seiten, broschiert

Duluth wie Dallas
Roman
288 Seiten, gebunden

Empire
Roman
648 Seiten, gebunden

Hollywood
Roman
608 Seiten, gebunden

Lincoln
Roman
733 Seiten, gebunden

HOFFMANN
UND CAMPE

GOLDMANN

Kurt Vonnegut

»Vonneguts Romane sind Feuerwerke voll amüsanter Bosheiten und Skurrilitäten, voll des rabenschwarzen Humors, voller Sarkasmen und witziger Anekdoten. Seine Erzählungen karikieren gesellschaftliche Verhältnisse in Amerika – doch sie prangern nicht nur an, sondern zeigen auch Alternativen auf.«

Frankfurter Allgemeine Zeitung

Slapsitk 9175

Hokus Pokus oder Wohin so eilig? 41155

Das höllische System 9174

Frühstück für starke Männer 9394

Goldmann · Der Taschenbuch-Verlag

GOLDMANN TASCHENBÜCHER

Das Goldmann Gesamtverzeichnis erhalten Sie im Buchhandel oder direkt beim Verlag.

Literatur · Unterhaltung · Thriller · Frauen heute
Lesetip · FrauenLeben · Filmbücher · Horror
Pop-Biographien · Lesebücher · Krimi · True Life
Piccolo Young Collection · Schicksale · Fantasy
Science-Fiction · Abenteuer · Spielebücher
Bestseller in Großschrift · Cartoon · Werkausgaben
Klassiker mit Erläuterungen

* * * * * * * * * * *

Sachbücher und Ratgeber:
Gesellschaft/Politik/Zeitgeschichte
Natur, Wissenschaft und Umwelt
Kirche und Gesellschaft · Psychologie und Lebenshilfe
Recht/Beruf/Geld · Hobby/Freizeit
Gesundheit/Schönheit/Ernährung
Brigitte bei Goldmann · Sexualität und Partnerschaft
Ganzheitlich Heilen · Spiritualität · Esoterik

* * * * * * * * * * *

Ein Siedler-Buch bei Goldmann
Magisch Reisen
ErlebnisReisen
Handbücher und Nachschlagewerke

Goldmann Verlag · Neumarkter Str. 18 · 81664 München

Bitte senden Sie mir das neue kostenlose Gesamtverzeichnis

Name: ____________________

Straße: ____________________

PLZ / Ort: ____________________